海渡るフォルトゥーナ

黒の行方

鷹嶋ちた
TAKASHIMA CHITA

幻冬舎MC

海渡るフォルトゥーナ

黒の行方

目次

プロローグ　黒き家来　12
パレストリーナ　19
ジャンネット　25
黒き尉面　38
九十九髪　52
朝鮮渡海　61
ローマ神学校　79
旅立ち　92
信長　105
長次郎と専好　118
日本人は黒いか　129
信長との出会い　137

天正遣欧使節団 149
本能寺 160
黒き庵 168
永徳と等伯 177
利休 186
黒き茶碗 190
ローマへの道 197
東方からの賢者 208
帰路 225
蜜月 233
黒き棗 245
エピローグ　音楽のプリンス 259
あとがき 268

巻末資料

参考地図（本能寺の変直前の京都／一六世紀後半のローマ） 273

会記 274

文中関連年表 276

文中に登場する歴代ローマ教皇・在位年数 282

ジョヴァンニ・ピエルルイージ・ダ・パレストリーナの家系図 291

ファルネーゼ家家系図 292

宮王三郎の家系図 293

利休と本法寺と長谷川等伯をめぐる人間関係 294

フェリペ二世の主な家系図 295

参考資料 296

主な登場人物

〈ヨーロッパ関係〉

ジョヴァンニ・ピエルルイージ・ダ・パレストリーナ（1525〜94）
イタリアルネサンス後期の作曲家
ローマ東南パレストリーナ生まれ　愛称ジャンネット

アレッサンドロ・ヴァリニャーノ（1539〜1606）
イエズス会東インド管区巡察師　同管区長
天正遣欧使節団派遣を計画、実施

マトペ（1551?〜?）
ジャンネットの使用人
ヴァリニャーノの供をして来日　信長の黒人侍となり信長没後は利休の弟子となる

フェリペ二世（1527〜98）
ハプスブルグ家のスペイン帝国最盛期に君臨した王
ポルトガル王も兼任　その繁栄は「太陽の沈まない国」と称された

グレゴリウス一三世（1502～85）

第二二六代ローマ教皇（在位1572～85）

グレゴリオ暦を制定　天正遣欧使節団の謁見を受ける

シクストゥス五世（1520～90）

第二二七代ローマ教皇（在位1585～90）

公共事業により現在のローマ市の形を造る　自身の戴冠式に天正遣欧使節団を招く

〈日本関係〉

千 利休（1522～91）

茶の湯者　和泉国の堺生まれ　宗易

信長・秀吉の茶頭、侘茶の大成者と言われる

りき（1529?～1600）

宮王三郎の妻　少庵の母　宗恩

三郎没後利休の後妻となる

宮王三郎（?～1553?）

金春流の庶家宮王道三の弟　小鼓の名手

りきの先夫　少庵の父

織田信長（1534～82）

武将　尾張国生まれ　室町幕府を滅ぼす　安土城を築く

明智光秀により京都本能寺にて殺害される

豊臣秀吉（1537～98）

武将　関白太政大臣　天下統一を果たす　大坂城、聚楽第、伏見城などを築く

現在の京都の元となる整備を行う　二度にわたり朝鮮に出兵

古渓宗陳（1532～97）

禅僧　笑嶺宗訢の法嗣　大徳寺第一一七世

利休参禅の師　織田信長・豊臣秀長葬儀の導師を務める

高山右近（1552～1615）

キリシタン大名　洗礼名ジュスト

マニラにて病没　二〇一七年「福者」に列せられる

狩野永徳（１５４３～９０）

絵師　代表作『洛中洛外図屛風』『聚光院襖絵』

『安土城城下図屛風』が天正遣欧使節団によりローマ教皇に献上される

長谷川等伯（１５３９～１６１０）

絵師　代表作『松林図屛風』『釈迦涅槃図』『大徳寺三門龍図』

利休画像（表千家、裏千家、正木美術館）を描く

島井宗室（１５３９～１６１５）

博多の商人　宗易を朝鮮に案内する

秀吉の九州平定に協力　朝鮮出兵に強行に反対

伊東マンショ（１５６９～１６１２）

イエズス会司祭

天正遣欧使節団主席正使

千々石ミゲル（1569～1633）

武士

天正遣欧使節団正使　一六〇一年棄教

中浦ジュリアン（1568～1633）

イエズス会司祭

天正遣欧使節団副使　長崎にて殉教　二〇〇八年「福者」に列せられる

原マルチノ（1569～1629）

イエズス会司祭

天正遣欧使節団副使　洋書翻訳、出版活動に携わる

プロローグ　黒き家来

「もっと擦れ」

「もっと強く擦らぬか」

「隅から隅までじゃ」

「一向に色が落ちぬではないか」

「何を塗っておるのじゃ」

「それにしても　黒いのう」

天正九年二月二四日
ユリウス暦一五八一年三月二八日

麗かな風がそよいでいる
都は花の盛りを迎えている

青陽の春である

〝花前に蝶舞う　紛々たる雪
柳上に鶯飛ぶ　片々たる金
花は流水に随って香の来る事疾し
鐘は寒雲を隔てて声の到る事遅し〟

どこからか謡曲『熊野《ゆや》』の一節がきこえてくる。

出来上がったばかりの信長本能寺屋敷

庭には、芽吹いたばかりの柳と共に、早咲きの糸桜が、満開にならんとする枝を風に揺らしている。

「それにしても黒いのう」

信長は、二度目を呟いた。

素より白い蘭丸の肌が、汗ばんでうっすらと紅を差した如くなっている。風に散り始めた数片の糸桜が、蘭丸の肌と一つになって美しい。それに比べ、この男の「黒」は際立っている。

男の傍らには、片膝を地に付け、キリスト教宣教師が一人控えている。

宣教師の名は、ニェッキ・オルガンティーノ。イタリア人である。オルガンティーノは、京都におけるキリスト教イエズス会の布教責任者として、信長とは旧知の間柄である。二年前、信長の許可により安土城下に教会堂が建設された。その屋根に、安土城天主と同じ「青瓦」の使用を唯一許可したほどの、信長のお気に入りである。

蘭丸は、まだ男の体を擦っている。

「蘭丸、もう良い。余計黒光りしてきた。のう、宗易」

と、信長は声を掛けた。

信長の後ろでこの様子を楽しんでいた宗易（後の千利休）は、笑いを堪えていた。

「弥。弥。誠に黒うございますな。そしてとても美しゅうございます。桜の花びらが雪のように見えまする。私も堺にて商いをするものとして、呂宋《ルソン》（フィリピン）安南（ベトナム）暹羅《シャムロ》（タイ）など肌の黒い南国人はよく見かけますが、これほどの者は初めてでございます。正に、体に黒漆を塗ったようでございます」

「黒漆か。確かにそうじゃな」

信長は高笑いした。

「そうじゃ、良いことを思いついた。こやつに日本の名を付けてやろう。のう宗易」

「それは御名案。して如何なる名前で」

「もうすぐ弥生じゃ。お主の口癖、弥、弥の『弥助』はどうじゃ」

「恐れ入ります。良き名かと存じます」

「おい男。そちは今日から弥助じゃ」

黒き男は静かに頭を下げた。

「オルガンティーノ。おぬしから申し出のあった新しい巡察師の件、目通りを許すぞ。明日、この弥助と共に連れてまいれ」

「ありがとうございます」

次の朝、同じ庭に男は控えていた。

アレッサンドロ・ヴァリニャーノと名乗る男は、騎士が王の前で行う「礼」をした後、日本式に片膝をついて蹲踞《そんきょ》の礼をとった。

その様子を信長は、食い入るようにみていた。一分の隙もない姿である。

「かなりの手練れじゃな。今迄の伴天連とは大分違うな」

と、見て取った信長であった。それから末座に目をやり、弥助には笑みを送った。


「弥助はどこの者じゃ。何故あのように黒いのじゃ」

信長はヴァリニャーノに尋ねた。

目を輝かせて尋ねる信長に対して、ヴァリニャーノは静かに答えた。

「この度は、上様よりこの者に弥助という名前を頂戴し、ありがとうございました。この者は本名をマトペと申します。両親は、アフリカ大陸の東海岸にありますモザンビークというところの者でございます」

信長は傍らの地球儀を回した。以前、イエズス会宣教師のルイス・フロイスから献上された地球儀は、信長の「大のお気に入り」である。信長は、地球が丸いことを理解した初めての日本人と言える。地球儀を回すことを、こよなく愛していた。

「ここじゃな」

「さようでございます。今はポルトガル王による植民が盛んでございます。しかし、マトペが生まれる前に、両親は奴隷としてイタリアに送られたのでございます」

「何故、ポルトガルではなくイタリアなのじゃ」

「現在、アフリカ大陸より東の交易は、ポルトガルのみが許されております。一四九三年に、ローマ教皇アレクサンデル六世猊下が、条約でお定めになられました」

ヴァリニャーノは、慎重に言葉を選びながら、話を続けた。

「奴隷は、先ずポルトガルの首都リスボンに送られ、その後、買主の国に送られます。そのようにして、マトペの両親は、イタリアに送られました。そして、ローマ教皇猊下直属の作曲家であり、私の偉大なる音楽の師であるパレストリーナ様のブドウ畑で働くこととなりました。マトペはそのブドウ畑で生まれたのでございます」

「ブドウとは、あのチンタの材料じゃな」

チンタとは、ポルトガル語のティント・ヴィーニョ（赤ワイン）の事である。ミサの儀式に必要不可欠な赤ワインは、仏教徒には、人の生血と勘違いされた。信長は、酒は強くはなかったが、赤ワインをチンタと称して既に愛飲していた。

「さようでございます。チンタを作る為のブドウでございます。私は学生時代に、パレストリーナ様の教えを受けてから、ずっと師とは親しくさせて頂きました。この度、東インド巡察師として赴任するに当たり、師にお願いをし、従者として連れて参った次第でございます」

信長は暫し考えていた。そして、いつもの強い所有感が沸々と湧いてきた。

「では、弥助をわしにくれ」

「承知いたしました。上様のお役に立ちますれば、何よりでございます。但し私はローマを旅立つ際、この男を無事にお返しすることを師匠に約束してまいりました。その事を守れるようご配慮頂けますでしょうか」

「相解った。約束しよう」

一年後に襲う不幸など微塵も感じない満面の笑みで、信長は答えた。

パレストリーナ

地中海に大きく突き出した長靴型のイタリア半島。その背骨をなすのがアペニン山脈である。その西側中央は、四〇〇キロメートルの長旅を終えた大河テヴェレ川が、ティレニア海に注ぐ扇状地となっている。

現在は、イタリア（四七六年の西ローマ帝国滅亡後一八六一年までイタリアという統一国家はなかったが）の首都、人口三〇〇万人のローマ市が広がっている。

テヴェレ川に二分されたその地域の南部は、二八〇〇年前からラテン語を話すラテン人の故郷であった。その地域は現在でも「ラティナ」と呼ばれている。ローマを含むこの地域一体が現在「ラツィオ州」と呼ばれるのは、「ラテン」の語源ともなる古い地名「ラティウム」に由来している。ローマ市はイタリアの首都であり、ラツィオ州の州都でもある。

ラテン語はヨーロッパでは教会や学問の標準言語であり、近代までは知識人の公用語でもあった。

今でも一部で根強い人気がある。何よりも、ローマカトリック一二億人の総本山、ヴァチカン市国の公用語である。現在でも公式行事において、聖歌はすべてラテン語の歌詞で歌われている。

一五世紀に、活版印刷が発明されたことにより、聖書が印刷された。更に宗教改革により、聖書が各国語に翻訳されるようにもなったのである。

しかしそれ以前、ラテン語を解せない人々にとって、「手書きのラテン語聖書」に示されているキリストによる真実の教えとその深遠さ荘厳さは、「絵」と「歌」と「建物」を通して、聖職者から口伝えされるものでしかなかったのである。

『全ての道はローマに通ず』

古代ローマ皇帝時代、帝国内に縦横無尽に張り巡らされた道は、軍事街道である。最も古く有名な「アッピア街道」は紀元前三一二年から作り始められている。最大のライバル同士でもあったローマとナポリを結ぶこの道は、常に軍隊が行きかう道であった。「アッピア街道」の東を通り同じくナポリに向かうのが「ラティーナ街道」。そのさらに東を通るのが「プラエネスティーナ街道」である。ローマ市内のアウレリアヌス城壁から東に「プラエネスティーナ街道」を進むと、やがて左右に山が近づいてくる。右に見えてくるのがアルバーニ丘陵。古代ローマ人の保養地として知られ、現在でもローマ教皇の夏の住居がある。西側にはアルバーノ湖やネーミ湖、そして美しいブドウ畑が広がっている。左側の山裾には、イタリア一美しい噴水公園として知られる世界遺産「チボリのエステ家別荘」がある。その後南東に向きを変えると、進行方向正面の山に町が見える。

この街道の終着地プラエネスティーナ、現在、パレストリーナと言われる町である。プレネスティ連山の一つジネスト山中腹にあるこの町は、山の頂にあるサン・ピエトロ廃城の残された外壁が冠に見えるためか、「冠の町」とも言われている。ローマから五〇キロ程離れたこの町は、古代ラティウムの「山の中心」といえる。

「ステファーネ」「ポリステファーナ」「プラエネスティーナ」「コローニア・ティティア」「ペネストレ」「プレネスチーナ」「ペレストリーナ」「プレネスティ」他、現在のパレストリーナに定まるまでの地名の多さは、この町の不安定な歴史を無言で伝えている。

ローマ時代の歴史家ストラボーネはこの町の事をこう伝えている。

『食料が豊富な事、場所が地理的に有利な事頑固な要塞である事は、この町にとってかえって害になっていた。ローマで争いが起きると、反逆者達は軍備の調達にやって来た。その為攻略、略奪、破壊、虐殺が繰り返された。』

しかしローマ時代より次の二〇〇〇年間も、この町の歴史は同じ事が繰り返された。

古代にこの町を有名にしたのは、「フォルトゥーナ神殿」と、そこから与えられる神託であった。フォルトゥーナはローマ神話に伝わる「運命の女神」「幸運の女神」でもある。英語の『フォーチュン』(幸運・財産)の語源となっている。この異教徒の建物は四世紀ころ歴史の中に葬られ、その建物の一部を使用して新たに町の守護者「聖アガピト」に献じられた大聖堂が建てられた。現在『パレストリーナ大聖堂』と通称されるこの教会は、キリスト教の公認後五世紀に建てられた、現存する世界で最古の教会の一つである。
丘陵地にあるこの地域一帯は、涼しい風が吹くため、ローマ時代には避暑地として盛んに別荘が建てられた。この町にはかの有名なシーザー（カエサル）や初代皇帝アウグストゥスの家もあったと伝えられている。

一一世紀中葉からパレストリーナの住民はコロンナ家の家臣であった。ローマ（ローマ教皇領）とナポリとの抗争の狭間にあって、常に揺さぶられていた。一四三七年、この町はローマ教皇軍により完膚なきまでに破壊された。やっとステーファノ・コロンナにより再建が始まった矢先、一五二二年にローマをペストが襲った。

そのころパレストリーナの町では、若く逞しい護衛兵サンテと小柄ながら愛らしいパルマが結ばれた。二人は「キリストの御聖体信者会」の一員で、敬虔な信者であった。ところが幸せは束の間、今度はパレストリーナの町をペストが襲う。サンテは父ピエルルイージを亡くした。失意の中、母と共にサンテ一家はローマに避難したのであった。

そのような中の一五二五年、輝く光の下、サンテとパルマの溢れる祝福を受けて一人の男子が誕生した。

ジョヴァンニ・ピエルルイージ・ダ・パレストリーナ（パレストリーナ生まれのジョヴァンニ・ピエルルイージという意味）と後世語られ、何も断らずにパレストリーナと言えば、「この町」の事よりも「この人」の事を指す場合が多い。パレストリーナという町は、この人の故郷として世界中に知られているのである。

学校で学ぶ音楽の時間は、その歴史はバッハから始まることが多い。故にセバスチャン・バッハは「音楽の父」と称される。器楽が中心の現代と違い、人間の声による表現はキリスト教の世界では唯一無二のものであった。楽器はあくまで人間の声を補う程度にしか存在していない。

パレストリーナと言えば数多くの称賛の言葉で溢れている。

「カトリック音楽全体の父」

「カトリック最大の作曲家」

「音楽芸術の頂点」

ヴァチカンは「パレストリーナの作品を、宗教音楽作品の規範とすることが望ましい」と定めている。

パレストリーナ様式と後世称されたルネサンス音楽の極致から、バッハは対位法を学び、モーツァルトもベートーヴェンも、それぞれの最高傑作である『レクイエム』や『ミサ・ソレムニス』の作曲に際してその作曲技法を学んでいるのである。

サン・ピエトロ大聖堂内の共同墓地に安置されている彼の柩には、『音楽のプリンス』と彫り込まれている。

しかしここからは、敬愛と親しみを込めて彼を『ジャンネット』と呼ぶことにする。この呼び名は、家族や故郷の親しい間柄で使われていた愛称であったから。

ジャンネット

一五四七年、ジャンネットは二二歳の青年となっていた。

「やっと、『あの悲しみ』が癒される時が訪れた」

と、心から思った。

ジャンネットは、微笑みながら、赤ら顔のルクレーツィアの左手の薬指に指輪を通し、溢れんばかりの愛を込めてキスをした。


一八年前、一家はパレストリーナのペストの流行が落ち着いたことで、ローマから故郷に戻り穏やかな生活を取り戻していた。

ジャンネットは、美しく澄み渡る声を持っていた。六歳の時、ローマの「サンタ・マリア・マッジョーレ大聖堂」聖歌隊養成学校に入学し、ボーイソプラノに選ばれ、音楽家への扉が微かに開かれたのである。

「サンタ・マリア・マッジョーレ大聖堂」は、その名の通り「聖母マリア」の愛が溢れる教会で、ジャンネットを優しく迎えてくれた。その後打ちひしがれた彼を癒してくれたのも、更にその昔、『アヴィニョン捕囚』（一四世紀ローマ教皇の座が七〇年近くフランスのアヴィニョンに移された）に疲れ果てたグレゴリウス一世を迎え入れたのもこの大聖堂であった。

学校では、六年間の生活の一切が保証されていた。司教総代理に預けられ、音楽は楽長自身から学ぶのである。グレゴリオ聖歌、合唱音楽、作曲理論、オルガン等であった。文法はイタリア語・ラテン語をそれぞれの教師から学んだ。正しく歌えるようになったら聖歌隊に加入し、教会の全ての典礼・祈祷でグレゴリオ聖歌を歌った。

そんな中一一歳の冬、母パルマが亡くなった。危篤の知らせに取り急ぎ戻ったものの、最期の別れの言葉を交わす事も出来ず、葬儀にだけ参列したのである。

病気がちではあったが、慈愛に満ち溢れ気丈な人だった。父サンテは穏やかでいつも思慮深い人であった。豊かではなかったが、弟シッラ、妹パルマの五人家族は、敬虔な祈りと笑いに満ちていた。サンタ・マリア・マッジョーレ行きを誰よりも喜んでくれた母であったのに。

悲しみに打ちひしがれたまま、ジャンネットはローマに戻ったのであった。

次の年、聖歌隊と正式に契約を結び、ローマでの生活が続いた。七年後、故郷パレストリーナの大聖堂オルガニストという新しい仕事が与えられ、家に戻った時、父は新しい女性マリアと再婚していた。マリアは良く家の仕事をする人であった。弟や妹とも上手くやっているようであった。しかし、家の中からは母パルマの思い出が日増しに薄れ、ジャンネットは寂しさを感じていた。

サンタ・マリア・マッジョーレ大聖堂のアンドレア・ヴァッレ司教は、パレストリーナ司教を兼任していた。ジャンネットが、サンタ・マリア・マッジョーレ大聖堂聖歌隊と正式な契約を交わした際も、司教より陰ながらの援助があった。今回もパレストリーナ大聖堂のオルガニストに欠員が生じた為、ジャンネットが推薦されたのであった。

「音楽と深い信仰により聖なる礼拝に仕え、パレストリーナ市の一層の発展に尽くし、全市民の名誉となる事」を誓った。

その後パレストリーナ司教は、デル・モンテ枢機卿に変わった。ジャンネットはこれにより、音楽家としての門を更に大きく開く事になったのである。それはしばらく後の話。

ジャンネットは、オルガニストとして、全ての祝祭日にオルガンを弾き、聖務日課には祈祷席で祈った。他に、司教座会員への音楽指導や、子供達への教育も担当した。

その毎日の姿を、密かな憧れを持って見つめている女性がいた。

ルクレーツィアである。

ルクレーツィアは、町の豊かな家の末娘であったが、父を失ったばかりであった。

「ジョヴァンニ様。ローマでの聖歌隊はどのような生活でしたの」

「ジョヴァンニ様。今度はどのような曲を、お作りになられたの」

「ジョヴァンニ様。お亡くなりになられたお母様は、どのようなお方だったの」

「ジョヴァンニ様。ピエルルイージという名前のいわれは何なの」

ルクレーツィアとの会話は楽しかった。彼女の為に数多くの作曲をした。

「もう、みんなと同じようにジャンネットと呼んでおくれ。僕も君をルクレーテとこれから呼ぶね」

ジャンネットにとって三歳年下のルクレーテは愛おしくてたまらなかった。


「ステーファノ・コロンナ様は知っているかい?」

「このパレストリーナの町を立て直した領主様よね?」

ジャンネットは大きく頷き、話を続けた。

「その奥様は、ファルネーゼ家から嫁がれた方なんだ」

「ファルネーゼ家と言えば、今の教皇パウルス三世猊下のお家」

と言って、ルクレーテは頭を垂れ、十字を切った。

「そう。奥様はパウルス三世猊下の叔母に当たられる」

「僕の祖父ピエルルイージは、その奥様についてコロンナ家に入った護衛兵だった。ファルネーゼ家には曾祖父の代から仕えていたんだよ」

「それで、ジャンネットのお父様は今でも護衛隊の副隊長をなさっているのね」

「曾祖父は、生まれてきた祖父が洗礼を受ける際、奥様のお兄様に」

「教皇猊下のお父様ね」

「そうそのお方に名付け親になって頂いたんだ。つまりピエルルイージという名前は、今の教皇猊下の御父上ピエルルイージ・ファルネーゼ卿に由来するんだ。

その後父はその名を受け継ぎ、サンテ・ピエルルイージを名乗ったから、僕もジョヴァンニ・ピエルルイージって訳さ」

「身震いするほど感動しているわ」

「ところで、君がお父様から頂いた遺産のブドウ畑って、どこにあるんだい？」

「行った事はないけど、アルバーニ丘陵のネーミ湖の辺りだって聞いているわ。今度兄に尋ねてみるわね」

「是非一緒に行ってみようよ」

「そうしましょう。とても美しい所で、五〇人程のアフリカの奴隷を使って仕事をさせているって、以前父が話していた事があったわ」

ルクレーテは父から遺産として他に家を一軒、数カ所の土地と牧草地を相続しており、この度の結婚で、それらも含めて二人の所有となっていたのである。

ルクレーテとの結婚生活は幸せであった。

二年後、長男ロドルフォが、更に二年後には次男アンジェロが誕生した。ピエルルイージ家は、父、義母、弟、妹を合わせ八人家族となったのである。それに加えて、一家にとり更なる幸せの訪れとなる、新たな知らせが届けられた。

「ジャンネットのジューリア礼拝堂聖歌隊楽長就任」である。

ジューリア礼拝堂聖歌隊は、別名ヴァチカン聖歌隊、またはサン・ピエトロ聖歌隊とも言われる。言わずと知れた、ローマカトリック音楽最高峰の地位にある聖歌隊である。

その上にあるのは、教皇個人の礼拝だけに歌う「教皇聖歌隊」(現在のシスティーナ礼拝堂聖歌隊)のみである。ところがこの教皇聖歌隊はあくまでも教皇個人の所有の為、教皇が変わる毎に不安定な存在であった。このことで数年後、ジャンネットは生涯を通じての苦渋を味わうわけだが、今は置いておこう。

一体どういう訳で、このような幸運が天からもたらされたのだろうか。

「フォルトゥーナ」は、やはり幸運の女神であった。女神はまず、パレストリーナ司教のデル・モンテ枢機卿の上に微笑んだ。枢機卿とは教皇を補佐し、次の教皇となる資格を有する聖職者である。デル・モンテ司教は、七年間ジャンネットとともにあった。そして厳しく、慈愛の眼差しで彼を見つめていた。この大聖堂全体、翼廊や側廊の隅々までを柔らかく包み込むオルガン奏者としての卓越した技量。毎日のミサで、誰よりも美しく心から唱えられるグレゴリオ聖歌。類い稀な合唱の指導力。そして作曲された数多くのミサ曲やモテットなどの合唱曲。その控え目な中に軽やかに醸し出される典雅なハーモニーは、今まさに岐路に立っているカトリック典礼の範となるものである事を、司教は心から確信していたのであった。

一五四九年、パウルス三世は八一歳で身罷られた。三カ月に及ぶ「コンクラーベ」の結果、我らがデル・モンテ枢機卿が選出され、新教皇ユリウス三世となったのである。

続いて女神はジャンネットを手招いた。

教皇ユリウス三世は一五五一年九月、ジョヴァンニ・ピエルルイージをヴァチカンのサンピエトロ大聖堂内「ジューリア礼拝堂聖歌隊」楽長に任命した。

当時音楽家になるには、弟子奉公の中で実績を積み、苦労を重ねながら階段を登ってゆくもので、その道は厳しい。ところがジャンネットは二六歳にして、頂点に達した。天より与えられた誰よりも恵まれた才能の賜物である。勿論信仰と努力の積み重ねでもある。しかし六歳でサンタ・マリア・マッジョーレ大聖堂の門をくぐった時から、この任命まで、ずっと幸運に恵まれ続けて来た。ジャンネットの才能を見抜いた数多くの人々に、いつも暖かく見守られていたのである。

ジャンネットとルクレーテはローマへの引っ越しの準備を急いだ。父サンテとマリアは家に残った。その代わりに使用人を連れていくことにした。家はジューリア聖歌隊の学校内に提供されたが、二歳と生まれたばかりの子供たちの他、ジューリア聖歌隊の少年五人、オルガン学生との生活である。勿論今度の家には召使いはいるが、初めての生活は不安であった。

「ムトタとグラサ。そしてこの赤ちゃんはマトぺよ」

ルクレーテは、ジャンネットに紹介した。

遺産として引き継いだブドウ畑をルクレーテと二人で見に行った際、この二人はそこで働いていた。二人は他の仲間と共にモザンビークから連れてこられた奴隷であった。だがムトタはポルトガル語が話せたので、奴隷達のまとめ役となっていた。

ルクレーテはグラサの事を気に入ったようであった。子供が生まれたばかりであり、ロドルフォとアンジェロへの目配りも細やかであった。ジャンネットはこのモザンビーク人家族をローマに連れていくことにした。

ローマでの賑やかな生活が始まった。

家族と共にローマで暮らす生活は、初めの頃戸惑いもあったが、妻ルクレーテの支えもあり穏やかさを取り戻していた。

何よりも音楽家として、最高の立場を与えられた二〇代後半の若者にとって、溢れんばかりの気力と体力、湧き上がる創作意欲を抑える事が出来なかったジャンネットは、この幸せがいつまでも続くと確信していた。

四年後の一五五五年一月の事。

「教皇猊下。恐れ多くも申し上げます。その件は反対申し上げます。どうぞ我々にお任せください」

システィーナ礼拝堂聖歌隊の年長者フランチェスコ・フェスタは、必死に教皇ユリウス三世に訴えた。

「もう決めた事だ。ジョヴァンニ・ピエルルイージを、直ちに聖歌隊に正式に入隊させる事にした」

「慣例をお守りください。先ず試験を受けさせ、その後我々歌手会で審議する事になっております」

システィーナ礼拝堂聖歌隊は、教皇聖歌隊と言われる教皇の個人聖歌隊であり、ローマカトリックの音楽界で最高位の聖歌隊である。楽長はおらず、全員が成人の男性である。他の聖歌隊と異なり、少年は使わず指揮者もいない。言わばプロ中のプロである。

「その理由をお教えください」

「それでは話しておこう。少々耳に痛いかも知れぬぞ。

過去にはこの聖歌隊の演奏技量は非常に高度なもので、メロディックな声は素晴らしく融和され、生じるハーモニーの美しさは世界に比類がないものであった。ところが、今では質の低下が甚だしく、他の聖歌隊と比べて劣る程の状態である。それ以上の低下を防ぐ為、私の寵愛する天才的音楽家を、私の聖歌隊に入隊させたい。これが理由じゃ」

教皇は典礼における音楽の重要性を誰よりも認識していた。七年間見つめ続けてきたジャンネットの才能と情熱を鑑みて、更に、昨年自分に献呈してくれた「ミサ曲集」に対する返礼も兼ねて、出された勅令であった。だが、こうまで言われた聖歌隊のメンバーと、共に上手く呼吸を揃えて、より緻密なハーモニーを作り上げる事など出来るはずもなかった。

教皇聖歌隊への入隊は、誰しもの憧れであった。しかしジャンネットがその幸せを感じたのは、束の間の事であった。

三月二三日　ジャンネットは突如、最大の庇護者を失った。

ユリウス三世の死である。

システィーナ礼拝堂に教皇の遺体が安置され、その前で「応唱歌」を歌う毎日。ジャンネットの思いは如何ばかりであったことか。

四月十日　新教皇マルケルス二世が誕生した。新教皇もすぐに聖歌隊に対し不快感を表した。

「厳粛な礼拝には、それ相応の歌い方があるはずだ。特に主の受難を追憶すべき日に、私達の罪を涙で浄化すべきである。享楽的な調子は極めて耳障りである。大変悲しいことである。礼拝の内容に応じ声を使うべきであり、さらに聴いていて良く解るように、音楽が作られるべきだ」

ユリウス三世に続き、この新教皇マルケルス二世の下であれば教皇聖歌隊は正しく修正されるはずであった。

五月一日　教皇就任わずか三週間で、マルケルス二世が逝去した。

五月二三日　ナポリ・キエーティ司教出身のパウルス四世が就任する。

七月三〇日　突然、教皇の勅令により、ジョヴァンニ・ピエルルイージ他二名が聖歌隊より除籍された。罷免の理由は妻帯者であったことと伝えられている。聖歌隊は、聖職者ではないのだから、不思議な理由である。

九月、ジャンネットはサン・ジョヴァンニ・イン・ラテラーノ大聖堂聖歌隊楽長に就任した。サン・ジョヴァンニ聖歌隊は、一五三五年に創立された若い聖歌隊であったが、パウルス三世の勅令でサンタ・マリア・マッジョーレ聖歌隊、ジューリア聖歌隊、教皇聖歌隊と同格に扱われていた。サン・ジョヴァンニ・イン・ラテラノ大聖堂はサン・ピエトロ大聖堂より古い歴史を持っている。しかも長い間教皇の住まいであった。しかし古さの為の弊害も多く抱えていた。現在ローマ教皇はサン・ピエトロ大聖堂の敷地内（バチカン）に住んでおられるが、サン・ピエトロ大聖堂は元々「聖ペテロの墓」を参拝する為に建設された教会堂である。歴代のローマ教皇は当初からローマ司教座のあるサン・ジョヴァンニ・イン・ラテラノ大聖堂を住まいとしていた。「アヴィニョン捕囚」（一三〇九〜七七）の間に大聖堂が荒廃した為、教皇は帰国後サンタ・マリア・マッジョーレ大聖堂に暫く身をおいた。その後サンピエトロ大聖堂が教皇座となり現在に至っているのである。

それから四年後ジャンネットは突然、自ら職を辞した。

ジャンネット一家は、二年間にわたり故郷のパレストリーナの町で過ごしていた。

そこに懐かしの「サンタ・マリア・マッジョーレ大聖堂」楽長就任の依頼が来たのである。

「ジャンネット、あなたには時々驚かされるわ」

「ルクレーテ、いつもすまないね。でもお前が支えてくれるお陰で、何とか乗り切ってゆけるよ」

「ラテラノ教会での四年間は、よくお耐えになったわ。でも突然、住む当てもないのにお辞めになって」

「聖歌隊楽長としての、個人的な経費削減なら耐えられるが、少年達の教育費削減には我慢できなかったんだよ」

「お父様がお亡くなりになって、故郷で様々な整理をするには良い機会だったわ」

「またこうして、サンタ・マリア・マッジョーレ大聖堂楽長の依頼によって、ローマに戻る事が出来た訳だから、心機一転頑張るからね」

「あなたにとって子供の時から思い出多い場所ですものね。懐かしい方々もいらっしゃるでしょう」

幼かった自分に、音楽教育を施してくれたサンタ・マリア・マッジョーレ大聖堂は、ジャンネットの為に二〇年振りにその扉を開いた。かつてジャンネットと呼んでくれた教師や仲間も健在であった。大聖堂前の広大な敷地に新しい住居が与えられ、聖歌隊の少年達も四人預かった。ここでの四年間は、ジャンネットにとって充実したやりがいのある生活と、豊かな時の流れが与えられた。


一五六三年、ジャンネットの生涯を代表する作品の一つに数えられている『諸聖人祝日共通の一年間全祭日用モテット集』が出版される。そしてそのモテット集は、ロドルフォ・カルピ枢機卿に奉げられた。

その献呈の辞には、こう記されている。

「令名高き枢機卿様が、音楽芸術振興にご尽力あそばされておられる事を、よく存じ上げております。古代から多くの逸材たちは、音楽を聖なるものに捧げるために、全力を挙げ努力してきたばかりではございません。古代人たちの説話では、自然物や生命のない物までもが、素晴らしい歌声に感動したと言い伝えられております。この作品には、私の出来る全ての芸術手段を取り入れてございます。それ故、我が庇護者であられる令名高き枢機卿様にお送りし、献呈申し上げます」

こう高らかに賛じたジャンネットとその一家には、ひとしきり平穏な日々が続いた。
ジャンネットには、充実した音楽家としての時間が流れていった。
そして新たな出会いも生まれてゆく。

フォルトゥーナの穏やかな風が、プラエネスティーナ街道からローマに届けられていた。

黒き尉面

天文一九（一五五〇）年二月十六日早朝

夜半からの雪も止み、外はまだ静かで、西の空に満月が輝やいている。申楽師《さるがく》宮王三郎鑑氏《あきうじ》は、襟を正して、床の間に向かい端座している。三郎は高名な茶人でもあった。

床には「虚堂智愚《きどうちぐ》」の墨跡が掛けてある。（資料会記①）『達磨忌拈香語《ねんこう》』と呼ばれる大横物は、現在国宝に指定されている。大徳寺が所蔵している至宝の墨跡である。大小四枚の紙が継がれ、五文字一五行奥四字、表具は上下が茶北絹、中廻が浅葱色、一文字風帯は紫金襴《きんらん》。印が一つ在る。

春半ばとは言え彼岸前である。風炉には、姥口《うばぐち》（歯が全てなくなった老人の口）の平釜が透木《すきぎ》に乗せられている。平蜘蛛と称されるこの釜は羽根の下に透木と呼ばれる木片を挟んで風炉にのせる形で使用される。静かな松風と称される煮え音が、客待ち顔である。

囲炉裏の時季ではあったが、「虚堂」には是非とも風炉で対したかったと三郎は思った。現在の茶の湯は、風炉の季節（およそ五月～一〇月頃）と炉の季節（およそ一一月～四月頃）に分けられているが、中国から伝えられた時は風炉のみであったからである。

東雲《しののめ》の頃となり、外に人の気配が感じられる。宗易は静かに水屋を出て、庭の飛石に昨夜から被せておいた笠を、周りに雪が飛ばないように慎重に外していった。

客は天王寺屋の当主津田宗達、真松斎春渓の二人。宗達は三郎と同い年の四六歳。堺の茶の湯の重鎮である。昨年の正月、三郎は兄の宮王大夫道三と共に、宗達の茶に招かれている。今朝はその「返し」の茶会である。

後世「宮王肩衝《かたつき》」と称される茶入など、名物道具も少しずつ手に入るようになった。茶の湯は一七歳年下の宗易に学んでいる。逆に宗易は、三郎に謡を学んでいる。今日の平釜も、宗易の誂《あつら》えである。昨夜の準備からずっと、妻の「りき」と共に水屋に控えてくれている。

宗達は、三郎に挨拶をした。

「早朝よりのお招き、恐悦至極でございます。三郎様とは一年振りでございます」

「昨年の正月二三日の朝会には、兄道三と従兄弟の森河の三人でお招き頂きました。誠に楽しいひと時でございました。又帰りには兄共々小袖を頂戴し、感謝申し上げます」（資料会記②）

「脇方の道三様、太鼓の森河様、そして小鼓の貴方様と、名人三人との申楽談義は本当に楽しゅうございました」

と言いながら、宗達は庭の方を見やった。

「昨夜からの冷え込みに雪を思い、庭の風情を楽しみにして参りました。雪見の茶は、茶人冥利につきます。石に被せておかれた笠を外した景色は、実に見事でございます。三郎様も、お持ちの道具に相応しい茶人振りでございます」

宗達は水屋に聞こえるように話を続けた。

「宗達様は全てお見通しでございますな」

「それにしても見事な掛物。一文字ずつに気迫を感じます。どなたの墨跡ですか」

「虚堂と聞いております。達磨大師の命日に、香を焚いた際の偈《げ》のようでございます」

「これまで幾つかの虚堂を拝見致しましたが、これは白眉といえますな」

「虚堂の書を重く扱うのは、如何なる理由ですか」

三郎は宗達に尋ねた。

「虚堂智愚は、中国南宋時代の禅僧です。三〇〇年程前の方です。『中国五山』という最高の寺格を持った禅寺の中の阿育王寺、南山浄慈寺、径山《きんざん》寺という三つの住職を経験した傑僧と伝えられています。日本人僧で虚堂智愚に参禅した者は多い。中でも南浦紹明《なんぽじょうみょう》（大応国師）は、その法を継いで帰朝し、宗峰妙超《しゅうほうみょうちょう》（大燈国師）に伝えられた。その宗峰妙超が大徳寺を創建されたわけですから、虚堂智愚の墨蹟は、茶の湯の世界で古来より重んじられていると言う訳です」

「ありがとうございました。よく解りました。この軸を手にしたからは、益々精進せねばなりません」

水指は真塗りの手桶、建水は甕の蓋、青磁の平茶碗に濃茶が点てられる。

「服の加減は」

「誠に結構。どちらのお茶で」

「上林の『無上』でございます」

「近頃、丹波より宇治に移られて、茶園を開かれた上林《かんばやし》久重《ひさしげ》殿か。丁寧に摘まれた風味は見事でございます。七茗園と遜色ございませんな」

室町幕府に保護された「宇治七茗園」と異なり、丹波より宇治に移り茶園を開いた上林久重とその子等は、こののち千利休の指導により信長・秀吉に取り入れられ、徳川家康は上林家を宇治代官とし、将軍家の茶の管理を命じたのである。


朝日が庭に差し込む頃、茶会は終わった。雪は既に解けている。春の淡雪であった。


「宗易殿。誠にお世話になりました。貴殿が水屋におられなければ、宗達様をもてなすなど、到底叶いませんでした。感謝申し上げますぞ」

「お疲れ様でした。こちらこそ、お師匠様の手助けが叶い、幸せ者でございます。昨夜おりき様が『冷えてきましたから、明日は雪かもしれませんね』と話されなければ、笠を置く事に気が付かない所でございました」

「では『笠』は、おりきの手柄じゃな」

三郎は、二廻り年下の妻りきをみやって微笑んだ。

「とんでもございません。部屋の間温《まぬく》めの仕方や、席入りの『釜音』の拘《こだわ》りなど、数多くの事柄を女の私に教えて頂きました。私の方こそ、宗易様に感謝申し上げます」

千宗易（後の利休）はこの時二九歳。茶の湯形成の真っ只中である。

大永二（一五二二）年、泉州堺（現大阪府堺市）で生まれた。父与兵衛は、魚問屋を営む中流の納屋衆（倉庫業）であった。

与四郎（宗易）は一五歳の頃、父に尋ねた事があった。

「父上様、生まれ故郷ではございますが、この人口八〇〇〇人程の小さな湊町が、これほど繁栄している理由は何なのでしょうか。幕府の実権者細川高国様が対明貿易の拠点を堺と定められた後、政治の中心も堺に移って参りました。その為『堺幕府』と揶揄する者もいるほどでございます」

「与四郎よ、先ず一つはここの地勢じゃ。淡路島と和歌の浦、友ヶ島で外海から隔てられた穏やかな海。陸路四里で斑鳩《いかるが》に行ける。淀川と大和川で平城京、平安京と言った古代の町々と船で直接結ばれている。二つ目は、鉄じゃ。元々この地域は、近くに『難波宮』がおかれたこともあった為、鉄を鋳造する技術が大陸から早くに伝えられておった。数多くの古墳建設などの工事用に、大量の鍬や鋤が作られた。その技術が刀鍛冶となっておる。それが『河内鋳物師《かわちいもじ》』と呼ばれる技術集団となって全国に広がり、奈良・鎌倉時代の大仏や、全国各地の梵鐘となっていったんじゃ」

種子島に鉄砲が伝わるのはこの七年後。そのわずか二年後には、堺で鉄砲が大量生産されるのは、この様な下地があっての事。現在でも堺は、「製鉄の町」であり「刃物の町」でもある。

「最後は人じゃな」

「会合衆ですね」

「そうだ。『日明貿易』『南海貿易』で豪商となった上層町衆は、湊に倉庫を持った為我等のように『納屋衆』と呼ばれておる。その代表は、『会合衆《えごうしゅう》』と呼ばれる自治組織を作り、合議制で運営されておる」

「茶の湯の世界では、室町幕府が所持していた唐物名物道具はその多くが堺に集まり、都・奈良を超える勢いでございます」

「お前も、この千家の跡取りじゃ。将軍家の御伽衆《おとぎしゅう》の一人千阿弥の孫として、新興の納屋衆だが、『堺三六人衆』（会合衆）の一員となれるよう励むのじゃ」

与四郎は、一七歳で北向道陳《きたむきどうちん》に茶の湯を学んだ。二年後、武野紹鷗《じょうおう》に師事する。

その年の暮れ、父与兵衛が他界した。

天文十（一五四一）年、二十歳の時、紹安の母となるなか（宝心妙樹）と結婚。

二十四歳の時、堺の南宗庵《なんしゅうあん》三世大林宗套《だいりんそうとう》より受戒、「宗易」の号を授けられた。

遠く南に目をやる。

天文一二（一五四三）年、中国のジャンク船に乗ったポルトガル人が、種子島に渡来し鉄砲を伝えた。そして六年後、「宮王三郎の茶会」の前年、イエズス会宣教師の、フランシスコ・ザビエルが鹿児島に来航し、キリスト教が日本に伝えられたのである。

「黄金の島ジパング」と言うマルコポーロの噂話ではなく、現実の報告書として「IAPAN」の文字が記載された。年に一回ローマに送られたイエズス会宣教師の報告書は、全て印刷され公表される。「ジパング」は本当に存在していたのだ。こうして日本は「ヨーロッパ人の世界史」の一員に組み込まれていった。


その様な時代の話である。


宗易は一年前より、宮王三郎より謡を学んでいる。

宮王家は、中楽大和四座の一つ「円満井座《えんまんいざ》」中興の金春禅竹《こんぱるぜんちく》の分家である。四座とは、現在の能楽の直接の母体で、円満井座（金春流）、結崎座《ゆうざき》（観世流）、外山座《とび》（宝生流）、坂戸座（金剛流）の事である。近江にも六座あったが衰退した。

「お師匠様、昨年は『関寺小町《せきでらこまち》』を稽古させていただきました。中々声を出すのは難しいものでございますね」

「普通は、いの一番にお教えする曲ではございません。弱く謡う『羽衣』や、強く謡う『土蜘蛛』のような短いものから始める方が多いのです。しかし私はそう思いません。難しいものから習い始めた方が、時間の限られた方、集中のできる方には向いております。宗易殿は既に茶の湯を深いところで考えておられる」

「ありがとうございます。精進させていただきます。ところでお兄様宮王道三様のご容態は如何ですか」

「ありがとうございます。兄とは二〇歳の年の差がございます。もう年ですので難しいでしょう。跡継ぎもおりません」

「猪之助殿の肩の荷が重くなりますな」

「宮王家は庶家とは言え、祖父金春禅竹、曾祖父世阿弥の血を引く家です。金春座の脇家の職を守らねばなりません。もっとも私は『小鼓』専門のようなものですが」

「しかし小鼓では、今や『都の幸《こう》』『堺の宮王』と名を馳せておられます」

元々大和四座は、奈良の興福寺や春日大社の神事に奉仕していた。申楽も初めは神に供えるものであった。観阿弥・世阿弥が、都で将軍足利義満に贔屓されるようになり、都でも興行するようになる。この頃になると各地に広がり、駿河の今川氏、美濃の土岐氏の他、織田氏、越前の朝倉氏、筑後の蒲池《かまち》氏などでは「幸若舞」なども各地に広がっている。後の豊臣秀吉の申楽好きは有名で、金春安照に師事し「自らの曲」を作り、自ら舞っている。龍右衛門作の三面の小面は、秀吉の愛蔵として特に有名である。「雪の小面《こおもて》」（金剛流宗家所蔵）「花の小面」（三井記念美術館所蔵）「月の小面」（焼失）の三面である。徳川家康の代になると喜多流が加わり、「四座一流」が幕府の式楽となる。明治になり「幸若舞」は廃絶するが、「申楽」は名を「能楽」と改め現在に至っているのである。

三郎は、故事来歴に詳しく、特に和歌の素養に溢れていた。宗易の茶の湯の世界に、申楽と和歌の世界が広がっていった。稽古はいつもあっという間に終わった。しかし、その後も和やかに話は続いた。その場には常に、三郎の妻りきがいた。三郎とは二廻り年が離れている。宗易よりは、七歳年下であった。宗易には四歳になった息子「紹安《じょうあん》」（後の道安《どうあん》）がいた。そして三郎夫妻にも、同い年の「猪之助」（後の少庵《しょうあん》）がいたのである。その事も会話を和やかにしていた。

「今度は、奥様と紹安殿も、是非ご一緒にお越しください」

「ありがとうございます。猪之助殿は、世阿弥様から数えて六代目の血をひいておられるお方。これからが楽しみでございますな」

「恐れ入ります。先日『鞍馬天狗』の稚児役で、初舞台を済ませました」

りきは、嬉しそうに宗易に答えた。

「所でお師匠様、先月の興福寺勧進申楽を拝見させて頂きました。特にお師匠様が一緒に打たれた『翁』は、素晴らしいものでございました。初めて『翁』を拝見致しましたが小鼓方が三丁で打たれる姿は力強いものでした。『名人』の宮増様、『都の名手』幸様とお師匠様の響きは壮観でございました」

幸四郎次郎忠能は、伝説の名人と伝えられる「宮増親賢《みやますちかかた》」に学んだ当代一の小鼓の使い手である。現在一九代まで続く「幸流」の祖である。

「宮増様も六五歳、これが最後と話しておられました。私自身も、緒を握る左手の具合が思わしくないのです」

「翁の様に激しい音のときの『甲音《かんおん》』が、痛いようなのです」

りきは、少し顔を曇らせながら話した。

「それはご用心なさらねばなりません。お茶は血の流れを良くしてくれます。寿永の時代（平安時代の末）から茶は薬でございますから」

「宗易様が謡に励まれるように、旦那様も茶の湯の稽古にご精進くださいませ」

りきに再び笑顔が戻った。りきを見ていると、宗易も自然と心が和むのを感じていた。


「お師匠様、『翁』ではどうして、舞台の上で『面』を付けたり外したりするのでしょうか」

三郎は座を改め、静かに語り始めた。

「ご存じの様に、面は、五色の幕の内側にある『鏡の間』で付けるのを常とします。カガミとは『カガを見る』の意。カガとは蛇のことです。蛇は脱皮を繰り返しますから、『永遠の命』の象徴でもあります」

「確かに家の『カカ様』は『山の神』。睨まれている私は、鼠のような者です」

「宗易様は楽しいお方ですこと」

りきは無邪気に笑った。

「唐土《もろこし》でも、我が国でも、祖先神は下半身を蛇で表します。蛇は神の象徴です。中楽でも『三輪《みわ》』では蛇は神の化身と現されます。ですから『鏡の間』で身を清め、面を付けます。場合によっては、『作り物』の中や、『葵上《あおいのうえ》』の様に、衣を被った状態の時もございます。つまり、面を付ける所作を見せることは無いのです。

ところが『翁』だけは異なります。先ずは『面箱』が持ち出されます。翁役が直面《ひためん》（面を付けない）で謡います。そして後、箱から取り出した『白い尉面《じょうめん》』を付けて、静かに天下泰平を願って舞うのです。そして、面を外し箱に収めて退場します。続いて『三番叟《さんばそう》』役が直面で烈しく『揉《もみ》ノ段』を舞い、『黒い尉面』を付けて『鈴ノ段』を静かに舞い納めます。尉面を外して、鈴と共に箱に収めて退場するというものです」

「白い面と黒い面は、どの様に考えたら宜しいのでしょうか」

「白き尉面は、身分の高い貴人の様に思っています。神と言っても良いと思います。すなわち『天』。黒き尉面は身分低き民ではないでしょうか。これすなわち『地』。それぞれが直面で舞った後、面を付ける事で、『天神』『地神』と化し、天地人の三極が一体となって、天下泰平を願っているような所作を行っています。〝とうとうたらり〟と天からの水が地を潤し、三番叟が烈しく地を踏み鳴らすことで、陰陽の和合が生じます。そして穏やかな鈴の音に誘われて、実りが生じるのではないかと考えています」

「私は、炭が燃えて白い灰が付く様子を、『尉が付く』と言うのは、老人になって髪の毛の色が黒から白に変わる様に、炭の色が変わる事を言うものだと思っておりました。その灰を取る事を『尉を外す』と申します。只今お師匠様の話を伺い、『外す』という言葉に、もっと重い意味が有りそうだということを感じました」

「余談ついでに、もう一つ申し上げましょう。宗易殿は、『陰陽五行説』を聞かれたことはございますか」

「茶の湯の稽古の際、紹鷗様の教えに陰陽の和合という言葉が良く出てまいります。しかし浅学の身、よく分かりません」
「唐の思想でございましてな、完成して既に一五〇〇年ほどと聞いております。物の姿を『陰陽』の二つから考え始めるものと、『五の相《すがた》』から考えるものが、一つにまとめられたものだそうでございます。唐から我が国へ伝えられたものは、全てにおいてその影響を受けております。申楽にも沢山あります。
　先日の舞台をご覧になってお分かりの様に、最近は舞台の背に松の木を描くことがあります。『影向《ようごう》の松』と申しまして、春日大社の御神木でございます。陰陽五行では、松は北を指します。北は水の場所でもあります。舞台の四本の柱は東西南北を指し、合わせて春夏秋冬も表します」
「それは師匠より何度も承っております。台子《だいす》の柱と同じでございます。という事は、お師匠様達は北を背に南を向いて演じておられるのですか」
「そうではありません。あの松は鏡に映った松なのです。そのため、松が描かれている板を『鏡板』と申します。私達は松に向かって演じているのです。これも陰陽です。ところで舞台左に延びている『橋掛り』には、五色の幕がございます。異界との境に当たります。それぞれの色は、
『青』は木・東・春
『赤』は火・南・夏
『黄』が土・中央・土用
『白』が金・西・秋

『黒（紫）』が水・北・冬
となります。陰陽から申しますと、青・赤が『陽』、白・黒が『陰』です」
「頭の中が絡まり始めました。少し整理する時間を頂けませんか」
「宜しいですよ。但し、私が存じておるのもこの程度ですから」

宗易は、春の日だまりに目をやった。松の根元には蕗《ふき》の薹《とう》が顔を覗かせている。明け方は雪だったのに、静かに季節は動いている。「春水は四沢に満つ」（春の雪解け水が東西南北に普《あまね》く満ちている。陶淵明の詩）。陰から陽に。そして、一日の中でも陰から陽に、陽から陰に変化が続いている。変化し続けている。


雪が解けるように、宗易の頭の中の絡みが解け始めた。

「さすれば、お師匠様。『翁』の思いは、『水』による『天下泰平・五穀豊穣』の願いではないでしょうか」

「してその意味は」

「翁役が直面で『とうとうたらり……』と歌い始めるのは、背にしている松（北）の先から流れ出る水の姿。白き尉面は、金。豊かさ・貴人の象徴であり、秋は稔りの季節に当たります。その姿で『天下泰平』を願います。翁が帰り、三番叟役が烈しく大地を踏みしめます。黒き尉面は冬であり、民を表します。時が移り春となって、鈴を振りその音が普く大地に染み込むように田植えを行います。神仏のご加護により五穀豊穣が約束されます」

三郎は、目を閉じて静かに宗易の話を聞いていた。

「流石に宗易殿。僅かこれだけの話で、そこまで感じられるか。しかしどれが正しいとかは申しません。大事なのは感じる事ですから。さらば、先ほどの『尉を外す』は如何に」

二人の会話を楽しんでいたりきは、僅かに身を乗り出した。

「炭はその元は『木』。『赤』く燃やして、『黒』き炭となります。再び『赤』く燃え、尉がついて『白』くなります。尉を外すと再び『赤』、最後は灰(土)『黄』に変化いたします。外すとは『尉面』を外す如くこころして扱えとの教え。つまり、炭の中にも五行の変化がある如く、光の移ろい、花の姿、道具の取り合わせにも五行陰陽を心せよということではないでしょうか。それに気づけ、という言葉の様に思います」

「元々『陰』と『陽』には色の感覚がなかったとの事です。『陰陽』の考えと『五行』の考えとが一つになる中で、陰が『黒』、陽が『赤』と定まったと聞いております。これも変化なのでしょうか。さて、次の稽古は「藤戸」をする事にいたしましょうか」

三郎との稽古は、宗易の茶の湯を深めてくれた。りきを交えた会話は、更にそれを愉しいものにしてくれたのである。

九十九髪

永禄八（一五六五）年正月二九日。

大和は麗かな陽気に溢れている。平城山からは、鶯の笹鳴きが聞こえてくる。

宗易は、昨日のうちに堺から奈良に入り、早速茶会の前礼を済ませている。今は、逸る気持ちを抑え、春の陽射しと鶯を楽しんでいる。そして、二つの念願が叶う喜びに心が満ち溢れていた。一つ目は、今や天下人とも言える松永久秀様にお目にかかることが出来る事。二つ目は、天下無双の茶入『九十九髪茄子《つくもかみなす》』を拝見出来る事であった。

ここ二〇年間、畿内は、三好長慶《ながよし》によって何とか纏まっていた。その補佐役をしていた松永久秀は、「三好人衆」といわれた三好宗渭《そうい》・三好長逸《ながやす》・岩成友通らと鎬《しのぎ》を削る争いを繰り返しながら、今や長慶をも凌ぐ実力者となっていたのである。長慶の弟である安宅冬康《あたぎ》・十河一存《そごうかずまさ》、長慶の息子三好義興らは、全て久秀の手に罹り殺害されたと噂されている。そして昨年の七月、三好長慶の死により、弟十河一存の子重存《しげまさ》が一四歳で三好家惣領となったのである。三好義継である。久秀の意のままである。

松永久秀の居城「多聞山城」は、美しい城である。イエズス会宣教師フロイスは「日本において、最も美麗なる物の一つ。世界中にこの城ほど善かつ美なるものはない」と讃えている。

本日の茶会は、奈良茶の湯の重鎮松屋久政の執り成しである。正客は堺の長老養拙斎。宗易、久政の他に、末座に若狭屋宗可が座った。宗可は堺の茶人であり、久秀の御用商人でもある。この日は、久秀の代わりに点前を行う。（資料会記③）

正客の養拙斎松江隆仙は、堺の中小路に住む茶人である。五年前、宗易は近江で「密庵《みったん》の墨蹟」を求めた事がある。中国南宋の禅僧密庵咸傑《かんけつ》は日本の禅僧にも多大な影響を与えている。その墨跡とそれを掛ける為の茶室、大徳寺龍光院『密庵』は、共に現在国宝に指定されている。

師の北向道陳と隆仙を招いた茶会でその墨蹟を用いたのだが、隆仙より「偽物」と喝破されたのであった。宗易は、その場で墨蹟を焼き捨てた。生涯忘れられない苦い思い出である。しかし、隆仙にはそれ以来、何かと墨蹟について尋ねる事が多くなっている。

松屋久政は、代々続く奈良の塗師で茶人である。土門源三郎を名乗り、通称「漆屋源三郎」。茶名は宗朋。村田珠光所持の『肩衝茶入（松屋肩衝）』、徐熙《じょき》が描いた『鷺の絵』『存星盆』の三点は「松屋三名物」と称され、これを見なければ「侘び」は語れないと言われている。

宗易は、二年前の十一月に念願が叶い「松屋三名物」を拝見している。この頃の宗易は一流の茶人となるべく修行中である。仲間からも「茶の湯常住」と評価されていた。津田宗及の強い勧めもあり、名物茶入の勉強の為に作り始めた「茶入切型」（茶入を実見し、形・大きさ・釉《くすり》流れなどを書き記した物）は五十口になろうとしていたのである。

「宗易殿、良くお越しくださいました」

「宗朋様、本日はお誘いありがとうございます。二年前『松屋三名物』を拝見させて頂きました折、思い残すは『九十九髪茄子』のみと申し上げましたことを、心にお留置き頂き、本日のお計らい賜りました事、感謝申し上げます。しかも本日は、隆仙様の相伴をさせていただきます。〝名物茶入賞翫の客振り〟を学ばせて頂ける事、茶人冥利に尽きるというものでございます」

隆仙が言葉を繋いだ。

「ところで、我々堺の納屋衆が最も頼りにさせて頂きました三好実休《じっきゅう》様がお亡くなりになられて、はや三年となりました」

宗易が応える。

「私の謡の師宮王三郎様も、手を痛められ小鼓を辞められてからは、名を『三入《さんにゅう》』と改め、実休様が亡くなるまでの二年間、御伽衆をしておられました。残念ながらその戦に巻き込まれ同じく亡くなられました」

「そうでしたか。その実休様の跡を継がれた、弟の安宅冬康様までも昨年の五月に亡くなられました。さらに惣領の三好長慶様が七月に亡くなられた今、堺のみならず畿内の安寧秩序は、お二人がこれからお会いになる松永久秀様お一人による所となっております」

宗朋の言葉に隆仙と宗易は大きく頷いた。

久秀の茶座敷は四畳半、床は北向きであった。囲炉裏には、『真の釜』が鎖で釣られてある。床の間には、玉澗《ぎょくかん》の唐絵『煙寺晩鐘』、その下に、夢にまで見た『九十九髪茄子』が飾られている。

「霜臺様（松永久秀）の御出座」

一同は両膝をつき、両手を畳につけた「控え」の姿をとった。

「隆仙、宗朋、宗易。良く参った。宗可は茶頭を宜しく頼むぞ。さあ、手を挙げて楽に座れ。宗易、長らく待たせて、すまなかったの。宗朋から、お主が『九十九髪茄子』の拝見を所望しているのは聞いておったのだが、ややこしい戦が続き、茶の湯の時が取れなかったのじゃ。今日はその詫びに、『宇治の三之間』の名水を汲ませておる。竜神の水を味わうが良い。〝茄子を恋ふらし面影に見ゆ〟じゃからな」

久秀は声をあげて笑った。

宗易は、宗朋に密かに尋ねた。

「『宇治三之間』の名水とはどういうものでしょうか」

「宇治川に掛かる橋の、西側から三つ目の欄干の事でござる」

「それがどうして名水なのですか」

「『橋姫』が祀られております。鳰《にお》の海（琵琶湖）の竹生島から流れ出るといわれる『竜神の水』は、瀬田川宇治川と続き宇治橋『三之間』の下を流れると伝えられております。そのため、三番目の欄干を張り出して『橋姫』が祀られ、そこから汲んだ水は名水と聞こえが高いのでございます」

「若狭屋さんが、今朝の寅の刻（午前四時頃）に汲まれたそうでございます」

隆仙が話を添えた。

茶の湯執心の、心優しい面を持つ久秀である。

『九十九髪茄子』は、第三代将軍足利義満の時代から、御物として伝えられた天下第一の茶入である。八代義政から、山名是豊に渡り、村田珠光がこれを「銀九十九貫」で買い求めたのが名前の由来である。

『伊勢物語』第六十三段「つくもがみ」では、在原業平に恋する老女の姿に

〝百年《ももとせ》に一年《ひととせ》足らぬ　九十九髪
　我を恋ふらし　面影に見ゆ〟

と詠み、業平が老女と添い寝をする場面がある。

久秀は一八年前に、千貫で購入した。しかしこの茶会から三年後、信長に自ら献上している。その後秀吉・家康と渡りながら、多くの逸話に彩られていくのである。久秀は業平の歌〝我を恋ふらし〟を、〝茄子を恋ふらし〟と変えて、宗易の茶入に対する想いをからかったのであった。

『九十九髪茄子』は宗易の「茶入切型」の掉尾《ちょうび》を飾るに相応しい名器であった。

五月一九日、第十三代将軍足利義輝が暗殺された。洛中の居城「二条御所」にて、三好義継・三好三人衆・松永久通（久秀の長男）ら一万の軍勢の急襲にあったのである。

義輝は将軍在位一九年と長かったが、享年三十歳であった。義輝の死は、多くの大名の怒りを買った。特に義輝と親しかった上杉謙信は「三好・松永の首を、悉《ことごと》く刎《は》ねるべし」と神仏に誓ったのである。民衆にも怒りが広まっている。「義輝追善供養」には、貴賤男女を問わず、七万人が集まった。三好・松永は世間を敵に回してしまった。しかし三年後、信長が上洛するまで、畿内は依然として三好と松永の権力闘争の場であった。

天文一八（一五四九）年。あの「宮王三郎の茶会」が行われた前年。鹿児島に上陸したフランシスコ・ザビエルは、日本に初めてキリスト教をもたらした。

天文二〇年一月ザビエルは堺を経由して上洛を果たす。しかし、天皇に謁見することもかなわず、町の荒廃を見て都での布教を断念している。九州や山口での布教成果を踏まえ、都での本格的な布教が始まるのは、八年後である。ポルトガル人宣教師ヴィレラと、日本人修道士ロレンソ、同宿ダミアンが送り込まれたのであった。それから六年が経ち大きな成果を上げたが、将軍義輝の死と松永久秀の台頭によって、再び水泡に帰すかに見えた。

「ヴィレラ様、この度は本当に悔しゅうございます」

ダミアンは涙顔で訴えた。

「六年前我らが都に派遣された際は、誰一人として信者はいなかったではないか。それが三好長慶様、細川様のお力で将軍義輝様にお目通りが叶い、『三カ条の禁制』を賜る事が出来たのだ」

ヴィレラはダミアンを諭した。

禁制とは、
一、パードレの家で乱暴しない
二、武将の宿舎としない　悪口を言わない
三、不合理な税や負担を課さない
の三カ条である
これにより、都での滞在が許可された。布教の安全が確保され、説教や宗論に人が集まりだしたのである。

「あの『禁制』を頂いてから先ず、一〇〇人程の改宗者が出ました。その中には、大徳寺の老僧、他宗の仏僧、公家など貴人の方々一五人もおられます」

ロレンソが続けた。

「そうであったの。あの時の三好様と、建仁寺永源庵様のお力がなければ、姥柳町の家を求め教会とすることも叶わなかった」

「その後都での戦が続いた為、我々は堺に逃れました。しかし堺滞在中に、日本の諸宗教に精通した大学者結城《ゆうき》山城守進斎アンリケ様・清原枝賢《えだかた》様始め、大和の沢城城主高山飛騨守ダリオ様、高山彦五郎（後の右近）ジュスト様など、ご家族だけでなく臣下の方々も大勢改宗されました。ヴィレラ様、ロレンソ様のお力でございます」

「三カ月足らずで、大和・河内・摂津に五つの教会が建てられました。今年の聖週間と復活祭（イースターとその前の一週間の事）は誠に盛大に行われました。六年間の努力がやっと実ったのでございます」

「三好長慶様だけでなく弟の実休様のお力も有難かったの。実休様は三年前、長慶様は昨年お亡くなりになられ、二カ月前にはこうして足利義輝様が殺害されてしまわれた」

「それでこの度の突然の『伴天連《バテレン》追放令』でございます」

「実休様の御家臣篠原長房様が朝廷に働きかけてくださっているが」

「裏では松永久秀様が朝廷を動かしておられるようです」

「あの方は法華宗でございますからな」

「暫く都を離れるしか手はございません」

二人の日本人修道士を残して、宣教師達は都を離れた。

次に宣教師フロイス等が上洛するのは三年後、信長の上洛まで待つ事となるのである。

義輝の死を受け入れ難い人間がもう一人いた。狩野源四郎である。二三歳の若き絵師、後の狩野永徳である。この時源四郎は、義輝より依頼の屏風の仕上げに掛かろうとしていた。贈る相手は、上杉輝虎（後の謙信）と聞いている。輝虎は四年前、関東管領となっている。上洛の際、義輝より

「輝」の一字を拝領、景虎を輝虎と改名したのである。そして義輝は、祝いの屏風を輝虎に贈る為、源四郎に発注したのであった。

「洛中洛外」の様子を克明に描き、二千数百人の都人を生き生きと書き表した。しかもその中には、「幼き義輝」と、公方邸に参上する「輝虎」を書き加えたのである。祇園祭の賑やかな囃子や、川のせせらぎ、街の喧騒が聞こえてくるようである。

源四郎は依頼主を失った屏風を仕上げた。この後この屏風は、狩野永徳の最大のパトロンとなった織田信長に依って、信長よりの依頼で描き上げた「源氏物語屏風」と共に、予定通り上杉謙信に届けられている。(『洛中洛外図屏風』は現在山形県米沢市上杉博物館所蔵)

朝鮮渡海

永禄九（一五六六）年、三好義継は、父長慶の菩提を弔う為に、京都大徳寺に聚光院《じゅこういん》を開創した。実は長慶は、二年前の永禄七年七月に病没している。しかし後継の義継が若輩（一五歳）の為、二年間喪は伏された。永禄九年公表、葬儀が執り行われたのである。

前年から大仙院・裁松院の敷地が拡げられ、聚光院建設の為の準備がされている。開山は笑嶺《しょうれい》宗訢《そうきん》。長慶の戒名「聚光院殿前匠作眠室進近大禅定門」により「聚光院」と名付けられた。大仙院は、津田宗達と今井宗久を檀越外護者としている。従って新築の聚光院に対する宗易の思いは、津田・今井に対するライバル心もあって、格別強いものであった。

宗易は三好義継に対して、方丈障壁画の寄進を願い出たのである。作者として依頼したのは狩野家当主「松栄」であった。狩野松栄はこの時四八歳。後奈良天皇が贔屓とした「狩野元信」の三男として生まれ、七年前に元信、続いて兄を亡くし、現在は多くの弟子を束ねる狩野派一門の棟梁である。三年前の永禄六年には、大徳寺に「涅槃図」を寄進している。笑嶺とはその時からのよしみである。

「松栄殿ご無沙汰しております。この度は聚光院障壁画製作のお願いをご快諾頂き、ありがとうございました。とても楽しみにしておりますぞ」

「笑嶺様、お礼はこちらの方こそ申し上げるべきでございます。大徳寺南派の瑞峯院様には大友義《よし》鎮《とも》様の御依頼で、障壁画を寄進させて頂きました。この度こうして、北派の聚光院様にご縁を賜り、一門嬉しい限りでございます」

宗易が続く。

「松栄殿には『瀟湘八景《しょうしょうはっけい》』と『虎』『猿』をお願い致します」

「宗易様承りました。渾身の思いで描かせて頂きます」

この頃、大徳寺の山内塔頭は、真珠派、龍泉派、南派、北派の四派に分かれている。応仁の乱により焼失後再建又は創建された「真珠庵」「龍泉庵」「龍源院」「大仙院」をそれぞれ本院としているのである。

宗易は松栄に尋ねた。

「瑞峯院のご住職が怡雲《いうん》老師ですね」

「はい。開祖は徹岫宗九《てっしゅうそうきゅう》様で法嗣が怡雲様でございます。豊後の大友家の菩提寺で、御当主義鎮様も修道御熱心。亡くなられた足利義輝様の相伴衆もされましたし、この度得度され、『瑞峯院殿瑞峰宗麟居士』となられました。ご自身も『大友宗麟』と名乗っておられます。伴天連にも御理解があり、豊後の府内は伴天連の船が入港し、大層賑やかだそうでございます」
「噂は堺でも評判でございます。私がザビエル殿に堺でお会いしてから、早や二五年となります。豊後には、是非とも一度行ってみたいものです」
「宗麟様からは、早々に来府するようにと何度も催促がございます。私が参ります際には、お声掛け致しましょう」

聚光院は翌年七月に落慶した。方丈内の障壁画は「瀟湘八景図」八面と「竹虎遊猿図」六面の他、「蓮鷺藻魚図」六面「花鳥図」二面の小襖が現存している。その内で、瀟湘八景図と竹虎遊猿図が現在国宝に指定されている。聚光院と言えば『狩野永徳』を語らなければならないが、それは後述。

この頃宗易の茶の湯は行き詰まっていた。
一月二七日、「宗易」号の名付け親「大林宗套」が遷化した。南宗寺での葬儀の際は、我が茶の師「紹鷗」の事も思っていた。
かつて、大林は紹鷗に「一閑」号を与え、その際肖像画に、
料知茶味同禅味　吸尽松風意未塵
の偈を賛している。「茶禅一味」である。
師の一三回忌を迎えても、宗易の心境は暗中模索の状態であった。
「何かが足りない。私の目指しているものは、ここではない。北向道陳様、武野紹鷗様の門を叩い

て三〇年。その『枠の中』を守ってきた。それを打ち破る何かが欲しい。そうしなければ、『守破離』として自らの離の境地に達することは生涯叶うまい。唯一無二の『私の茶』は、どこにあるのだろうか。この暗闇に差し込む光明はないのだろうか」

聚光院の落慶を終え一段落したころ、松栄の誘いのまま、宗易は豊後を目指した。

大友宗麟は三八歳。二〇歳で父と弟を殺し（二階崩れの変）二一代当主となった。父義鑑《よしあき》は豊後国（大分県）と筑後国（福岡・佐賀県の一部）の守護大名であった。宗麟の代になって後、天文二三（一五五四）年に肥後国（熊本県）、弘治三（一五五七）年に筑前国（福岡県）を手に入れた。永禄三（一五六〇）年に左衛門督に任じられ、大友氏の全盛期を勝ち取った。永禄六年には足利義輝の相伴衆に任じられている。

宗麟は海外にも広く目を向け、中国への遣明船の派遣、琉球・カンボジア・ポルトガルとの海外貿易も盛んに行った。堺の豪商日比屋了珪《りょうけい》を厚遇しただけでなく、筑前博多の支配権を得たことにより、莫大な利益を上げたのである。弘治三年には本拠地を「府内」（大分市）から、湊と城下町とが一体となった「臼杵《うすき》」に移していた。

松栄と宗易は、臼杵の丹生《にう》島新城で宗麟に拝謁した。五年前から築城が始まった丹生島城は、臼杵湾に浮かぶ難攻不落な城である。

「松栄殿、遠路よく来られた。忙しいところ大儀でござった。待ち焦がれておりましたぞ」

「お申し出に中々叶いませず、申し訳ございませんでした。只今一門は二手に分かれ、関白近衛前久《さき》様のご依頼と、美濃の織田信長様からの依頼分をさせて頂いております。年明けには、それぞれが終わろうかと存じますので、今少しご猶予くださいませ」

「存じておる。急がずとも好い。わしはこの臼杵を理想の町にしたいのじゃ。ゆっくりと作りたいと思っておる。今回は、そなたにわしの話を聞いてもらい絵の構想を練って欲しいのじゃ」

「ありがたき幸せ。痛み入ります。本日一緒に参りました者は、堺の納屋衆の一人千宗易様と申します」

「そなたが千宗易殿か。そなたの事は、同じ堺の日比屋了珪殿から聞いておる。この頃は、堺の茶の湯者の代表の一人との事」

「畏れ多いお言葉でございます。お初にお目にかかります。千宗易でございます。九州は初めて参りました。畿内とは海も山も随分と異なる気色。空の色、海の色まで違って見えまする」

「心ゆくまでゆっくりされよ。我が領国内の自由往来を許可しよう。今日は博多から威勢のいいのが来ておる。会って話などするがよかろう。『あらき』（泡盛）という新しい酒が、琉球から届いておるから、それも試して見られるが良い」

「ははー」

「島井茂勝と申します。どうぞお見知りおき下さい」

後に、大徳寺にて出家し島井宗室と名乗る男は、日に焼けた顔をほころばせた。

「幾つになられる」

「二九でございます」

「まだ三月なのに、良く日に焼けておられるの」

「はい。一年の半分は船の上でございますから」

茂勝は屈託なく笑った。

島井家は、代々博多で酒屋と金融業を営む一方、明や朝鮮、そして琉球との貿易で莫大な富を築いていた。元々は対州（対馬）宗氏の家臣の一族と言われ、朝鮮貿易に特別な縁故がある。

「最近では朝鮮の焼き物の商いが増えて参りました。奈良、堺、都の唐物屋様だけでなく、越前の朝倉様からも直接に依頼が参ります」

「私もいくつか持っております。明国の『唐物』に対して、朝鮮の物は『高麗物』と呼んでおります」

「高麗時代の様に古い物は、それ程多くはございません。殆どが今物でございますぞ」

「存じております。元や明の時代に作られても『唐物』というように、高麗時代でなくとも『高麗物』と敬意をもって呼ばせて頂いております。茶道具も、以前は唐物だけの世界でございました。八代将軍足利義政公の頃、奈良の村田珠光が、信楽焼、備前焼、手桶の水指などを使用しだしました。そしてそれらを組み合わせて、客前で主人が自ら茶を点てることが始まりました。茶入を中次や棗《なつめ》などの塗物にしたりと、『和漢の境を紛らかす』茶に変化して参りました。しかし、茶碗だけは未だに青磁や天目など唐物のまま。そこにやっと天目に代わりうる物として、高麗物が少しずつ使われるようになりました。しかしまだまだです。道具は『なり・ころ』。即ち『姿と大きさ』なのです。

未だ『なり・ころ』の良いものに出会えないのです」

「ではご自分で探されては如何ですか」

「え?」

「朝鮮に参りましょう。博多から朝鮮までは、堺までの半分の距離でございますよ」


堺で見なれた瀬戸内の穏やかな海とは異なる玄海灘を見ていると、全く違う世界に漕ぎ出したのだという想いに駆られる。勢いで松栄と共に豊後まで来て、大友宗麟に出会った。そこで島井茂勝の言葉に乗せられて、今は博多から漕ぎ出で、壱岐から対馬に向かっているのだ。


「宗易様、もう直ぐ対馬の島影が見えてまいりますぞ。ご覧ください。海の色が変わって参りました。ここからは潮の流れが速くなりますから船が揺れます。お気をつけください」

「同じ海でも随分と色が違うものじゃな。様々な「物」がこの海を渡って来た。数多くの唐物道具もそうだ。しかし、その数より遥かに多くの物がこの底に沈んでいる。生き残った物を大事に使わせて頂かなくてはな」

「三〇〇年前には、この海を通って、中国と朝鮮の兵五〇万人が攻めて来ました。対馬と壱岐の民は、二度に亘って皆殺しにされました」

「あってはならぬ事だ。我々も決してしてはならない」

そう言って目を西北にやると、対馬の島影が見えてきた。これから二四年後、宗易が死んだ次の年から二度に亘って、逆に三〇万人の日本兵がこの海を渡るとは、この時の宗易には想像すら出来なかった。

対馬は古代から続く、日本の玄関である。南北二島に見える八二キロメートルの細長い島である。九州本土よりは百三〇キロ離れているが、朝鮮半島からは五〇キロ足らずである。鎌倉時代からは、阿比留氏に代わり宗氏がこの島を治めている。与良に国府が置かれ、府中と称している。

「朝鮮国が、都の幕府に発行した『牙符』という物がございます。日本国の王使の印なのですが、幕府は大内様と大友様にそれをお与えになりました。大内様が滅んだ今は、大友様のみがお持ちです。しかもその牙符はこの対馬にいつも置かれております。宗様と我々博多の商人は、偽りの『王城大臣使』となり貿易を致しております」

「大友様はご存知なのですか」

「勿論ご存知でいらっしゃいます。莫大な利益の半分を献上しておりますから」

「朝鮮での窓口は、『倭館』という役所でございます。六〇年程前に騒動がございました。その頃は、三〇〇〇人余りの日本人が倭館付近に暮らしておりました。田地を買い耕す者や、漁師をしたり、中には密貿易をする者もおったそうです。『三浦倭館《さんぽわかん》』と申しまして、富山浦《ふざんほ》、乃而浦《だいじほ》、塩浦《えんほ》という三カ所の浦が入港を許され、それぞれに倭館がございました。騒動の後は富山（釜山）浦だけが許されております。その為今おります者は、倭館の役人が五〇人ばかりでございます」

「他の人達は帰国したのですか」

「多くはそうですが、朝鮮生まれで言葉巧みな者は、朝鮮人として近くに残っております。なかには役人になっている者もおります。宗様のその後の交渉で、多い時には五〇隻許されていた『歳遣船』を、何とか三〇隻迄認められるようにされたのでございます」

「どのような物を扱っているのですか」

「こちらからは主に銀や硫黄、琉球からは胡椒や薬種、南蛮渡りの唐辛子や香木等を持って参ります。向こうからは明国からの生糸の他綿布や朝鮮人参、経典などが主な積荷でございます」

「行きと帰りでは『荷の重さ』が大分違いますね」

「流石、商いをなさる宗易様。ご存じのように船を安定させる為には、船底に重りが必要となります。その重りとしたのが焼物でございます。ですから日本に戻ったら殆ど捨てておりました。その中の物が、最近高値で売れる様になって来たのでございます」

「なるほど、船の重りに使った焼物から、茶道具に程よいものを見つけ出し、畿内で売っている訳ですね。それでは是非とも窯場に行ってみたいものです」

「色々ご案内致します」


府中で風待ちをし、宗易達は釜山に向かった。上対馬の北端、韓崎を過ぎるともう朝鮮が見え始める。影島を北に回り込んで船は釜山の浦に入ったのである。

正面に標高一三〇メートルの甑山《こしきやま》が海岸に迫っている。かつては富山と呼ばれたが、山の形が「釜」に似ている所からいつの頃からか「釜山」と書かれている。この頃は、倭館があるだけの閑散とした漁港であった。

「ここから八里（三二キロメートル）ほど西に、乃而浦という大きな湊がございます。二〇年前までは、一番大きな倭館がございまして、二五〇〇人程が暮らしておりました。その辺りが、昔から焼物が盛んで陶工が多い場所でございます。しかし今は、許可なく船を近づけますと、倭寇とみなされます。手前にある加徳島より西には参れません。先ず今日は釜山倭館で休み、この北にございます『東萊府《トンネブ》』という役所に、明日参りましょう」

東萊府は、倭館から北に八キロほど山手にある新羅時代（八～一〇世紀）の金井山城の麓にあった。この地は漢城（朝鮮国の首都、現在のソウル市）に通じる主要道を押さえる交通の要地であった。長官は都護として従三品（一八階級の第六位）の資格をもった上級官僚である。

都護には、特別な土産を十分に渡してある為、「五日間、乃而浦に停泊する許可証」を難なく貰う事が出来た。

「島井殿と千殿には、茶礼を致しますから拙宅にお移りください」

都護の両班屋敷に案内されると、玄関ではなく南側の角の、小さな入口に導かれた。明るい陽射しが溢れていた。茂勝は慣れたように進み、扉を自ら開け、その前の石の上で履物を脱いだのである。そして石より一尺（三〇センチメートル）ほど高い扉から、跨いで中に入っていった。宗易もそれを真似て中に入った。

真っ白な不思議な空間であった。壁も床も天井も真っ白な紙が貼られ、柱が見えない。まるで雪の洞穴のようであった。しかも、やや黄色味を帯びた床が暖かい。

「何故床が暖かいのですか」

宗易は感じたままを茂勝に尋ねた。

「オンドルと言いまして、竈《かまど》で炊いた煙が床下を通っているのですよ。両班の様な身分の高い貴族や金持ちの商人しか使用できません。床は上下に石が敷いてあり、その間を煙が通ります。上の石に漆喰が塗ってありまして、その上に油を染み込ませた厚紙が貼ってあるのです。朝鮮国は我が国より遥かに寒いので、家は冬用に作られているのです。この辺りは、慶尚道と呼ばれる半島東南部地域の最南端ですから、朝鮮国では一番暖かい地域ですが、それでも博多より寒うございます。その為に部屋が小さく、天井も低くなっております。客は皆外から直接部屋に入ります」

「確かに狭いが、狭さを感じさせない不思議な空間ですね。何か懐かしい思いが感じられます」

やがて都護が入ってきた。

「お待たせしました。まだ朝晩の冷え込みがありますので、今日もオンドルを入れてあります。千殿は初めてですか」

茂勝と同じ年ほどであろうか。使用人が「ソバン（脚付きの小盤）」に茶器を載せて、それぞれに持ち出した。

「オンドルは暖かくて何よりなのですが、家具が傷みます。それで我が国の家具は皆脚がついているのです。千殿は日本の有名な茶人と伺いましたので、今日は特別な茶を用意しました。宝林寺の緑苔銭茶です。穀雨（二十四節気の一つ、四月二〇日頃）前に摘んだ『雨前茶』で造られた珍しい物です。餅菓子はタダム（茶啖）といいます」

「まるで海苔の様な深い緑色でございますな。それに何とも香ばしい、格別な香りが致します」

「お気に召して頂き何よりです。熊川《ウンチョン》にお行きになりたいとの事、あちらで造る焼物は陶器で、両班の使うような磁器ではありませんぞ」

「ありがとうございます。庶民の器もまた一興かと存じますので」

「御存じであればそれで結構です。昌原の都護府にも連絡しておきます。自由に動いていただいて結構です。但し五日間の期限だけはお守りください」

「ご配慮感謝申し上げます」


釜山から西へ島伝いに五里（二〇キロメートル）程進むと、左側に加徳島が見える。そのまま進むと、船は自然と右側の入り江に誘われる。薺浦（乃而浦）である。二四年前まではここにも倭館が置かれ、釜山より遥かに多い二五〇〇人の日本人が暮らしていたという。この頃この地域は、「熊川県」と呼ばれ日本では熊川港として知られている。一三年後、秀吉の朝鮮出兵の際建てられた「熊川倭城」の遺跡が現在も残されている。中世からの陶器の産地である。

宗易と茂勝は船から降りると、予め手配していた受職人（朝鮮から官位を貰っている日本人）の案内で、五日間隈なく歩き、窯元を訪ね歩いたのである。頭洞里《トドンリ》という地域を中心に、六〜七連房の半地上式登窯があちこちにあった。

この時期まだ日本に、連房式登窯は導入されていない。秀吉の朝鮮出兵以後の事である。その際、この地域の陶工も技術も根こそぎ日本に連行され、朝鮮の陶芸は一時期たえてしまう。そしてそれらの陶工たちにより日本の「萩焼」「高取焼」「薩摩焼」などが始まる。「焼物戦争」と呼ばれる所以である。

「宗易様の熱心さには、只々頭が下がるばかりでございます。毎日何百という器をご覧になり、取り上げない日もあり、同じく見えるものからたった一個を長い時間をかけて選ばれる。それでいて今回お選びになった五つの器は皆姿が異なっています。何が基準なのですか」

「私の掌です。両手で包み込んだ感覚そのものなのです。それにしても堺の茶会で見ていた器がこの場所で作られていたとは、驚くばかりです」

「宗易様の『なり』と『ころ』に叶う物とお出会いになられたのですね」

「はい。これは井戸と言っております。私の茶の師匠武野紹鷗様も一つお持ちでした。私も似たようなものを所持しておりますが、大きすぎますし粗すぎまして、今一つしっとりときませんでした。一年半前の九月、天王寺屋さんをお呼びした際、それを手桶の前に置いて一服差し上げました。昨年の暮れには奈良の松屋さんをお呼びして、天目で濃茶を差し上げた後薄茶で井戸を使いました。どちらも喜んで頂いたのですが、持つ手に、ややなじまないものを感じておりました。高台が高く竹の節のような物や、まるで刀の『梅花皮《かいらぎ》』の様に見える釉の縮れが、強く出過ぎているのは、お武家様には好まれますが、私は余り好きになれません」

そう言って宗易は小ぶりな井戸を左右の手で包み込んだ。濃茶には、やや恥ずかし気である。高さは二寸（六センチメートル）に満たない。

「三島の二碗は、何がお気に召されたのですか」

「端反《はたぞ》りの方は姿と、何と言っても白の美しさです。見込みの部分にある三段の暦模様も静かです。桶型の方は実に端正です。斜線や花小紋がはっきりとして重厚な趣があります。口が広い物が多い中、抱き込みになっております。とても心惹かれる形です」

「こちらの琵琶色の茶碗は」

「腰の柔らかさです。形がやや扁平な所が人間味があります。師匠の紹鷗様がお持ちの物より薄く小ぶりです。口の開きがおおらかでしょう。この美しい赤味と腰の姿に、妻のりきを思い出していました」

「それは恐れ入ります。宗易様の奥方様には、是非ともお会いしてみたいものです。ところで最後のこの二つは、何にお使いになるのですか。何時選ばれたのか、全く気がつきませんでした」

「面白いでしょ。水が飲みたくなり台所を借りた時見つけたのです。この小さい方は薬膳に使う松の実が入っていたのです。何に使うかはまだ考えていません。香炉にしても面白いかもしれません。黒い筒型の物は花を一輪入れてあった姿に感動致しました」

蓋付きの器は、高さ二寸五分（七・五センチメートル）の愛らしい姿である。井戸の釉薬《ゆうやく》が掛けられた塩笥《しおげ》形で、高台際と蓋の撮《つま》みに僅かな梅花皮が見られる。後世、利休（宗易）の書付で「此世」と呼ばれる利休愛蔵の香炉と、最晩年に好んで多く使われた花入「高麗筒」との出会いである。

宗易は茂勝と共に豊後に戻り、大友宗麟に挨拶をした。

「ありがとうございました。お陰様で、やってみたいことが、雲のように湧き出して参りました」

「それは重畳。ところで松栄殿も仕事が終わり、宗易殿を待っておられた。共に帰るもよし、未だ暫く領内におられるのもよし。好きにされるがよい」

「恐れ入ります。一緒に帰ろうと思いますが、その前に府内で伴天連にあってもよろしいでしょうか」

「無論じゃ。今はアルメイダ殿とロレンソ殿が布教しておられるはずじゃ」

ルイス・デ・アルメイダは、もう既に日本滞在一三年目のポルトガル人である。この時四〇歳である。外科医の資格を持ちながら、富と夢を求める、貿易船の船長でもあった。三〇歳で巨万の富を稼ぎながら、信仰の為に全てを捧げた。弘治三（一五五七）年、府内に病院を開設した。孤児院も作った。「豊後の憐みの聖母マリア病院」である。そこには日本で最初のハンセン病病棟もあった。二年後、更に大きい外科手術の設備を持った病院も出来上がっている。この病院は武士など、貧しくない者の為の物であった。体系だった医学教育もアルメイダに依って行われていた。現在は、「大分市医師会立アルメイダ病院」にその名を残している。

ロレンソ・了斎は盲目の琵琶法師である。ザビエルと出会い洗礼を受けた。高山友照（右近の父）は、自らの洗礼後、ロレンソを自らの沢城に呼び、息子彦五郎（後の右近）ら家族のみならず、求められれば家臣達にも洗礼を受けさせたのであった。ロレンソは、永禄六（一五六五）年からは九州で活動を行っていた。

弘治三（一五五七）年、大内氏の滅亡により、翌年には山口の布教本部が豊後に移された。布教長トーレスも府内に移った事で「府内」は、事実上「日本キリスト教の布教本部」となっていたのである。

布教長トーレスは病に伏していた。宗易はトーレスを見舞った。病室にはアルメイダが寄り添っていた。アルメイダとは、三年振りである。宗易四七歳、アルメイダは四五歳である。

「宗易様ご無沙汰いたしております」

「アルメイダ殿、三年振りですね。堺での復活祭以来です」

「はい。あの時は松永久秀様の強い要望で出された『伴天連の都からの追放令』で、豊後に戻る途中でございました。ディオゴ・了慶様達との復活祭と、次の日の宗易様・宗及様を交えた茶会が、今でも懐かしく思い出されます」

「ところでトーレス様のお具合は如何ですか」

「今はお休みになっておられます。ザビエル師とトーレス師が初めて日本に来られた時は、一人の信者も一つの教会もございませんでした。ザビエル師がゴアに戻られ、その後お亡くなりになられてから、そのご遺志を継がれたのはトーレス師でございます。私も師にお会いしてこの道に入りました。以来都、堺、山口、府内、平戸、有馬、島原の教会を中心に数多くのキリシタンが誕生したのも、主のご加護と、トーレス師のご努力の賜物でございます」

「静かにお休みのご様子。目覚められたら宜しくお伝えください。ロレンソ殿も息災ですか」

「はい。今は隣の教会でミサをしております」

「それではそちらを訪ねてみましょう」

教会ではロレンソが説教をしていた。

〝幸いなるかな心の貧しき者、天国はその人のものである
幸いなるかな悲しんでいる者、その人は慰められるであろう
幸いなるかな柔和な者、その人は地を受け継ぐであろう
幸いなるかな義に飢え渇いている者、その人は飽き足りるであろう
幸いなるかな憐み深い者、その人は憐みを受けるであろう
幸いなるかな心の清き者、その人は神を見るであろう
幸いなるかな平和を作り出す者、その人は神の子と呼ばれるであろう
幸いなるかな義の為に迫害されてきた者、天国はその人のものである〟

「ロレンソ殿の言葉は心深く入りますな」

「宗易様、ご無沙汰しております。只今話しましたのは、マタイというイエス様のお弟子による福音書の一節です。イエス様が、ガリラヤという場所にある山の上で、この御教えを示されましたので、我々はこれを『山上の垂訓』と呼ぶようにしております」

「心の貧しい者には、迫害をする者も含まれているのですか」

「勿論そうです。悔い改めれば天国は全ての人の為に開かれております。宗易様も信仰にお入りになりませんか」

「ありがとうございます。しかし私には、心の師としている方がおりますのでご遠慮致します」
「それは致し方ありません。心の清き方に信仰を変えろと私は申しません。マタイの福音書のもう一節を、お伝えして宜しいでしょうか。私の最も好きな一節ですので」

〝狭き門より入れ
滅びに至る門は大きくその道は広い
そしてそこから入ってゆく者が多い
命に至る門は狭くその道は狭い
そしてそれを見出す者はすくない〟

宗易は堺に戻った。

トーレスは二年後府内で死亡。
アルメイダは一二年後マカオで司祭に叙されるが、その三年後天草で死亡した。宗易との再会は叶わなかったのである。
ロレンソ了斎は次の年都に戻った。秀吉により都から追放されるまでの二〇年間、宗易とはよき友であり続けた。

ローマ神学校

ローマは穏やかな日々が続いている。フォルトゥーナが微笑んでいる。

一五六五年はジャンネットの代名詞とも言える『教皇マルケルスのミサ』が完成した年である。四〇歳となっていた。

二月、ジャンネットはローマ市内に初めて建てられた「ローマ神学校」（セミナリオ・ロマーノ）の、初代音楽教師・礼拝堂聖歌隊楽長に就任した。しかも二人の愛する子供達、長男ロドルフォと次男アンジェロが、学生として次年度入学する事になったのである。

ロドルフォとアンジェロの二人は、溢れんばかりの音楽的才能をしっかりと父から受け継いでいた。ロドルフォは一六歳でサン・ジョヴァンニ・イン・ラテラーノ大聖堂（ジャンネットが突然教皇聖歌隊を解任され、その後就任したあの教会）聖歌隊の少年歌手をしていた。アンジェロは一四歳となっていた。

「父上様、この度はローマ神学校楽長のご就任おめでとうございます」

「ありがとう。ロドルフォとアンジェロの二人は来年入学が決まっているから、今年一年間しっかりと勉強するのだよ」

ジャンネットは少々つまらなそうにしている三男イジーニオの頭を撫でながら言った。

「イジーニオももう六歳だから、どこかの聖歌隊養成学校を考えないとな」

「この子はとても社交的な所があるから、あなたが昨年の夏お世話頂いた、エステ様にご紹介頂くのは如何かしら？」

妻ルクレーテはたずねた。


エステ様とは枢機卿イッポリト二世の事でジャンネットの大パトロンでもある。教皇ユリウス三世（パレストリーナの後援者）とコンクラーベ（教皇を選出する選挙）を争ったが、音楽の趣味は一緒だったようで、ジャンネットの音楽をこよなく愛したのである。自らも音楽理論を学び、楽器を演奏した。昨年は七月から九月まで別荘の「ヴィラ・デステ」（現在は世界遺産「ティボリのエステ家別荘」として知られている）に招かれていたのである。


「それは妙案だ。早速進めてみよう」

新年を迎え家族の団欒は続く。ジャンネットは二カ月前に妹パルマを失った。やっと結婚をしたのに僅か二年の新婚生活であった。一家は長くパルマと共に暮らしたので、その悲しみを癒そうと様々語り合った。

ロドルフォは尋ねた。

「この度の神学校は、どう言ういきさつで始まったのですか」

「お前たちも、来年はここの生徒なのだから知っていなくてはな」

「二年まで、トリエント公会議が行われていたのは知っておるな」

「はい。教皇様の下で様々な改革が定まったと聞いています」

「そうだ。その中で、教皇ピウス四世様は神学校の設立を定められたのだ。ご出身のミラノに神学校が出来たので、ローマ市内にも是非にとお考えになられた。そこで、ローマ学院を補完する形で新たな神学校を作ることにされたのだよ」

「ローマ学院（コレギウム・ロマニウム）はドイツ学院（コレギウム・ジェルマニクム）の隣の建物ですね」

「僕の学校です」

口を挿んだのは、妻のルクレーテの横にいたロドルフォと同じ年の少年だった。

「そうだ、トマス。この二つの学校は、イエズス会の総長イグナチウス・ロヨラ殿が建てられた、イエズス会直属の姉妹大学だからね」

この少年、トマス・ルイス・ビクトリアは後程紹介する。

「でもこの度の神学校は、ローマ学院と場所が違いますよね」

「そうだ。実は昨年お亡くなりになられたロドルフォ・カルピ枢機卿のご自宅をお借りしたのだよ」

「そういうことって、よくある事なのですか？」

「三〇〇年前に建てられた最古の大学と言われるボローニャ大学やパドヴァ大学は今でもそういう形式だそうだよ」

父ジャンネットの言葉に、子供達はまだ見ぬ北イタリアの町を想像するのであった。

「カルピ枢機卿様はお父様にとって特別な特別なお方なのよ。二年前にお父様が出版された『四声モテット集』はカルピ枢機卿様に献呈なされたの」

「『諸聖人祝日共通の全祭日用モテット集』ですね、お母様。サン・ジョヴァンニ大聖堂でもよく歌われています。美し過ぎて歌いながらみんな涙しているのですよ」

ロドルフォは恥ずかし気に、そしてやや誇らしげに話した。ジャンネットは二年前の献呈の際、ことのほか喜ばれた枢機卿様の笑顔を思い出しながら、早すぎる死を悼んだ。

「お父様。アンジェロ達とモテットの稽古をしてきてもよろしいでしょうか」

「もちろんだよ。トマスに良く教えてもらいなさい。マトぺも一緒にな」

「はい。何が良いと思いますか？」

「一月六日は主の公現祝日だったね」

「そうでしたね。では『三つの奇跡によって』の稽古をしてまいります」

利発に育ったロドルフォの将来に、大きな夢を見るジャンネットであった。

マトぺは覚えておられるだろうか？

ジャンネットがジューリア礼拝堂聖歌隊楽長に就任し、一家がローマに移る際使用人として連れて行った黒人の親子を。

父親のムトタは、あの失意の中一家がパレストリーナに戻った際、死亡した。母親グラサは、その後も変わらず妻ルクレーテを助けてジャンネット一家を支えてくれていた。その息子マトペは、次男アンジェロと同い年で静かな少年に成長していたのである。使用人ながらも「門前の小僧」である。子供達とカルテットを組める十分な力を持っていた。アンジェロよりも早く変声期を終えて、家の中だけではあるが魅力的なバス歌手であった。

この年はもう一つの嬉しい知らせが、ジャンネットの許に届けられた。

教皇ピウス四世より、教皇礼拝堂（システィーナ礼拝堂）の「作曲家」再任の許可が下されたのである。念願の「歌手」ではなかったが、作曲家として教皇聖歌隊に関わる事により、一〇年前の痛みが少し癒された思いであった。

一五六七年、ジャンネットは四番目の自費出版を刊行する。『ミサ曲集第二巻』と題されたそれは、各声部が一緒に記譜されている大型合唱譜の立派な出版物である。楽譜の表紙にはスペイン国王フェリペ二世の紋章が表示されている。すなわち、献呈されたのである。

収められた四曲のミサの最後は、あの『教皇マルケルスのミサ』である。

ローマ神学校の運営も軌道に乗り始め三年目を迎えた。

ここで学ぶ基本教科は人文学、神学そして音楽である。その中での楽長の任務は、
一、毎日三〜四曲モテット（ミサ曲以外のポリフォニー宗教音楽）の練習
二、毎日グレゴリオ聖歌の練習
三、祭日、祝日、日曜日のミサ礼拝や晩課での活動
四、宗教行列に参加しての音楽活動
これらを指導する事である。即ち学生は、全員が毎日、楽長から音楽を学ぶのである。音楽は神学校の学生にとり、とても重要な存在であった。未来の聖職者には、音楽の出来る限りの深い理解を求めていた。

今年の入学者の中に、前途有能な人材が二人見て取れた。

一人はクラウディオ・アクアヴィーヴァ。そしてアレッサンドロ・ヴァリニャーノである。

アクアヴィーヴァは二五歳、ヴァリニャーノは二九歳で、共に哲学を学ぶイエズス会の会員であった。


「クラウディオ君、寄宿舎生活は大丈夫かい。何か問題はないかな」

「アレッサンドロさんありがとうございます。僕らは同郷ですから、お言葉を聞くだけで安心します」

ヴァリニャーノはローマの東、アドリア海に面したナポリ王国アブルッツォ州キエーティの出身である。アクアヴィーヴァも同じアブルッツォ州の北の町アトリの生まれであった。

「クラウディオ君のお家はアトリ公爵家。跡継ぎは大丈夫ですか」

「ありがとうございます。二人の兄も既に聖職者ですので、父は妹に期待しているようです。アレッ

サンドロさんこそキエーティの名門貴族。ナポリ王とも姻戚関係ではありませんか」

「僕らは子供の頃から『騎士』となるように教育され、武道に励んできたからね。でもパドヴァ大学で法学を学んでからは、キエーティの司教からローマ教皇になられたパウルス四世猊下のお誘いを頂き教皇庁に勤務したんだ」

「お父様が教皇様とお親しかったとか。それにしてもパドヴァ大学の学位を一九歳で取られたと伺っています。すごいなぁ」

「でもその後教皇猊下が亡くなられた事で教皇庁裁判官の職を勧められて、パドヴァ大学に復学して神学を学ぶことになったんだ」


ところがヴァリニャーノは、そこで「事件」を起こしてしまい投獄されてしまう。それは、フランチェスキーナという女性に、口論の末傷を与えたという事件であった。ヴァリニャーノは、生涯これを悔い懺悔するのだが、この時は、四年間のヴェネツィア共和国からの追放と罰金が課せられた。しかしいかなる場合でも女性に対しての暴力は許されることではない。

「騎士道十戒」の中にある「弱い者への敬意と憐れみ、彼らを擁護する確固たる気構え」を生涯の戒めとしたヴァリニャーノであった。

一五六六年、聖職者であった叔父の紹介でイエズス会に入会する。そしてイエズス会総長ボルジアの勧めで、ローマ神学校に入学したのであった。二九歳にして人生の酸いも甘いも嚙み分けていた。

「でもアレッサンドロさん、やはり僕らは伯爵家や名門貴族の家は継がなかったけど、騎士ですよね。イエズス会は『教皇の精鋭部隊』とも呼ばれているんですし、創立者ロヨラ様も騎士として長く軍隊で過ごしておいででしたから」

神学校は完全な寄宿舎生活であったが、月に二日のレクレーション日があり、申請すれば外出も許可された。ロドルフォとアンジェロの二人は久しぶりに家に戻り、母や弟、マトペ達と過ごしていた。しかしいつもより興奮気味であった。これからヴァリニャーノが訪ねてくることになっていたからだ。

ロドルフォよりも一〇歳年上のヴァリニャーノは成人寄宿生であり、ロドルフォ達少年寄宿生とカリキュラムが異なっている。しかし毎日の食後一時間のレクレーションは、全員同じ部屋で過ごす様定められている。成人同士の議論の中で、いつもリーダーとなり皆を導くその姿を、憧れを持って見ていた。少年寄宿生全員が同じ思いであった。そのヴァリニャーノが父を訪ねて来るのである。


「ピエルルイージ先生。本日はお招きありがとうございます」

「神学校の寄宿舎生活は少々堅苦しく感じませんか?」

「教皇ピウス四世の御心に叶えられる様、念じる事が出来る嬉しさを、日夜感じております」

「後を継がれた現教皇ピウス五世陛下も、前教皇様の御遺志を受け継いでおられます」

「私が以前教皇庁におりました際、今の陛下は異端審問所長官をされておられました。とても厳格なお方でございます」

「カトリックの世界が、新世界にも正しく伝えられると良いですね」

「イエズス会士は、教皇陛下の先駆けとして、世界の果てまで参る覚悟でございます」

「頼もしい限りです」

「私はこの神学校でピエルルイージ先生のポリフォニー音楽を知り、深く感銘を受けた者でございます。美しい主題が綾なす姿は光り輝く天使のようであり、絹のように舞い上がり花びらのように降りてくる」

「私がいつも教えている『アルシス（上昇）』『テイシス（下降）』のことですね」

「はい。それでいて神のお言葉が明確に聞こえ、心が洗われます」

「そのように私のポリフォニー音楽を理解しておられるのは、嬉しい限りです」

「先生。この際是非ともお願いがございます。私がこれから宣教師として新世界にまいりましても、伝道の際に歌うミサ曲やモテットは、先生の曲を使わせて頂きたいのです。宜しいでしょうか」

「勿論です。逆にこちらからこそお願いします。ここに『諸聖人祝日共通の全祭日用モテット集』がありますので、今日の記念にあなたに差し上げましょう」

「ありがとうございます。生涯の宝物とさせて頂きます」

「それでは奥に行きましょう。子供達があなたと話したがっていて、先ほどから待ちきれない様子ですから」

子供達は待ち構えていた。

「ヴァリニャーノ様、ナポリ王国はどの様な国ですか」

「美味しい食べ物は何ですか」

「パドヴァの町は学生が一杯いるのですか」

子供達はパレストリーナとローマしか知らない。外の情報に飢えていた。矢継ぎ早の質問に戸惑いながら、ヴァリニャーノは楽し気に応えた。実はジャンネットも同じであった。彼も生涯、パレストリーナやローマのある「ラツィオ」から出ることがなかったからである。

「ナポリ王国は、とても快適で美しい海の国だよ。東はアドリア海、南はイオニア海、西はティレニア海に囲まれているんだ。町の東にはヴェズヴィオ山があって、いつも煙を上げているんだ。時々火を噴くんだよ」

「お山が火を噴くの？どうして？誰か悪いことしたの？」

末っ子のイジーニオは興味津々である。

「でも夜はきれいだろうな」

次男アンジェロは他の子達と視点が違っている。

「街の中心には『サンタルチア』という港があって、夜、キャンドルが灯る頃、そこからのヴェズヴィオ山はとても美しいんだよ」

「一度見てみたいわ」

今度は妻のルクレーテが反応した。

「でも戦いの歴史も長くてね。ローマ帝国亡き後、独立してナポリ公国となるのだけれど、十二世紀ノルマン人が征服してしまう。実はヴァリニャーノ家はこの血を引いているんだよ。その後フランスのアンジュウ家、アラゴン家、再びフランス王ルイ一二世とスペイン王フェルナンド二世が争い、スペインはフランスを追い出すんだ。だから今はスペイン・ハプスブルク家のフェリペ二世陛下が治めておられる」

ヴァリニャーノの話を聞いていてジャンネットは深い想いに包まれていた。わが故郷パレストリーナは、いつもローマとナポリの間に立って、時にはフランス、ドイツ、スペインに揺さぶられ続けてきたのだが、ナポリ自身も争いの連続だったのだ。パレストリーナの町から見下ろせるラティーナ街道を思い浮かべながら、今までは右に行くことしか頭になかったが、左も悪くないかと思っていた。今治めておられるスペイン国王フェリペ二世に献呈させて頂いた『教皇マルケルスのミサ』を含む『ミサ曲集第二巻』の事を思うと、ヴァリニャーノとの縁も感じていたのである。

「ヴァリニャーノ様がお生まれになられたキエーティはどんな街ですか」

「キエーティは丘の上の町さ。町の西をペスカーラ川が流れ、西にはグランサッソの二七〇〇メートル級の山並みが控えている。眼下遥にはアドリア海が広がっている。爽やかな風が吹く町だよ」

ヴァリニャーノは故郷の光と風を思い出して目を細めた。

「美味しいものは」

「スパゲッティ・アラ・キタッラかな」

「面白い名前」

ジャンネットもそう思った。キタッラとは楽器の名前でギターの事であるから。

「薄く伸ばした生地を弦を張ったキタッラの上に置いて、綿棒で押し切るんだ。茹でてチーズをかけて、後は手掴みで」

「あら、ヴァリニャーノ様もスパゲッティは口を上に開けてお召し上がりに」

「はい奥様。私も男でございますから、神から賜った手を使います。最近は新大陸の新スペイン副王領（現在のメキシコ）から、トマトという赤い実が輸入されるようになりました。ナポリでは、貴族の間で、観賞用のトマトの実をスパゲッティに絡めて食べるのが流行っております」

妻ルクレーテはそっと眉をひそめた。毎日の食卓が汚れて大変なのに、更にトマトの赤い色が加わったらと想像したのだった。

ヴァリニャーノ始め、全ての宣教師が一様に感心するのが、日本人・中国人が箸を使って食事をすることである。この頃のヨーロッパは、貴族も含め男女とも、食事は手掴みが基本である。ナイフは大きな肉を切り分ける為に使われ、一六世紀には各自、小さめのナイフを持参して個人用とした。スプーンはスープを飲むため一五世紀に登場するが上流階級のみで、庶民が使用するようになるのは一八世紀からである。

一番遅れたのがフォークである。「食事は手で食べるもの」という宗教の教えという説もある。その頃のフォークは二股で使いづらく、あくまで肉を切る際に押さえる為と、食事を取り分ける為に存在していた。イタリアでは一六世紀から食卓用となったのであるが、まだまだ手掴みが主流であった。一七七〇年頃ナポリで「スパゲッティ用四股のフォーク」が発明されやっと一般化する。それまでは、手掴みで持ち上げ、口を上に開けて食べるスタイルであったのだ。フランス、イギリスは一八世紀までフォークは使われていない。あのルイ一四世（一六三八〜一七一五）でさえ手掴みであったのだ。

「さあ食事にしよう。ルクレーテのパレストリーナ料理は絶品ですよ。お前達もお母様の手伝いをしておいで。マトペはワインを持って来なさい」

「先生。あの黒人は？」

「失礼しました。紹介しましょう。マトペこちらでご挨拶をしなさい」

「はい。マトペと申します。お見知りおき下さい」

澱みのないラツィオの言葉であった。

「この子は、生まれたばかりのころから、我が家の一員なのです。ルクレーテと一緒になった時、彼女が引き継いだ遺産のブドウ畑で両親が働いていたのです。その後我が家がローマで暮らす事になった時に、使用人として皆を連れて行ってからずっと一緒に暮らしています。次男のアンジェロと同い年の一七歳です」

マトペは静かに微笑んでいる。

ヴァリニャーノは、黒人の使用人達を家族として紹介するジャンネットに、寛大な心を見て取っていた。

旅立ち

ビクトリアは一五六八年、ジャンネットの推薦もあって、ヴァルトブルグ枢機卿の私設聖歌隊楽長に就任した。一九歳である。翌年には、ローマ市内のサンタ・マリア・デ・モンセラット教会のカントール（音楽監督）、歌手兼オルガニストとなった。更に、二二歳の若さで「コレジウム・ロマーノ」（ローマ学院）の楽長となったのである。ローマ学院とローマ神学校の楽長を兼務していたジャンネットが、ジューリア礼拝堂聖歌隊楽長に就任した為であった。そして更に二四歳になった一五七三年、母校であるドイツ学院楽長となっていた。

ヴァリニャーノはローマ神学校哲学科を卒業後の一五七〇年二月一二日、イエズス会本部であるジェス聖堂で「三つの荘厳な誓い」を立てた。そして翌月、ラテラノ教会にて司祭に叙されている。翌年の一五七一年には、聖アンドレア修練院の教師となった。その際の教え子には、マッテオ・リッチ（中国宣教の賢人）を始め、中国・日本にて布教を行った未来の神父達がいたのであった。

そして我がジャンネットはこの時期に、パレストリーナ音楽最大の理解者と出会うこととなった。マントヴァ（北イタリア中央部）のグリエルモ・ゴンザーガ公爵である。

この地を三〇〇年統治したゴンザーガ家によって、マントヴァは非常に美しい都市となっていた。「この街を見るのに一〇〇〇マイル旅行しても、十分にその価値がある」と、同じ時代の叙情詩人のトルクァート・タッソが讃えるほどの都市となったのである。

そしてゴンザーガ家は卓越した政治手腕と経済政策で世界的な富豪となっていた。当主のグリエルモは才能が豊かで。文化的関心が多岐にわたった。中でも音楽が第一の関心事であった。宮廷内にはサンタ・バルバラ聖堂を建て、独自の典礼を導入（後にグレゴリオ一三世はそれを是認）した。そこで、それに必要なグレゴリオ聖歌を求めていたのであった。求めに応じてジャンネットは、ミサ『無題』とモテット二曲を献呈している。後日「天正遣欧使節団」がマントヴァを訪問した際は絶大な歓迎を受けているのである。

一五六九年にはエステ家イッポリト二世枢機卿に『五声・六声・七声モテット集第一巻』を献呈。翌年にはスペイン国王フェリペ二世に大型合唱譜『ミサ曲集第三巻』を再び献呈している。

一五七一年は喜びに溢れる年であった。

ジャンネットは、サンピエトロ大聖堂楽長・ジューリア礼拝堂聖歌隊楽長に返り咲いたのである。

四六歳となっていた。

「貴方、本当におめでとうございます。一五年間よくお待ちになりましたね」

「ありがとう、ルクレーテ。お前が支えてくれたおかげだよ」

「おめでとうございます、お父様」

「ありがとう、お前たち。ロドルフォは来年ローマ神学校を卒業だから頑張るんだよ。アンジェロには最後まで教えてやれなかったが、これからもしっかり勉強しなさい」

「はいお父様。シッラ叔父さんが音楽責任者だから安心です」

「そうだな。シッラは優秀な教育者だからお父さんも安心だよ」

「お父様、ジューリア礼拝堂聖歌隊は、どのくらいの規模なの」

三男のイジーニオは興味津々に尋ねた。

「バスとテナーとアルトが三人ずつ、ソプラノが子供たちを加えて六人。一五人の聖歌隊だよ」

「養成学校の生徒五人を預かるから、また賑やかになるぞ。ルクレーテもグラサもよろしく頼むよ。マトペと合わせて一一人家族になるんだからな」


次の年は『五声・六声・八声のモテット集第二巻』を出版。五月には教皇ピウス五世の死去に伴い、コンクラーベにてグレゴリオ一三世が選出された。歴代の中で最もジャンネットを引き立ててくれた教皇の誕生である。

しかしこの年は、ジャンネット一家にとって、続けて悲劇が襲った。

前年の暮れ、ジャンネットの良き友であり庇護者でもあったイッポリト二世枢機卿が逝去していた。それに続いてこの年の一一月、最愛の長男ロドルフォが急死した。自分の後継者として将来を嘱望し、マントヴァ宮廷に就職を交渉中の時であった。更に二カ月後、実の弟シッラも急死してしまう。その上に、妻ルクレーテの姉ヴィオランテまでもが死亡する。ルクレーテの悲しみはいかばかりであっただろうか。

この年の復活祭前の聖週間に当たり、ジャンネットは聖書の中の最高の言葉インプロペーリア（連祷）に作曲し、ジューリア礼拝堂聖歌隊に歌わせた。


“Popule meus,quid feci tubi?

aut in quo contristavi te? responde mihi”

我が民よ、私は汝に何をしたのか？

如何にして苦しめたのか？

私に答えておくれ

（訳詞『パレストリーナ その生涯』 リーノ・ビヤンキ著 P２３９）

一五七三年、重なる悲しみに打ちひしがれたジャンネット一家に、やっと一条の光が差しこまれた。幸運の女神フォルトゥーナはその舵を元に戻してくれた。次男アンジェロの結婚である。

アンジェロとドラリーチェ・ウベルティの結婚式の為にジャンネットファミリーが久し振りに揃った。ジャンネット四八歳、アレッサンドロ・ヴァリニャーノ三四歳、トマス・ビクトリア二六歳、主役のアンジェロとマトペは同じ二三歳となっていた。一四歳の末弟のイジーニオは久しぶりの賑やかさですっかり興奮していた。

結婚式は四月の末、パレストリーナ大聖堂「聖アガピト教会」で執り行われた。ドラリーチェの実家ウベルティ家はパレストリーナの出身である。ジャンネットは、何よりもこの生まれ故郷を愛していた。自らオルガニストとして奏でた響きと、二〇代の頃、自ら育てた聖歌隊の響きは二〇年経っても変わることはなかったのである。

この教会でルクレーテと出逢い、結ばれた。そしてロドルフォとアンジェロが生まれた。長男ロドルフォを突然失った悲しみが癒える日は、決して来ないだろう。しかし二歳下のアンジェロが美しい娘と結ばれる姿を祖母、父、母、弟シッラ、義姉ヴィオランテらとともに天から見守っていてくれるだろう。ジャンネットはそう祈った。

ウベルティ宅は、パレストリーナ宅と同じパレストリーナ市内の「ピアノ通り」にあった。式が終わりファミリーが集まった。

ジャンネットがオルガンを弾き、皆が歌った。トマスはソプラノを、アンジェロがアルト、ヴァリニャーノはテノール、そしてマトペがバスを歌った。ボーイソプラノのイジーニオは必死にトマスについて行っている。今は亡きロドルフォが一番好きだったジャンネットのモテット、キリストの誕生日を讃える曲である。

『In　festo　Nativitatis　Domini』（主のお誕生日の祝日に）

“Dies sanctificatus illuxit nobis,
venite gentes,et adorate Dominum
・・・・・・
Exultemus,et leatemur in ea.”
聖なるこの日、光が我々を照らす
人々よ来て、主を崇めなさい
・・・・・・
私達はこの日を歓び楽しみましょう

（訳詞『パレストリーナ・モテット撰集』高野廣治編・解説）

『歓び楽しみましょう』と繰り返し高らかに奏でられた。

「おめでとうアンジェロ。おめでとうドラリーチェ」

「みんな、ありがとうございます。トマスさん、久しぶりです。『ローマ神学校』でぼくはずっと寮生活だったけど、『ローマ学院楽長』のトマスさんの事は、いつもみんなの話題でしたよ。この度は『ドイツ学院楽長』ご就任おめでとうございます」


もうそろそろ正式にトマスの事を紹介しなくてはならない。

トマス・ルイス・デ・ビクトリアは一五四八年にスペインのアビラで生まれた。スペイン王フェリペ二世の奨学生としてローマの「ドイツ学院」に入学した。「ローマ学院」と「ドイツ学院」はイエズス会が直営する大学の姉妹校であり、ローマ市内に隣接していた。時のローマ教皇ピウス四世は「トリエント公会議」を終結したことで知られているが、カトリック教会の教義と典礼音楽の重要性から、ローマ学院内に市内最初の「ローマ神学校」を創設し、ジャンネットをその楽長及び「ローマ学院楽長」に任命した。教皇はフェリペ二世との関係も良好で、フェリペ二世奨学生であるビクトリアの教育をジャンネットに託した。ビクトリアは声楽とオルガン奏者として幼少から才能が秀でていたが、ジャンネットの下で作曲を学んだ。七一年、ジャンネットが「ジューリア礼拝堂聖歌隊楽長」に就任するに代わって「ローマ学院楽長」、七三年には「ドイツ学院楽長」となっていたのである。

「マトペは一段と逞しくなったね」

「はい若様。毎日葡萄畑に出ております」

「今は畑の責任者だよ」

ジャンネットは微笑んだ。

「それにしてもマトペの声はいつ聞いても素晴らしい。全ての声を包み込む優しさは神からの賜り物ですね、先生」

トマスは七年前、ジャンネットに出会った時から常に先生と呼んでいる。

「そうだね。声だけならジューリア礼拝堂聖歌隊のバス歌手、三人の一人に推薦したいほどだよ」

「どうして『声だけなら』なの」

一四歳イジーニオが声を挿んだ。

「それは白人の男性しか、聖歌隊の隊員になれないからだよ」

ヴァリニャーノは優しく諭した。

「肌の色が黒い人はどうしてだめなの。マトペは生まれた時からこの家にいるし、ラテン語だって、この間お兄様に教えていたよ」

ラテン語が苦手だったアンジェロは、顔を赤らめた。

「その昔、ソロモン王により回心する事が出来た『シバの女王』は黒い肌の人だったそうです。マトペの様に教養のある人間が多くなれば、きっと変わると思うよ」

ヴァリニャーノはイジーニオに向けて、そして自分自身に対して言い切った。しかしこれから一生をかけて向き合うこの問いに、この時はこれ以上の答えを見いだせていなかったのである。

そしてヴァリニャーノは、ジャンネットに向かって話し始めた。

「実は、お師匠様に報告とお願いがございます。イエズス会入会後、ローマ神学校にてお師匠様の教えを受けてから早や七年となりました。トレントの宗教会議から一〇年、お師匠様が音楽の世界で闘っておいでになるのと同様に、『ローマ教皇の戦士』である私共は、新たなる世界を求めて、世界中をイエスの御国とすべく闘っております。イエズス会発足の七人の一人、フランシスコ・ザビエル師はインドのゴア、マラッカ、二四年前には日本に布教され、中国を目前にして天に召されました。その後を慕い多くの司祭が海を渡っております。各教区からの年一回の報告書は全て出版され、私も全て読んでおります。この二月に就任されたメルクリアン・イエズス会総長が、『インド派遣宣教師団』の募集をされ、私も応募いたしました」

ここまで一気に話して、ヴァリニャーノは皆を見回した。

「実は先日、総長より返事の手紙があり、参加の許可を頂きました。就いては、アフリカ大陸東海岸より東の全てを教区とする『東インド管区』の『巡察師』に任命するとのお言葉を賜りました」

「ほう。それは良かった」

ジャンネットは大きな声で驚いた。インド派遣志願者の数は絶えず増加しており、希望が叶うのに一〇年以上待つ司祭がいることを、よく知っていたからである。それに増して驚かせたのは「巡察師」という言葉だった。

巡察師とは、布教先の会員を指導し現地の事情を調査し報告する為に、総長から派遣される職員である。しかし当時の通信は、風頼みの船便のみである。手紙を出して戻るのに早くても二年はかかる。船が遭難すれば返事が来ることもない。その為巡察師の権限は総長に準じ、そして誰にも相談する事なく自ら決断する許可が与えられていた。東インド教区はアフリカ大陸東海岸から、インド、マラッカ、マカオ、中国、そして日本という広大な面積を持つ。「管区長」とは別の、本部から派遣された教義の指導に当たる最高指導者という立場なのである。ただし、その任期は任命した総長の在任期間までとなっていた。

前任の巡察師アルヴァレスは前総長ポルハより派遣されたが、この時はまだ日本を目指していた。しかし七月の台風に遭い、薩摩沖で遭難し死亡する。その悲しい知らせが本部にもたらされたのは数年後であった。そういう時代である。尤もポルハ総長が昨年亡くなった事で、その任務は無効となり、今回新たな巡察師の選定となったのであった。

「キエーティの自宅に総長よりの手紙が送られて参りました。直ぐに丁重なお断りの手紙を差し上げました。一人の兵士として布教に赴くのは何処へでも、何時でも飛んで参ります。一生を捧げる覚悟は何時でも持っております。しかし巡察師の仕事は、重い責任がございます。若過ぎ・経験不足の私にとって余りにも荷が重すぎます。固く伏してお断りします、と」

ヴァリニャーノは改めてジャンネットを見つめた。

「お師匠様にお願いがございます。近いうちに、一兵士としてインドに参る事になると思います。その際に、お師匠様の楽譜を一冊『形見』に頂戴いたしたいと存じます。私はインドの土となる覚悟で参ります。そしてもう一つ。インドまでの旅にマトぺを伴う事をお許しください。彼に是非故郷のモザンビークを見せてやりたいのでございます。必ず無事にお返しいたしますので」

「分かりました。マトぺは二〇年以上我が家に尽くしてくれました。アンジェロとずっと一緒に育った家族です。アンジェロが結婚して独立した今日、今後の事はマトぺの判断に任せましょう」

「ありがとうございます」

「それぞれの門出に乾杯しましょう」


「乾杯」

一五七三年九月八日、ヴァリニャーノはメルクリアン総長により、「東インド管区巡察師」に改めて任命された。何度も断った。自分は労働者として赴くのであって命令する立場ではないと。だが彼の徳の高さとその深さをよく知る総長は、許さなかった。上からの命令は絶対である。全ては主の思し召しであるのだから。

九月二四日付の事例には「貴下を全インドの巡察師に任じ、教皇聖下が我等に附与されたと同様の権限を与える」と記せられていた。

ジャンネットは、六年前ヴァリニャーノと出会った年に出版された『ミサ曲集第二巻』を、形見として送った。

「このフォリオ版の大型合唱譜はスペイン国王フェリペ二世に献呈された物と伺っている。最後には高名な『教皇マルケルスのミサ』が収められている。これを形見として頂いた以上、これらの曲をアフリカ、インド、中国そして日本に広め、奏でられるようにする使命が課せられたのだ。フランシスコ・ザビエル様が日本に伝道を果たして二四年、その時は都の荒廃の様が報告されている。しかし今、織田信長という男が都を立て直し始め、教会が建てられたという報告書も全て読んだ。一五万人もの信者がおり、二〇〇もの教会が建てられているという。国を挙げて改宗を行っているそうだ。一刻も早く日本に行って見てみたいものだ。信長という人物にも早く会いたいものだ」

ヴァリニャーノは思いを心の深くに刻み込んだのである
一〇月二六日、ヴァリニャーノはジェノバ港から船出した。スペイン、ポルトガルで派遣団員を整え、翌年三月二一日リスボンの港からインドに向けて、大西洋の荒波に漕ぎだしたのであった。

ヴァリニャーノは二度とこの大地と空を見る事が無いと覚悟していた。後ろを振り向く事もなく、只管《ひたすら》遥か彼方に目をやっていた。

その後ろには、同じ方向に強い眼差しを向けるマトペが控えていた。

パレストリーナの民マトペとジャンネットに学びその楽曲と心を携えたヴァリニャーノを乗せた船は、海渡るフォルトゥーナの風を帆に受け進んだのであった。

信長

元亀四（一五七三）年は、ヴァリニャーノがインドに向けてマトぺと共にイタリアを旅発った年である。

閏一月二〇日。京都大徳寺の笑嶺宗訢《しょうれいそうきん》は、宗陳首座《そうちんしゅそ》に対して「古渓《こけい》」の号を与えた。笑嶺六九歳、古渓四二歳、宗易五二歳の時であった。宗易は在家（寺に入らず修行する人）ではあったが、笑嶺の弟子としては、古渓の兄弟子に当たる。しかし現在は、弟子として古渓に参禅する身である。

同年（改元して天正元年）九月一五日、古渓宗陳は大徳寺一一七世として、出世入寺した。「古渓和尚入寺奉加之納帳」によると、奉加の筆頭は宗易である。一〇〇貫文（約千五〇〇万円）津田宗及五〇貫文、千宗易内儀二貫文などと記録されている。晋山式《しんざんしき》（住職として寺に入る儀式）の準備のため、宗易は大徳寺門前に仮の住居を構えた。晋山式の終了後、仮の住居を本住居と改め、上洛の際は、そこから古渓に日参する事となったのである。

この年の暮れ、宗易は「一口吸盡西江水」（一口で揚子江の水を吸い尽くせ）の公案を透関、古渓より「抛筌斎《ほうせんさい》」の号を与えられている。これは「魚を捕り終えたので、魚を捕る為の道具である筌《うえ》を抛《なげう》ってしまえ」と言う意味である。

「お師匠様、本日は『不審花開今日春』の御染筆をありがとうございました」

「花は毎年同じように咲くが、一つとして同じ花はござらん。当たり前という事は存在しないのじゃ。有難いことなのじゃ」

「全てが不審でございます。『今日』こそが大事なのでございますね」

後日この大徳寺門前屋敷に「四畳半」が建てられた際、古渓は扁額として、「不審庵」をしたためている。この不審庵はその後何度も形態と大きさを変えるが、現在でも表千家の中心となる茶室である。

「それにしても今年の信長様の蛮行は如何なものでしょうか。三月には賀茂、西ノ京、嵯峨を焼き払い、あくる月は上京の大半が焼け野原となりました」

「あれはあれで計算されておる。『内裏』『義昭様御所』『相国寺』は無傷で残っておるじゃろ。義昭様と内裏への脅しじゃ」

「確かに」

「義昭様は甲斐の武田信玄が仕掛けた信長包囲網に乗られた。三好義継様、松永久秀様、浅井様、朝倉様で作る大円環じゃった」

「焼き討ちの直後に武田信玄様が病死なさいました。義昭様はそれにも凝りず、三好義継様を頼って『槙島城』で惨敗。遂に京からの追放となってしまわれました」

「内裏もすっかり信長様の意向を気にするようになられた。元号を『天正』とされたのもその現れじゃろうのう」

「続いて信長様は、八月、淀城で三好三人衆の一人岩成友通様を討ち取り、八月二〇日には浅倉義景様が、九月一日には浅井長政様が御自害されました。一一月に三好義継様が御自害。栄華を誇った三好氏本家は、ここに滅亡となりました」

「まさに栄枯盛衰生者必滅じゃ。我らがあれ程頼りにしていた三好家が、こうも脆く滅亡するとは考えもせなんだ」

「一時は本領の阿波の他、畿内の半分以上を支配しておられました。実質的に幕府を支配したも同然でございましたから」

「特に長慶様は南宗庵、南宗寺を御創建。大徳寺にも大仙院、裁松院《さいしょういん》などの塔頭《たっちゅう》を御建立頂いておる。更に聚光院《じゅこういん》は、その長慶様の菩提を弔うために義継様が御建立されたのであるからの」

「五年前からの信長様の御台頭により、細川様・三好様・松永様の時代から、都や堺は変化が生じ始めたようでございます」


一一月二三日、信長は、都での常宿「妙覚寺」に堺衆を招き茶会を行った。

その翌日は、堺の代官・松井有閑と、今井宗久、山上宗二を招いている。信長が自ら花を入れ、宗易が濃茶の手前を行っている。床には「三日月」の茶壺が置かれ、牧谿《もっけい》の唐絵『遠帆帰帆《えんぽきはん》』が掛けられている。茶壺の横には『九十九髪茄子《つくもがみなす》』という荘《かざ》りである。五年前の信長上洛の際、松永久秀は自ら進んで、「自慢の茶入」を献上したのである。宗易にとって、『九十九髪茄子』とは八年振りの再会であった。所有者の変化は時代の流れを如実に表していた。この日は信長も共に茶を飲み、「一段のご機嫌」であった。この時期の宗易は、信長より「堺を代表する茶人」としての評価を得ていたのである。

天正二年三月二四日

信長は京都・相国寺で茶会を行った。（資料会記④）

茶会には堺衆一〇人が招かれ、信長が自ら「棗」を持ち出し、濃茶の点前をした。この当時の茶の湯は、奈良衆は「茶入で濃茶を」堺衆は「棗で濃茶を」が流行りである。茶会の後一行は名物『千鳥香炉』を拝見している。

続いて堺衆は、奈良に信長のお供をし、松永久秀のかつての居城「多聞山城」にて、信長が正倉院から持ち出した名香「蘭奢待《らんじゃたい》」を切るのを目撃している。宗易と宗及は、更に小分けにされた「蘭奢待」を、一包ずつ拝領したのである。これは信長の権力に対して、堺衆が屈伏した瞬間であり、宗易・宗及が信長の茶頭として認められた瞬間でもあった。

天正三年、信長は戦続きであった。

四月は摂津河内を転戦、「三好長慶」が築き上げた畿内勢力は、全て失われた。

五月には「長篠の戦」で織田・徳川軍が武田勝頼に大勝した。一〇月には本願寺の「顕如」門主が和睦を願い出ている。昨年九月に伊勢長嶋、この年九月に越前の、各一向一揆が平定された事を受けてである。

一〇月に信長は入洛。上機嫌であった。

「宗易。越前一向一揆平定の際は、鉄砲玉の調達重畳《ちょうじょう》であったぞ」

信長は千宗易に向かって声を掛けた。この頃は今井宗久だけでなく、宗易も武器調達を行っている。

「この度は誠におめでとうございます。上様ご入洛の折、堂上堂下の方々の迎え様は、その数のあまりの多さに、驚くばかりでございました」

「瀬田、逢坂、山科、粟田口も随分と多かったぞ。二八日に妙覚寺で茶会を行う。京・堺の数寄者を集めておけ。道具を組んでおくように。茶頭《さどう》は勿論おぬしじゃ」

「かしこまりました。戦勝祝賀の大茶会でございますな」

京・堺の数寄者一七人が召された。(『信長公記』記載)

「床を拝見いたしますと、『鐘の絵』。その前に『三日月』『松嶋』の茶壺が左右に置かれております。巨大な洞庭湖の彼方は煙る山並み、手前には松嶋の美しい島々、見上げれば西の空に三日月、静かに鐘が響いております。見たことのない景色が広がっております る」

「台子の天板におかれた『九十九髪茄子』は足利義政公所持の名物でございます。近頃松永久秀様が献上されたと伺っております」

「『白天目』『占切水指』『五徳蓋置』『乙御前釜』は紹鷗様のお持ちだったものでございますな」

「今日の道具組は宗易殿とのことです」

「すっかり信長様のお気に入りになられましたな」

「今や天王寺屋（津田宗及）さん、納屋（今井宗久）さんと並ぶ勢いでございます」

この時宗易は、「堺の宗易」から「天下の宗易」に一段その場を揚げたことは確かである。宗易五四歳、信長四二歳。「本能寺の変」の七年前である。


天正四年（一五七六年）の正月「安土城」の普請が始まった。

五月からは、洛中で初めての「信長屋敷」、「二条殿御屋敷」の普請も始まっている。信長自身も、屋敷を持たない不便さを痛感していたし、京都と岐阜との遠さと不安を解消したいと思っていたのである。場所は慣れ親しんだ「妙覚寺」の東、室町通を挟んだ向い側であった。

この年の七月二一日、京都に初めての「南蛮寺」が完成した。

西洋の楽器の音色や、ミサで歌われる調べは評判を呼び、寺の前に作られた南蛮土産の店を目当てに多くの人々が集まった。

「ロザリオや南蛮人の服・帽子・小物までございますよ」

「随分と店が並んだものだ。都で創られたものだけでなく、唐物も並んでいるぞ」

「こちらの店には、南蛮人が描かれた硯箱や鞍もございます。鉄砲、キセル、カルタも蒔絵されていますよ」

「天竺や唐、安南の模様も組み合わされていますな」

南蛮人にとっても蒔絵は、「ジャパン」を象徴するものであった。伴天連達も、「キリストの絵を収める龕《ずし》」「ミサ用の聖餅箱《せいへいばこ》」「祈禱書用の書見台」などの教会祭具に、イエズス会の紋章を入れさせ、使用している。

賑やかさに誘われて、宗易とりきも立ち寄ってみた。

「おりきや。あそこに置いてある手元箱を見てごらん」

「あの棚の上の、唐物風の金箔絵が描かれた箱ですね。私も面白いなと思い、目に留まりました」

「蓋は日本式に作り直したようだね」

「宗易様。この蓋裏の絵をご覧ください」

「ほう。これは。裸身の女性と天使が愛らしく描かれている」

「ね、これを求めましょうよ。もうすぐ私たちにはこんな愛くるしい孫が出来るんですもの」

「そうしよう。良い記念になるな」

この手元箱は現在表千家に伝来している。


その人混みに紛れて一人の若者が南蛮寺に入っていった。

「こんにちは」

「何処のお方かな」とオルガンティーノが応対に出た。

「ジョアンと申します。今年の正月の船で日本に参りました。先ずは都を見てからと思いやって来ました。お腹が空いて、お腹が空いて」

と言うと、一六歳の少年はへたり込んでしまった。ジョアン・ロドリゲス。『日本教会史』の著者であり、ヴァリニャーノの伴として、秀吉との通訳にも当たる人物だが、それは二〇年後の話。

「凄い賑わいですね。しかしこの日本の教会は、確かに都の景色と一つになっており、素晴らしいと思います」

ロドリゲスは差し出されたおにぎりを頬張りながら、オルガンティーノに話しかけた。

「この教会は、二七年前にザビエル様が日本にキリスト教を初めてお伝えになられた時からの、夢だったのじゃ」

「ザビエル様って」

「イエズス会創立者七人のうちのお一人じゃよ」

「そのザビエル様の夢って、どんな夢ですか」

「ザビエル様が初めて都に上がられた際、この都は長年の戦で荒れ果てていた為、布教を断念されたのじゃ。そして一〇年後、ヴィレラ様、ロレンソ殿が上京され、時の将軍義輝様の御許可を賜り、この場所にあった家にイエス様の御像を掛ける事が出来たのじゃ。それとて民家を改修した仮の姿。ようやくこうして立派な教会を建てるという一つの夢が叶ったと言う訳なのじゃ」

都には珍しい三階建ての教会からは、町中が見渡せた。逆に平屋ばかりの町からは、至る所からこの教会を見ることが出来たのである。

突然、美しい鐘の音が響き渡った。

新しく出来上がった教会の鐘の音は、都人の憧れを誘ったのである。

現在、京都市右京区にある禅寺「妙心寺」の塔頭《たっちゅう》「春光院」には、「南蛮寺の銅鐘」が伝わっている。「一五七七」という数字と、「ＩＨＳ」という文字が刻まれている。数字は作られた年、文字はイエス・キリストを意味し、イエズス会の紋章の略称でもある。南蛮寺創建の翌年に作られたと思われるこの鐘は、国の重要文化財に指定されている。

元亀三（一五七二）年から天正九（一五八一）年迄、息子の紹安（後の道安）は茶道界から姿を見せなくなる。宗易は、「魚屋貸倉庫業」の家督を紹安に譲ったのである。宗易は五一歳、紹安は二六歳。家業を継がせるには丁度よい年頃である。

一五年程前から宗易は、宮王三郎の後家りき（宗恩）と堺の別宅で暮らしている。三郎は手を痛めた後、河内の守護となった三好実休の御伽衆《おとぎしゅう》となったが、実休が戦死した久米田の戦いに巻きこまれ死亡してしまったのである。程なくりきは、宗易と暮らし始めたのであった。二人には、夭折はしたが「宗林童子」「宗幻童子」と言う二人の子供まで授かっている。それ以前より宗易には、妻との間に三人、その他に三人の子供がいた。秀吉は側室一三人、家康は側室二一人、子供一六人。そういう時代の話である。しかもクリスチャンでもないので側室を持つことは誰も咎めない。後日秀吉は、伴天連が側室を認めるなら、すぐにでも改宗すると公言するほど、この問題は日本人の布教に影響を及ぼしていた。

天正五年七月、かねてから病気がちであった宗易の妻が死亡した。

翌年に宗易は再婚、晴れてりきと堺屋敷で暮らし始めたのである。

「旦那様、猪之助達が参りましたよ」

「おう、おちょうも御子も一緒か」

「御父上五日振りでございます」

「毎日来て良いのじゃぞ。早く御子を抱かせておくれ」

前年の春、宗易の娘（別腹）「亀」（または〝ちょう〟）は、りきの息子「猪之助」と結婚した。暮れには長男の修理（後の宗旦）が生まれている。

「ところで猪之助殿、南宗寺の春屋宗園老師より、お主を得度させたいとお話があったぞ。晴れて父親になられたのだから、もう遠慮せず茶の湯にも精進されるがよかろう」

「御父上、ありがとうございます」

「少庵宗淳《しょうあんそうじゅん》」の誕生である。

その年の一一月、少庵は堺の重鎮「天王寺屋津田宗及」の茶会に一人で招かれた。

能楽師「世阿弥」の血統宮王三郎の子であり、天下の茶人千宗易の婿、少庵が堺で茶の湯デビューである。紹安は本業を継ぎ、宗易は、りき・少庵と共に、茶の湯に邁進してゆくのである。

天正六年には「安土城」に「天主」が姿を見せた。

安土のある近江の国は、穴太衆《あのう》や国友衆・甲賀衆などの職人を生んだ国である。目の肥えた雀達がささやき合っている。

「総瓦の城なんて見たことも聞いたこともないよな」

「総瓦葺きと言えば、内裏か寺院位のもんだからな」

「この度は、奈良から都から瓦職人が総動員されているから、信長様という方は大した羽振りだよな」

「それにしてもあの天主と言う建物は、なんなんだ」

「聞くところによると伴天連の国の城を真似たそうじゃ。何でも神様の住まいと言う意味だそうな。都の南蛮寺も、伴天連によれば天主堂というらしいぞ」

「それにしても、この城の縄張りは変わってるよな」

「ほんにな。大手門から三間幅の道が真っ直ぐに二町も続いているんだぞ。敵にどうぞ攻めて下さいと言ってるみたいなもんだ」

「武者走りも石落としもないよな。どうやって敵から守るんだろう。城は守る為のもんだろ」

「ほんとに変わった城だよな」

信長は唐人瓦職人「一観」を召し出した。

「一観とやら面を上げよ。唐の国の瓦とは如何なるものじゃ」

「はい。様々な色の瓦がございます。身分によって定まっております。皇帝の紫禁城は黄色でございますし、次の位は青でございます」

「わしとて、物の軽重は存じておる。黄色は望むまい。青は作れるか」

「黄色の調合は禁色故存じませんが、青ならば作ったことがございます」

「ならばこの城の天守は青にいたせ。瑠璃の瓦じゃ。よいな」

「ははー」


〝五百重《いおえ》の錦や、瑠璃の樞《とぼそ》、硨磲《しゃこ》の行桁《ゆきげた》、瑪瑙《めのう》の橋〟

大好きな謡曲「鶴亀」の一節を謡う信長であった。


内部の荘厳は、狩野永徳一門による障壁画、躰阿弥の錺《かざり》金具、後藤家の金細工など都・堺・奈良の職人を集成したものであった。狩野家当主「永徳」は、当主の座を弟「宗秀」に譲り、居を安土に移した。一門を挙げて命を懸け打ち込み、もし信長が気に入らなければ、殺される覚悟であったのだ。最上階の六階には、「三皇五帝」「孔子十哲」などの唐様の画題が描かれた。五階には「釈迦説法図」など仏教世界が表された。

イエズス会宣教師オルガンティーノは、安土に「セミナリオ」を建設する許可を、信長より取り付けている。安土城の登り口から七〇〇メートル離れた、入り江を埋め立てた場所は、誰もが望む場所であった。この土地を、信長はイエズス会の為にのみ与えたのである。ジュスト右近らの目覚ましい働きもあり、のべ一五〇〇人により、三階建ての「安土セミナリオ」が完成した。一階は「茶室」を備えた客人用の座敷、二階は宣教師用の四部屋、三階は生徒三〇人用の大教室となっていた。

セミナリオは中等教育の神学校であり、日本人司祭の養成を主な目的としている。初年度は二五名が入学した。オルガン合奏などの音楽、油絵、銅版画、神学、哲学、天文学、文学等を学んだ。

その後イエズス会は、同地に三階建ての修道院を建てた。この修道院に対して信長は、安土城以外で唯一、城と同じ「青瓦」の使用を許可したのであった。

長次郎と専好

天正七（一五七九）年正月、安土城「天主」がほぼ完成し、五月一一日に信長は移り住んでいる。

同年六月、梅雨明けと共に、宗易は安土へ出掛けた。安土城にて信長名物道具の曝涼《ばくりょう》を行うためである。堺より津田宗及、今井宗久も駆けつけている。そして宗易は、りきの思いを入れながら、自らの安土屋敷の普請も進めたのであった。

曝涼とは虫干しの事である。現在でも「大徳寺曝涼展」（十月）、「金剛家　能面能装束展」（七月）など、一般公開される催しが行われている。湿気のない好時節に毎年行い、補修などの管理も併せて行うのである。四季の変化の激しい日本の中でも、「春雨」「梅雨」「台風」「秋の長雨」「時雨」と雨が多い。正しく管理されている道具は、いくら古くても美しいものである。

都に戻ると、大徳寺前の宗易屋敷では、宗易とりきの二人に少庵夫妻も加わり曝涼を行った。

宗易夫妻にとっての最大の楽しみは、新たな下京屋敷の普請であった。場所は室町小路四条坊門下がる西の辺り。今風に言えば室町通り蛸薬師下ル西である。山伏山町と言われるこの辺りは、東北一町（およそ一一〇メートル）先には池坊六角堂、西北は南蛮寺、更に西一町先には本能寺がある。屋敷の裏では、町小路（新町通）に面した公儀呉服商を営む茶屋四郎次郎の屋敷と繋がっている。

信長の茶頭を務めるようになった宗易にとり、上京よりさらに北の大徳寺屋敷は不便になっていたのである。当時の京都は上京と下京のみが存在し、それぞれが堀と塀に囲まれた独立した町となっている。その二つの町が室町通りというわずか一本の道で結ばれていたのである。何をするにも室町通りに近い方が都合が良かったのである。西側の二町先には、本能寺の甍が見て取れる。

（巻末資料「本能寺の変直前の京都」参照）

「あの出来事」の二年前である。

この頃本丸御殿も含めて安土城が完成し、宗易の安土屋敷も完成している。その後新しい下京屋敷も出来上がった為、宗易は少庵一家を京に呼び寄せた。少庵一家を、大徳寺前の屋敷に住まわせる事とし、新たな屋敷は、宗易とりき二人の住まいとしたのである。

少庵一家も都で茶三昧《ざんまい》となった。堺の紹安も、心穏やかになった為か、暫く途絶えていた茶の世界に、姿を見せる様になっていた。宗易の周辺は、ようやく心身ともに、茶の湯充実の時を迎えていた。

一二月九日朝、宗易は堺屋敷に天王寺屋宗及と山上宗二を招いた。南に縁のついた四畳半で、床は一間、洞庫《どうこ》付きの本勝手である。

ここで宗易は、それまで温めておいた構想を実現する。

一炉　始而之釜也、かたのたれたる釜也　自在ニ
一床　輝東陽之墨跡かけて、前ニ葉茶壺、但マイスケ了真ヨリ被買壺也、
一手水間　床ニ細口　䉤のはし白梅生而
一ハタノソリタル茶碗　なつめ　前後に茶碗也、切目茶桶
　　　コトウノ合子、ホリモノアリ

と、宗及は記してある。（宗及茶湯日記　他会記）

当時の会記は現在と異なり、必要なことだけが記載されている。「当たり前な事」や「書く程でない事」は書かないのが普通である。時には床の記載もない場合もある。

「今朝は一段の冷え込み、大寒に入っての初雪でございます」

「あと一〇日程で立春。今年は年内立春ですな」

「ほんに〝年の内に春は来にけり〟でございますな。それにしても露地の笠は見事な風情でございます」

「恐れ入ります。今朝は、家内のりきが置いてくれました」

「おりき殿とは、すっかり阿吽の呼吸でございますな」

宗易は三〇年前の宮王三郎の朝会を思い出していた。


「人待ち顔な釜の様子、いつもよりやや肩が優しゅうございますが、新作で？」

「はい与次郎の作でございます。蒲団釜と名付けてみました。滑らかな肌の中に幾分カツカツと粗く打たせました」

「颯々とした静かな釜鳴りが見事。名前も形を言い得て妙というもの。また、今朝は鎖と違い、竹の自在が珍しくございます」

「はい。田舎の自在を細く短くしてみました。この新座敷は、以前の座敷より、天井を一尺ほど低くいたしましたので」

「お掛物は徳輝《てひ》でございますね」

「中国元の順帝の勅命で勅修百丈清規を著した『東陽徳輝《とうようてひ》』の偈頌《げじゅ》でございます。後に東福寺三〇世となられた無夢一清が、入元し徳輝門下となられました。その際に与えられた墨蹟のようでございます」

「そう言えば、我らが禅の師匠笑嶺和尚様も、清規の事と徳輝和尚の話を、何度かされておられましたな」

と宗及が言うと、宗易と顔を見合わせて微笑んだ。最近、笑嶺は南宗寺の自庵で病に臥せっていた。

「このお掛物を拝見しますと、大いに修行に励むよう、笑嶺様から再び鉄鎚を受けている様です」

と宗二は答えた。

「掛物ほど大事な道具はございません。それには墨蹟が第一でございます。その句の心を敬い、筆者道人祖師の徳を賞翫《しょうがん》する事が、最も大事な事と思っております」

料理が出され、中立をして手水を使っている間に軸が巻き上げられ、唐物花入『鶴のはし《つる》』が置かれた。鶴のくちばしの様に細い宗易自慢の花入である。白梅が活けられている。

花入に花が入っているのは、今は当たり前であるが、当時唐物花入には水のみで、花は活けないのが常であった。宗易が唐物花入に花を活けるのは、この前の年からであり、まだかなり珍しい所作と言える。

「本日のこの赤い端反《はたぞ》りの茶碗は。昨年の一〇月宗二殿が同じ様な色の茶碗をお使いでしたな」

「近頃懇意にしております、長次郎という者に作らせました。実は私の従弟に、田中宗慶という者がおりまして」

「そう言えば宗易殿も、以前の姓は田中でございましたな」

「はい。私の父田中与兵衛の弟の子供でございまして、堺の他に、都の内野で屋根瓦の工房を営んでおります。元亀四年の『信長様上京焼き討ち』以来、寺院からの依頼で、工房も忙しくしております。六年前に大徳寺前に屋敷を普請した折、従弟を訪ねましたら、二四～五歳ばかりの長次郎という職人がおりました。父親は唐から渡って来た瓦職人で『一観』と申します。瑠璃瓦という色付き瓦を得意といたしまして、『アメヤ』と称しております。宗慶が、筋が良いと申しますので、試しに長次郎に獅子の飾り瓦を作らせましたら、中々の出来でございました。それからは、都へ上がる度に訪ねて、色々作らせております。茶碗の職人と違い轆轤《ろくろ》を使いません。この茶碗も轆轤を使わず、獅子を削る如く削り出した物でございます。この親子の噂が、信長様の耳に入り、この度の安土城普請では、『天主の青瓦』の作製を命じられております」

「その様な茶碗の作り方は、初めて伺いました」

「轆轤を使わない技ですので、一気に作り上げるのと異なり、ゆっくりと考えます。何度も止めて見直します。そして土塊の中にある茶碗の真の姿が見えてくるまで、削ぎ落して参るのです」

「してこの赤い色は」

「内野の土の色でございます。透明な上釉のみを掛けますと、窯の中で土が自然と赤くなります。茶室の土壁の残りで作らせました所、面白い具合になりました」

「天目や高麗物と異なり、柔らかすぎる肌は、掌の中で優しく守ってやりたい、そんな気持ちになります」

と宗二は語った。

「赤と言っても晴れの色ではなく、もろく侘びた、滅びに向かう色の様に見えます。茶室の土壁もその後紙が貼られ見えなくなるものですから」

何より二人を驚かせたのは、濃茶に棗を使い、薄茶に切目茶桶を使いながらも、茶碗は濃茶薄茶ともハタノソリタル茶碗一碗であった事であろう。当時の常は、「濃茶」は天目「薄茶」は高麗物である。まだまだ唐物全盛期である。高麗物が全盛期となるにはまだ五〇年ある。

この焼物が「楽焼」と称されるのは二〇年以上後の事。当時は単に「今焼」と称されている。その最新のモダンアートを、天目や高麗物の代わりとして使用したのであるから、二人にとっては、かなりの驚きであった。

「黒き色」が編み出され、形も「宗易型」と称される端正な姿に変わるのはしばらく後のことである。ハタノソリタル茶碗は衝撃的デビューを飾るが、宗易が使用したのは記録されている限り一度きりだった。

下京での宗易とりきとの生活も、大分落ち着いてきた。息子の少庵、嫁であり宗易の娘のお亀、そして何より可愛い孫の修理（後の宗旦）が、時々訪ねて来てくれる。西隣の南蛮寺からは、朝に晩にと美しい歌声や楽器の音が響いてくる。堺では茶会にあまり出ることのない「日比屋了珪」や「高山右近」も、ミサの行き帰りに良く訪ねてくれる。

東北一町先にある「六角堂」に、毎朝りきとお参りに行くのが、この頃の日課となっていた。

「紫雲山頂法寺」は、如意輪観世音菩薩を祀る六角形の御堂により、「六角堂」又は愛情を込めて「六角さん」と下京の町衆は呼んでいる。ちょうど都の中央に位置しているため「京のへそ」とも言われている。応仁の乱以降は「下京惣構《そうがまえ》」内の町堂として、生活や自治の中核となっていた。町組の寄合所でもあったのである。自然と皆が集まる寺となっていた。

六角堂の北側にある池は、聖徳太子が沐浴した池と言われ、辺の住坊が「池坊」と呼ばれるようになっていた。寺の住職は「執行」と言われ代々六角堂の経営管理に当たっている。専慶、専応の代に「いけばな」を大成して以来、六角堂は「花の寺」として知られるようになっている。

この頃の執行は「専好」である。宗易とりきだけでなく、多くの町衆は、「専好」の供花を拝見する事を、毎朝の楽しみにしていたのである。宗易は一四歳年下の「専好の花」が好きであった。「唐物花入」に、水だけでなく花を入れてみようと、思うようになったのは、「専好の花」を見て、衝撃を受けてからである。

その出会いは、大徳寺門前に住んでいたころの、りきの一言からであった。

「下京の六角堂というところで、毎朝花を入れておられる専好さんというお方が、大層な評判だそうでございます。一度一緒に参りませんか」

当時住んでいた大徳寺前の屋敷から六角堂までは、歩いて一時（約二時間）近くの距離である。京の一〇月の朝は、霜の降り始める季節である。白い息を弾ませ二人は歩いた。

六角堂では既に朝の読経が始まっていた。多くの参拝者がいる。皆読経の後の専好の花を楽しみに集まった人々である。

いよいよ専好が、花材を載せた長盆を持ち出した。花瓶は無地の胡銅の耳付である。真っ赤に色づいたナナカマドには、実がたっぷりとついている。先ずは「込藁《こみわら》」にナナカマドがすっくと立てられた。そして尾花があしらわれ、貴船菊が下に納められた。ひと膝下がり暫く見つめている。何か口元が動いているようにも見える。再び前に進み、おもむろに鋏を動かし始める。ナナカマドの枝と実が落とされていく。すすきも貴船菊の花にも慎重に鋏が入れられた。再びひと膝下がると、暫く見つめ直し止水を差す。周りを整えると深々と一礼した。

如意輪観音の前、須弥壇《しゅみだん》の上には三具足が置かれている。正面には香炉、右に燭台、左に花瓶が置かれ、「香」「蠟燭」「花」がそれぞれ供えられている。花は松などの常盤木が活けてある。一年中変わる事のない姿である。それに対し専好がいま活けた花は、今日只今を切り取った一瞬の姿である。ありのままの姿からそこに隠された真の美しさを見つけ出し、お互いを寄り添いあわせるのである。互いが真の姿となるまで究極にそぎ落とし続けるのである。茶碗を削るのによく似ている。正に「不易流行《ふえきりゅうこう》」の極致であった。

宗易は、雷に打たれた如く立ち尽くしていた。りきに促されると、宗易は供花の読経を終え下がろうとする専好に声をかけた。

「専好殿、よろしいでしょうか」

「僧形のお方が何か御用でしょうか」

「茶湯者をしております、千宗易と申します」

「あなた様が宗易様。信長様がお認めになった茶湯者として、都でも評判でございます。その様なお方が何事でございますか」

「突然のお願いではございますが、私を弟子にして頂けないでしょうか」

宗易は思いの丈を専好にぶつけてみた。

「今までは唐物花入を、鑑賞する道具として見ておりました。ですから、花が入らずとも意に介しませんでした。ところが今朝は、花は仏に供えるものであり、花入は花を入れる器に過ぎないことに気付かされました。『花』も『茶』も仏に供える所から始まったものであることを、すっかり忘れておりました。茶の道は仏に供え、人に差し上げた後に自ら頂く事で、正に仏祖の教えの後を学ぶ事であったのを忘れておりました」

「そこまで深く理解されておられる宗易様が、私のような若輩に、何をお求めなのでしょうか。三代前の専応は『野山水辺に生える自然の姿を表現しながら、その草木が生えてきた背景を感じさせるように活けよ』と申しました。私はそれを守っているだけでございます」

「花は野の花の様に、ですね」

「はい。その上で私は、活けさせて頂いた花の姿に観音様を感じるように常々心がけております。三三にお姿を変えられ、我々をお救い頂いておられる方に、供えさせて頂いているわけですから」

「御本尊と花の関係は、花を拈《ねん》じて微笑で教えを伝えられた、釈尊そのものだと思っております。まさに不易流行。そして教外別伝不立文字。茶の湯の世界では、掛物こそ第一の道具としながらも、花をないがしろにしておりました。墨蹟は仏祖の教えであり、その公案（師匠が弟子に与える問）に対する偈頌（答え）が花なのです。そぎ落としきって真の姿を求める事は、いま私がもっとも大事に取り組んでいることなのです」

宗易と専好は「花の友」「茶の友」となった。宗易が六角堂を訪ね、教えを乞うだけなく、専好が大徳寺前の宗易屋敷を訪れ、茶の湯を楽しんだ。三年後に六角堂の西に居を移したのは、「信長屋敷」の近く、という理由だけではなかったのである。

室町小路四条坊門の屋敷で、宗易の茶の湯はどんどん深められた。ディオゴ了珪、ジュスト右近、オルガンティーノ、そしてロレンソ、更に専好と共に語らい合うことは、暗闇に様々な光明をもたらした。そして宗易は、それを十分に吟味して、茶の湯の中に実践していったのである。

イエズス会東インド巡察師として、ヴァリニャーノが日本の地に第一歩を印したのは、正にこの様な時であった。

日本人は黒いか

一五七四年三月二一日、ヴァリニャーノは四四人のイエズス会士らと共にリスボンから旅立ち、その年の九月、東インド管区布教本部の地ゴアに到着した。

ヴァリニャーノはこの地で三年間、巡察師として実に精力的に働いた。インドの全ての教区を二回以上回り、全ての教会、全ての学校で教えた。一五五九年以降のイエズス会によるインド布教は、五九人の宣教師がインドの土となることで、四〇万人のキリスト教徒を生んでいた。引き続きヴァリニャーノはマラッカ、マカオを巡察し最終目的地日本を目指したのである。

島原半島の南端、有馬領「口ノ津」に到着したのは、一五七九年七月二五日（天正七年七月二日）の事であった。その年は有馬領で過ごし、領主の有馬鎮貴《しげたか》に対してプロタジオの教名で洗礼を授けた。それから大村領に移り、大村純忠から「長崎」「茂木」の湊をイエズス会に寄進したいという申し出を、受理したのであった。

「ザビエル来日より三〇年、主としてポルトガル人宣教師により西日本各地に布教が行われ、一五万人の信者と二〇〇の教会が建てられている。大友宗麟、大村純忠、高山右近はじめ多くの貴人・豪族が改宗と保護を行い、日本人は国を挙げて改宗の一路を辿りつつある」（日本通信）

毎年一回ローマの本部に送られてくる「日本通信」は、印刷され世界中のイエズス会士全員が見ている。ヴァリニャーノは日本の現状を、この地に来るまで日本通信にあるように理解していた。しかし来日し実情を知ると、酷く失望落胆したのであった。

「今まで聞いてきた事と現実は、白と黒ほどに異なっています」

巡察師は総長宛に、そう報告した。

九州の地において見ると、日本人助修士の間には、ヨーロッパ人宣教師・修道士に対する不平不満が溢れていた。不和、洗礼後の信仰破棄等々、南蛮人と日本人の間で、教会内には反感と憎悪が渦巻き、冷たい空気が充満していたのである。

ヴァリニャーノは思わず呟いた。

「この国の事情を考えると溜息が出る。悲嘆にくれ大きな不安に襲われます」

「巡察師殿。貴方は日本人を御存じないのです。私は一二年間日本布教長をしてきたのです。日本人ほど放漫で貪欲で、不安定で偽装的な国民を私は見たことがない」

ポルトガル人宣教師であり日本布教長を任されていたフランシスコ・カブラルは、ヴァリニャーノに対してこう言い放った。

「日本人は三つの心を持っています。第一の心は口にあります。口先だけのものです。第二の心は、胸にあります。これは友人にのみ見せるものです。第三の心は深く秘められた所にあります。誰にも明かしません。その結果として誰もが周りの状況や機会に合わせて話をするのです。しかし彼らが誰かを殺したいと思った時は、敵を最大の好意を持って歓迎し、その最中に相手の首を切り落とす。それが日本人です」

「カブラル殿、あなたが一二年間日本布教長をされてこられた事に、深く敬意を表します。多くの裏切りや不正を見てこられたのでしょう。日本人の三つの心の考えは、他の宣教師たちも口を揃える事ですから、そうなのかも知れません。それに初期に改宗された九州の大名たちの動機も健全とは言い切れません」

と、ヴァリニャーノは答えた。

カブラルは次のように話し始めた。

「ご存知のように日本のキリスト教徒にとって最大の柱は、豊後の大友宗麟様です。ザビエル様の布教を早々に認め、海外貿易による経済力軍事力により版図を広げられ、最盛期には九州六カ国を治められた方です。しかし天正六年、薩摩の島津氏に破れてから、衰退の一途をたどっておられます。日本で最初のキリシタン大名となった大村純忠様と、兄の有馬義貞様・鎮貴様親子は、同じく南蛮貿易で大きな利益を築き上げられました。特に大村純忠様は、自領の横瀬をポルトガル人に提供され、続いて長崎・茂木を提供、天正八年にはそれを『イエズス会教会領』として寄進して頂いてもいます。しかし領内の寺社の破壊や、改宗しない領民の殺害など過激な信仰で、家臣領民の反発を招いてもいるのです」

「確かに功罪共にあると思います。私も一度に大量改宗するのは、質の良くない改宗だと思っています。日本人は、領主が改宗したら家来が従います。どこの国よりも上意下達の国である事は間違いありません。利害がからまず真に宗教的であれば、理想とするところです。しかし逆であったら、人は簡単に転向するものなのです。状況の変化でどちらにも転ぶ、不安定な存在でもあります」

そうヴァリニャーノが答えると、カブラルは更に話を続ける。

「この様な混乱の原因は、真の支配者である天皇が久しくその支配力を失っている、というところにあると思われます。本来は僧侶がそれを律するべきだが、彼等自身が謀反や反乱に加担している」

「だからこそ我々がここにいるのではありませんか。カブラル殿は日本人を『黒き人』とお思いか、『白き人』とお思いか」

「もちろん『黒』です。日本人は極めて野蛮な習慣を持っているから、日本人がポルトガル人を真似て、習慣に適応すべきです。我々が適応すべきものではありません」

「あなたは日本人が生まれたばかりの赤子を殺したり、子供を人買いに売ったり、老人を姥捨てにする所謂『口減らし』の事をいっているのですね。それとて家族が生き延びるため泣く泣くしていること。民のみ責めてはなりません」

布教長カブラルは日本の風習になじめず衣食住の欧風を固持した。日本人に西洋の学問を伝授すべきではないと考え、日本人修道士にラテン語の研修を禁じた。更に自分達の会話が聞き取られないようにするため、ポルトガル語の学習も許さなかったのである。

ヴァリニャーノは語気を強めた。

「私はゴアに着任してから、あなたからの要請を受けて、七五年に三人の司祭、七六年には六人の司祭と七人の補助司祭、七七年に九人の司祭達を日本に送りました。現地語の習得が不可欠である事を思い、送った司祭に優秀な日本語教師をつけ日本語を学ばせる様にお願いしたはずです。しかし貴方はそれを無視しましたね」

ヴァリニャーノが来日する前、日本在住の宣教師達は、布教方法の違いによって真二つになっていた。ポルトガル人布教長フランシスコ・カブラルのグループと、イタリア人でミヤコ管轄区責任者オルガンティーノ・ソルディのグループである。カブラル司祭は元軍人で貴族の出。頭脳明晰、頑固、怒りっぽく議論好き。多くの日本人キリスト教徒は彼から遠ざかっていた。それに対してオルガンティーノ司祭は、農民の出身であり、しかも日本人を尊敬し評価していた。日本人と同じものを着、同じものを食した。都人に溶け込み、信長を始め都、堺の有力者からも共感と信頼を得ていたのである。日本人を信頼し、その土地の風習を尊重しようとする布教方法は個々の理解の下での改宗となり、それは易々と変わる事のない強固な信仰となったのである。

「確かに摂津の領主高山右近様のように、利害関係の生じない純粋な領主の信仰に支えられた領民の改宗ばかりではありません。九州は『南蛮貿易の利』を求めた領主による強制的改宗の為、全てが純心な改宗ではありませんでした。日本人修道士と領民、イエズス会士との信頼関係が薄く、その為教会は分裂状態です。大村忠純様、有馬鎮貴様は我々イエズス会士に不満をお持ちです。日本人に対して侮辱的である。日本人の習慣を理解する努力が足りない。日本で如何に振る舞うべきかに無知であると考えておられます。正にこの部分の問題なのです」

ヴァリニャーノの詰問に対し、カブラルは苦し気に答えた。

「日本人の助言に従うのは、破壊に導くことを意味しますぞ。教えなければならないのは常に我々なのですから」

「ザビエル様も日本人は白いと、報告しておられます。日本人は極めて礼儀正しく、優れた理解力を持ち、良い振舞いを知っています。更に教会に熱心に通い、良く説教を聴きます。教義や秘蹟を受ける能力を短期間に備えるので、教育を受ければ非常に優れたキリスト教徒となります。東洋の他の人々とは明らかに異なっています。それが理解できないのですか」

ヴァリニャーノは豊後で「第一回イエズス会協議会」を催した。その場で「日本人を、イエズス会に神父として受け入れるべきか否か」を議論したのであった。

アフリカや南アメリカで黒人を発見した時、カトリック教会は彼らに布教出来るかを真剣に議論した。「黒人は人間なのか」「黒人は動物なのか」キリスト教は人間の霊魂を救う事を目的としているのだから、霊魂のない存在（動物）は布教の対象としなかったからである。五〇〇年後の現在、世界の最先進国アメリカ合衆国の国内を見れば、この問題は未だ解決していないのが見て取れる。ところが仏教は「草木国土悉皆成仏」である。人間動物だけでなく、草木石にも全て仏が宿っていると説いている。「杜若《かきつばた》」の精や「薄《すすき》」の精までもが成仏を願うのが、能の世界であり日本人である。

ヴァリニャーノは日本人について以下の様にイエズス会総長に報告している。

「日本人の改宗は、東洋の他の地域のキリスト教徒の様に、心からキリストの掟を受け入れた者たちだけではない。しかし日本人は『白い人』である。東洋の他の人々とは反対である。理解できる人々である」

「黒」は、知性が無く精神もないので、教育する価値がない野蛮人という意味である。それに対して「白」は、知性があり精神もあり、高度な文明を持っているという意味である。皮膚の色の事ではない。

カブラルの考え方は、ヨーロッパ人の側からみると一般的な考え方であった。文明が高く教養のある人間が未開で無知な人間に教えてあげるのだから。当然の態度であった。逆にオルガンティーノやヴァリニャーノ達の方が斬新過ぎて、理解されにくかったかもしれない。ポルトガル、スペインという世界を二分している大国的な見方と、イタリアの様に小国に分裂し大国に侵略され続けている国柄の違いかもしれない。「適応政策」と呼ばれるこの考え方が正式に評価されるのは随分と後の事である。

「宣教師は、様々な国民の歴史、社会構造、習慣を深く知って、社会のモラル、宗教上の戒律、国民の最も深い思想に通じて欲しい。（略）言語を流暢に的確に使えるまで覚えて欲しい」

この言葉を、ヴァリニャーノ達が聞いたらどれほど涙するであろうか。この言葉が「ヴァチカン」から正式に公表されたのは、一九六二〜六五年の「第二回ヴァチカン公会議」においてである。彼等は、四〇〇年も時代を先取りしていたのである。

ヴァリニャーノは、何度も司祭・修道士達と会議を開き、考えられる最良の策を見出して多くの賛同を得たのだった。先ず日本ミッションを「下（大村領、有馬領）」「豊後」「都」の三カ所に分けて管理しやすくした。そして各地にセミナリオ、コレジオを作り日本人司祭を養成出来るようにした。最後に日本布教長のカブラルを更迭し、新設の日本準管区責任者として、ガスパール・コエリョを充てることとした。カブラルはその後ゴアの布教長として優秀な成績を残している。日本人に合わなかったということである。

結果としてはコエリョの人事だけは失敗であった。オルガンティーノを責任者にしておけば、「秀吉の禁教令」は阻止出来たはずであるから。しかしこの時点で一〇年後の最悪のシナリオを想像するのは、あまりにも酷というものである。

信長との出会い

天正九（一五八一）年。

ヴァリニャーノが来日して二年が過ぎようとしていた。

ヴァリニャーノ一行は、大友宗麟が用意した船で、豊後国の府内（大分市）から堺を目指した。

都での布教責任者オルガンティーノの招きに応じた船には、ヴァリニャーノの他に、通訳を兼ねるルイス・フロイス司祭、ロレンソ・メシア司祭、オリヴィエーロ・トスカネッリ助修士、そしてひときわ大柄な、黒い肌の従者マトペが乗り込んでいた。

あのマトペである。イタリアのパレストリーナの下で生まれ、世界最高水準の音楽が奏でられる環境で育った、心優しい男である。そして、アフリカ大陸東南の「モノモタパ王国」（モザンビーク）の戦士であった父の血を、しっかりと受け継いでいた。身長は一八〇センチメートルを優に超える十人力の強者であった。ヴァリニャーノの従者となって早や八年が経っている。

ヴァリニャーノは初めジャンネットに対して、マトペにモザンビークを見せたいと願い出ていた。事実モザンビークから帰国させようと思っていたのだが、マトペのたっての希望により、ヴァリニャーノの従者を続けていたのであった。生まれ育った国のイタリア語、ラテン語の他、ポルトガル語の読み書きが出来るようになっていた。語学力に優れていたのか、ゴアから日本に向けて出発した時から共にした日本人修道士のおかげで、今ではあのフロイスが驚くほど、日本語が話せるようにもなっていたのである。アレキサンドロ・ヴァリニャーノの家は、ナポリ王アンジュウ家と姻戚関係にある貴族の家柄である。そして、アレキサンドロ自身は、優れた騎士でもあった。その手解きで、マトペの剣の腕前も、アレキサンドロ自身が互角と思うほど上がっていた。それでもマトペは控えめであった。常にヴァリニャーノの従者である寡黙な三二歳の青年であった。

「ヴァリニャーノ巡察師様、本日の復活祭は、ローマで行われた如く見事でございました。誠に感動致しました」

「フロイス殿、私も同じ様に感じておりましたよ」

「美濃、尾張、安土を含めて二万人近くの参列者でございました」

「私が来日に当たり、ゴアから持って参りましたパイプオルガンの響きも、恐らく誰もがはじめてのはず。感動のあまり大声で泣いている者もおりました」

ヴァリニャーノが持ち込んだパイプオルガンは、日本で最初のものである。現在一般に知られている巨大なパイプオルガンは、一七～八世紀のドイツから始まったもので、ヴァリニャーノのオルガンは、可搬式の小型のものである。

「私たちも府内で聞いておりますが、毎日涙が出て参るほどですから。今回畿内の方々の為にお持ちになられた甲斐があるというものでございます」

「ザビエル様が来日されてから三〇年、その時受洗された日比屋ディオゴ了珪殿が感激されているご様子は一入《ひとしお》であった」

「それがご縁で大友宗麟様の御用商人となられました。今回船旅の費用も全てディオゴ様の出された物でございます」

「あの堺上陸直前、海賊に囲まれた時は肝が冷えました」

「あの時は、ディオゴ様が海賊に一五〇ドゥカート支払っておいででした」

「誠、有難かったな」

一五〇ドゥカートとは現在の貨幣で八〇〇万円ほどである。

「この度の催しに当たっては、高山ジュスト右近殿の力に負うところが多いの」

「河内岡山の淀川で、川岸を埋め尽くした騎馬隊でのお出迎えには驚くばかりでございました」

「今や畿内のキリシタンを、一手に率いておられます。都人が南蛮寺と呼ぶ天主堂や、安土のセミナリオ建設の際も、誰よりも力をお尽くしになられました。信長様の信任の厚い武将でございます」

「二三年前に行われた復活祭の参加者が一〇〇人だった事を考えますと、主の思召しに感謝するばかりでございます」

その後の悲劇を思った時、「この時期」が、日本のキリスト教史上「最高の耀きの瞬間」であったと言える。


天正九年二月二〇日。

信長は入洛し、一年を掛けて普請した「本能寺屋敷」に入った。

「上様。この度は上洛おめでとうございます。又、新屋敷の完成、心からお慶び申し上げます」

「十兵衛。この度の屋敷普請奉行、大義であった。ところで、『馬場』の進み具合はどうなっておる」

「恐れ入ります。上京・下京の町衆が、挙《こぞ》って手伝ってくれまして、昨日完成致しました。是非ともお改めください」

明智十兵衛光秀は信長の前で平伏した。

「その必要はないわ。お主の事、ぬかりあるまい。所でこの度の機転は見事であった。昔から宮中との繋がりが深いお主でなくば、思いもつかなんだわ。はっ。はっ。はっ」

信長は高笑いした。


安土では毎年、正月一五日に「左義長《さぎちょう》」が行われる。

「左義長」とは、元は「小正月」(一月一五日)の宮中行事で、清涼殿東庭で、青竹を立て扇や短冊などの吉書を結んで燃やす「火祭り」の事である。今では「ドント焼き」などとも言われている。

民間に広まり、門松や注連縄《しめなわ》など正月飾りを焼き、餅や橙などを焼いて食べて、無病息災を祈るようになる。信長は、毎年安土で、独自の「左義長」を催したのである。
安土城北側に馬場を築き、美しく着飾った「馬廻衆」。それぞれの馬には爆竹が付けられている。信長の出で立ちといえば、黒の南蛮笠に描き眉、赤色の礼服に唐錦の陣羽織、虎皮の腰巻といった姿。葦毛の駿馬に跨っている。
信長に続き、関白近衛前久《さきひさ》、伊勢兵庫。連枝衆の織田信雄、織田信包《のぶかね》、織田信孝らが入場する。そして、早馬一〇騎、二〇騎と分かれて、爆竹に火をつけ疾走するのである。爆竹で驚くような馬は、鉄砲の音轟く戦場では使い物にならないからである。その後、町に繰り出して馬を納めたのである。

その勇壮さは現在近江八幡市で行われる「左義長祭り」に受け継がれている。

その様子が、関白を通して正親町《おおぎまち》天皇に伝えられた。一月二四日、内裏から信長に書状が送られ、「左義長」の所望が伝えられたのである。そして歴史に名高い「御馬汰《おんうまぞろえ》」の挙行となったのである。

「どこぞに馬場を作らねばならぬ。相応しき場所はどこじゃ。十兵衛」
「上様が上洛されてからは、荒れ果てた町も大分活気が出て参りました。しかし、上京の内裏の周り、特に東側は麦畑のまま。堀はございますが無防備でございます。ここを整地致しまして東西一町（一一〇メートル）、南北四町（四四〇メートル）の馬場をつくられてはいかがでしょうか。馬汰には十分な広さかと」

「それで好い。して、その後は」

「はい。先日来、内裏は譲位（天皇を次に譲り上皇となる）を口にされておられると、近衛様がお話でございました。そこで、馬汰の後はその場所に『仙洞（上皇の御所）』をお建てになられては如何でしょうか。周りに公家屋敷を集め、北の相国寺まで、塀と堀を廻らします。そういたしますと上京の東の防御は完璧になるかと存じます」

腕組みをし、静かに十兵衛の話を聞いていた信長は、そこで大きく頷いた。

「それで好い、十兵衛。お主を『馬汰』の奉行とする。差配は全て任せる。挙行は一カ月後の二月二八日じゃ」

馬場は、北が一条通り、南が近衛通り（現在の出水《でみず》通り）までの四町。東は万里小路《までのこうじ》から西は内裏の東に当たる高倉通りの一町である。万里小路は、この後「柳馬場《やなぎのばんば》通り」と改められ、馬場であった痕跡が見て取れる。

二月二四日、信長の本能寺屋敷を一人の宣教師が男を伴って訪ねた。

宣教師はオルガンティーノである。信長と懇意にしているオルガンティーノが訪ねた目的は、信長に会うことだけではなかった。都中の評判である「黒人」を連れて来るようにと、信長から命じられたからである。

信長は「黒人」を隅から隅まで舐めるように見渡し、蘭丸に体を洗わせた。折から同席していた宗易も、興味を持って成り行きを見守っていた。擦っても、擦っても変わらぬ肌の色に、信長は許し、「黒人」に「弥助《やすけ》」と言う名を与えたのであった。

次の日、信長は伴天連のヴァリニャーノ東アジア巡察師と面談し、「弥助」を自らの家来とした。ヴァリニャーノはオルガンとビロード張りの豪華な椅子、テオトニオ・ブラガンサ王からの贈り物であるクリスタルの時計を、信長に献上した。信長は酒とワインを勧め、ヴァリニャーノに対し畿内の交通と布教の自由を許可した。そして三日後の「御馬汰」に、畿内の宣教師全員で来るように命じたのである。


二月二八日、正親町天皇は御所東側の堀際に作られた桟敷で「御馬汰」を見物した。

その日の様子を宣教師フロイスは『日本史』に以下のように記している。

「彼の領国の、全ての君侯と武将達は晴れ着を纏い、出来得る限り豪華な出で立ちで、都で催される試合に臨む為に、そこに集合した。

従って一般に市で噂されているところによると、このために囲いが作られ、装飾された競技場には、錺具を付けた馬に跨り、各人華麗な出で立ちの七〇〇〇人の武将が集う事になり、諸国から見物の為同所に集まる群衆の数は、皆の判断によると二〇万人に近いと言われる。（当時の都の人口は『ター

シャス・チャンドラー』によると三〇万人　世界屈指の大都市であった　著者註）

巡察師は、入場者が身に付けている大量の金と絹が織りなす絢爛豪華な光景は生涯かつて見たことがないものだ、と語っていた。そこには、この催しを見物する為に参集した他の全ての高貴な男女や僧侶達と共に、内裏も姿を見せていた。

信長は、巡察師が司祭、修道士全員と一緒にこの催しに列席するように特に命令し、そのために高台から見物できる桟敷にて、よく設備された立派な場所をわざわざ彼に提供した。

（略）

巡察師が信長を訪問した際、日本の習慣に従って、かねてこの目的のためにマカオに住んでいる敬虔なポルトガルの婦人某が、彼に与えた金の装飾を施した濃紅色のビロードの椅子を贈呈していた。日本では珍品であり、殊にこうした時期に贈呈されたという事もあって、信長はこの椅子を殊の外喜び、自分の入場に威厳と華麗さを加えるために、それを四人の男に肩の高さに持ち上げさせて、自らの前を歩かせた。そして行事の最中、彼の身分を誇り、その偉大さを表示するために、一度馬から降りて椅子に座ってみせ、他よりも異なる者であることを示した」

三月五日、信長は二度目の「御馬汰」を行っている。

公家の日記には、禁中女中衆、御所の御衆、そしてお忍びで「誠仁親王ご一家」も見物とある。この日は、信長側近の馬廻衆のみの参加であったが、「馬の数七〇〇頭」とあるので、二八日の初回の規模もこの数倍と推測できる。

信長はヴァリニャーノに対し、五畿内のイエズス会員全員を連れて、安土城に来るよう命じた。

「上様。この度は我々をこの壮麗なる安土城にお招きいただき感謝申し上げます。また先日の『御馬汰』のご成功、心よりお慶び申し上げます」

「一同よく参った。ゆっくりするが良い。先ずはこの鳰《にお》の海《うみ》の眺めを見てみよ」

古代から浜名湖は「遠淡海《とおつあふみ》」、琵琶湖は「近淡海《ちかつあふみ》」と言われ、そのまま国名が「遠江《とうとうみ》」「近江《おうみ》」と言われている。和歌や能では「鳰の海」と表現され、琵琶湖と言われるようになるのは、江戸時代の中頃の事である。

鳰の海から百メートルほどの高さの安土山の上に、一〇メートルの石垣、その上に地上六階地下一階建て、高さ四五メートルの天主が聳えている。今では当たり前のように見える石垣も、この城が初めての試みであった。湖面から一五〇メートル以上の威容である。見渡す限り眺望を遮るものがない。

「あの北に煙って見えるのは竹生島、その先は若狭じゃ。東の山は伊吹山、その先はわが故郷美濃・尾張。西は比叡山比良山の山並みあの向こうは都じゃ。馬を走らせれば二時とかからぬ」

「誠、天下を見下ろす眺めでございます」

「この場所に描かせたのは唐絵で狩野永徳に描かせたものじゃ。『三皇五帝』『孔子十哲』と申す。唐の神代の聖君達じゃ。わしもこの者たちのようになりたいと願っておる。宗易。この者たちを城中隈なく案内してやるように」

「畏《かしこ》まりました」

五階は「釈迦説法図」が描かれた仏教世界であった。天主横の本丸御殿には、天皇行幸を迎える為の部屋も用意されていた。壮大な堂宇と装飾、狩野永徳らによる各階の金の障壁画などにヴァリニャーノ達は歓声を上げたのである。その姿に信長も甚く満足した。

安土城までの環境も整備されている。ルイス・フロイスの記述によると、

「都までの五〇キロメートルは、幅一〇メートルの直線道路。松と柳が街路樹として植えられ、所々に箒が掛けてある。村人が常に掃除をし、茶店もあり、夏は夜でも旅ができるほど安全だった」

大勢の群衆は、信長がこの新しい宗教を容認した事を、十分に感じていた。

信長は、ヴァリニャーノがセミナリオの校長としてオルガンティーノを選んだことに、満足した。信長の支持の許、各地の大名から宣教師派遣の要請が来、活動地域を大幅に広げる事となったのである。


帰路につく前に、信長はヴァリニャーノを「盂蘭盆会《うらぼんえ》」に招いた。この年の催しは、ほかの年と異なり家々の前を照らすのではなく、城そのものを照らし出したのであった。

「巡察師殿、貴公の帰国に際して託したいものがあるのじゃ」

信長はヴァリニャーノとの別れに際して、いくつかの豪華な褒美を与えた。

「この屏風は、わしが狩野永徳に描かせた安土城城下の絵じゃ。帝が所望したが断っておる。それはこの屏風をお主らの帝であるローマ教皇に差し上げたいからなのじゃ。是非とも届けて、日本と

いう国を治めている人間の城をお見せしてくれぬか」

信長はヴァリニャーノに託して、『安土城城下図屏風』をローマ教皇に届けるよう依頼したのであった。

信長の「依頼」を受け、ヴァリニャーノには閃くものがあった。


「ご依頼の件、確かに承りました。必ず教皇猊下にお見せいたします。つきましては、上様にお願いの儀がございます」

「何でも申してみよ」

「お預かり致しました『屏風』をローマ教皇様にお届けする旅に、日本人の若者を使節として加えても宜しいでしょうか」

「その目的は何じゃ」

「はい。屏風と共に日本人の存在を示し、ヨーロッパの人々に日本人の文化度の高さを示すためでございます。またヨーロッパの文化を学び、この国に伝えることも出来ます。危険な旅となりますが、無事に戻りましたら弥助同様、上様の良き家来となると思われます」

「よく分かった。許可しよう。然るべき者を選ぶように。人選はお主に任せよう。無事に戻って来るのを楽しみにしておるぞ」

「ありがたき幸せにございます」

ヴァリニャーノは深々と頭を下げた。

「信長の屛風」をローマ教皇グレゴリウス一三世に届ける為の「使節団」が、信長により許可されたのであった。

天正遣欧使節団

天正一〇年一月二八日（ユリウス暦一五八二年二月二〇日）
ヴァリニャーノ率いる「遣欧使節団」は、長崎より「神の国」を目指して船出した。
カピタンモール（船隊司令官）イグナシオ・デ・リマのナウ船（大航海時代の代表的な船種）に
は、三〇〇人の船員と共に

正使　伊東マンショ
同　千々石《ちぢわ》ミゲル
副使　原マルチノ
同　中浦ジュリアン
随員　コンスタンティーノ・ドラード
同　アグスティーノ

修道士　ロヨラ（日本人）
他　メスキータ（ポルトガル人）
同　サンチェス（スペイン人）

この九人を率いる巡察師アレッサンドロ・ヴァリニャーノと、マカオまでの同行修道士二人の一二人が乗船していた。

慌ただしい出航であった。

前年八月の始め、安土で信長に別れを告げたヴァリニャーノは、一〇月豊後に戻り聖堂の定礎式を行った。『日本の礼儀作法』の編纂もなされている。一一月天草に戻り、一二月は長崎で宣教師協議会を主催した。

少年使節の件は、信長よりローマ教皇に対して『安土城城下図屏風』を託された際、突如として思い立った考えであった。信長からは、日本人少年をローマに随行させる事の許可を取付けた。次のマカオ行きの船は五カ月後。年に一度のチャンスであった。

ヴァリニャーノは、将来日本の教会は日本人の聖職者によって伝道されるべきと考えていた。自らが以前に学んだ『ローマ神学校《コレジオ・ロマーナ》』のように、コレジオを府内（大分市）に、ノビシャド（修練院）を臼杵（大分県臼杵市）に、初等教育機関としてセミナリオを安土と有馬（長崎県島原市）に作ったのであった。その募集要項には「若く身分のある者。両親の希望と本人の意思が合致している事。永久に教会に奉仕する事」が明記されている。使節に選ばれた四人は、いずれも有馬セミナリオの学生であった。

千々石ミゲルは「有馬の殿の従弟でドン・バルトロメウの甥」である。『ドン・バルトロメウ』とは日本において最初に洗礼を受けた大名『大村純忠』である。平戸に代わる港として横瀬浦を提供し、その地に教会を建て、自らキリシタンとなった。大村領には最盛期日本全国の半数に当たる六万人の信者がいたといわれ、その後「長崎」をイエズス会に教会領として寄進している。ローマ教皇に使節を送る栄誉は、大村忠純にこそ与えられるべきとヴァリニャーノは確信していた。そこで誰を派遣するかは忠純との相談で定められたのであった。

ミゲルは、純忠の実父（純忠は有馬家から大村家に入った養子）有馬晴純の三男直員《なおかず》の子で、純忠の甥である。つまり有馬家当主晴信（ドン・プロタジオ）の従弟でもある。キリシタン大名「大村家」「有馬家」を代表するに値する人物と言える。

伊東マンショは、大友宗麟の甥で日向の主伊東義益の、妹の子である。大友宗麟（ドン・フランシスコ）は、ザビエル以来最初からキリスト教布教に熱心であった。その頃、豊後は日本の布教の中心であった。西国の雄大友宗麟の代理として忠純はマンショを推薦した。

この二人が正使となった。

あとの二人「原マルチノ」「中浦ジュリアン」は大村家の家臣の子である。さして身分の高くない二人であるが、ヴァリニャーノは教養・礼儀などにおいて生徒の中で光っていた二人を推薦した。後日マルチノはラテン語と日本語の優れた才能を発揮する事となり、書物の書き手、編集者として印刷業に関わる事になる。

修道士メスキータは全行程を使節と共にするが、ラテン語の指導を担当した。日本人修道士ロヨラは二〇歳の若さだが、書と文学の素養に優れ日本語の読み書きが覚束ない四人の日本語教育係であった。

アグスティーノとコンスタンティーノ・ドラードの二人は同宿（教会での世話係）という身分で使節団に加えられている。二人とも有馬セミナリオの同宿である。使節の世話係であり、印刷術を学び日本にもたらす使命を帯びていた。

三月九日、船はマカオに到着した。この町には司教館、大きなレジデンシア、そして壮麗な大聖堂があり司祭・修道士二二名が駐在していた。一行はレジデンシアに滞在した。

「ヴァリニャーノ様、長崎を出て二〇日しか経っていないのに、これから一〇カ月もこの町にいるのですか」

「早く船に乗りましょうよ」

「海も静かだし風も気持ちよかったね」

「あと何日でローマですか」

「よく聞いておくれ。長崎からこのマカオまでの旅はとてもうまくいった。しかし、船旅に焦りは禁物だ。この様な事はもうないと思った方が良い。海を行く者は、その者が好むときに航海するのではなく、海が好むときに航海をすると言われているのだ。次の良風は一〇カ月後しか吹いてくれないのだよ。解ったね」

「でも一〇カ月もの間、私達は何をすればいいのですか」

「慌てなくてよい。毎日少しずつ勉強していこう。先ずはこの町の生活に慣れることから始めよう」

ヴァリニャーノに続いて教育係メスキータが話し始めた。

「皆さんは有馬のセミナリオを体験して、キリスト教の生活を知る様になりました。しかし、ヨーロッパの実際はその様なものではありません。この街で慣れていきましょう。この町は日本のお兄さんです。ザビエル様が日本に来られる三五年前に、最初のポルトガル人がここにやって来ました」

「メスキータ先生。じゃあ六五年経ったら長崎もこの様になるのですね」

「この様な大聖堂が有馬に建つのですか」

「すごいなぁ」

「きっとそうなると思います。その為にも勉強してローマ教皇様に君たちの姿を見て頂きましょう。恥ずかしくないように学びなさい」

使節団一行はマカオの繁栄を肌で感じながら、ラテン語の朗唱や書簡の書き方、音楽の演奏に励んだ。イエズス会の宗教儀式に参加する事により会士達との交流を深めていったのである。

滞在中、大きな知らせがようやくマカオにもたらされた。

ポルトガル国王にスペイン国王フェリペ二世が即位したのである。

一五八〇年四月の事であったが、知らせがこの地に到着するのに二年の時が既に経っていた。この事は、使節団が最初に会わなければならぬ重要人物がポルトガル国王からスペイン国王に変わったことを意味していた。

いよいよマカオ出航の時、三隻の船が彼らを誘った。裕福な商人の大型船もあった。しかしヴァリニャーノは、少し小型ながらも長崎から我々を運んでくれた「イグナシオ・デ・リマ」の船を選択した。ヴァリニャーノは商人にも気を使い、使節団以外のイエズス会士二人をその船に乗せたのであった。

一五八三年一月の終わり、船がマラッカに着く前に、その大型船が難破している姿を目撃した。そして二人のイエズス会士のうち、一人は重傷、一人は亡くなった事を知る。もしもあの船に乗っていたら、使節団はこの時点で海の藻屑となっていたかも知れない。

マラッカの滞在は八日間で出航し、途中マンショが熱病に罹ったものの三カ月後インドのコチンに到着した。この町には二五名のイエズス会士が活動していた。この地に半年滞在しながら、更にラテン語の読み書き、音楽、歌謡に励んだのである。

「ヴァリニャーノ巡察師。アクアヴィーヴァ総長よりの書簡が届いております」

「ありがとう。メルクリアン総長は如何されたのだ」

「三日前に到着したゴアからの船で連絡があり、八〇年の暮れに亡くなられたそうでございます。そしてアクアヴィーヴァ様が新総長となられたとの知らせでした」

「隔靴《かっか》掻痒《そうよう》とはこのことだな。この時間のずれは何とかならないものか」

ヴァリニャーノを東インド管区巡察師に任命したメルクリアンの死は、自分が既に巡察師ではない事を意味していた。任命者の死によってその職務は無効となる決まりであったからである。イエズス会の新総長となったアクアヴィーヴァは、ローマ神学校の同級生であり、生涯の友であった。

その友よりの最初の指令であった。

『アレッサンドロ・ヴァリニャーノを東インド管区長に任命する』

アクアヴィーヴァは総長の最初の仕事の一つとして、東インド管区におけるポルトガル人の専横を改めて、教会の布教の姿を正すことを挙げていた。その為にはヴァリニャーノの力がどうしても必要であったのだ。上長への絶対服従がイエズス会の規則であった。ヴァリニャーノは使節と共にローマに行くことが出来なくなった。信長よりの依頼は、他の者に引き継がねばならなくなった。コチン滞在中、ヴァリニャーノは子供達にその事を伝える事なく、任務を託す人物の選定と、細かな指示書の作成を行った。

使節団は、一一月下旬最初の目的地である「ゴア」に到着した。子供達の旅は既に始まっているが、使節団としてはゴアより派遣され、ゴアに戻るまでが正式な行程であったからである。

ゴアは、『東方のバビロン』『東洋のローマ』と讃えられたインド及び東南アジア・東アジア布教と貿易の本部である。ヴァリニャーノはこの地にイエズス会総長より派遣された巡察師なのである。

マンドビ川の河口は「商人のゴア」と呼ばれ、商館が立ち並んでいる。そこから数十キロ遡ると

「黄金のゴア」がある。夢幻的なキリスト教都市がそこにあった。アジア最大の大学都市であり、一六〇人の司祭が活動していた。当時の人口は三〇万人であった。ローマが一〇万人、パリがヨーロッパ最大で二五万人とヨーロッパの都市を凌駕しており、宮殿、教会、修道院が立ち並んでいる。

ボム・ジェームス聖堂には「ザビエル」の遺体が安置されていた。

この地でヴァリニャーノは、ローマに行けなくなった事を皆に伝えたのである。

「巡察師、それはどうしてですか」

メスキータが驚いた。子供たちは何が起きたかを全く理解していない。

「今、私は巡察師ではないのだ」

その言葉に皆は更に困惑した。

「実は、私を巡察師に任命されたメルクリアン総長様がお亡くなりになった。その為規定により私はその職を解かれたのだ。そして新総長アクアヴィーヴァ様よりの指令書によって、私はこの度『東インド管区の管区長』となったのだよ」

「それはとても名誉な事。誠におめでとうございます」

「ありがとう。しかしその指令書には、この管区内についての様々な指令が書かれており、それを遂行する為には、貴方達とこの先の旅をする事が叶わなくなってしまったのだよ。どうか許しておくれ」

子供達のショックは想像を絶するものであった。ヴァリニャーノに行けと言われ、ついてきたのである。後にミゲルは「親を失ったかのよう」と述べている。ヴァリニャーノは自らの悲しみを押し隠し、必死に慰め説得した。

「先ずは私の名代として、いまあなた方が宿泊している修練院の院長ヌーノ・ロドリゲス殿を紹介します。東インド管区長の名の下『使節団団長』に任命します。日本を出る前と様々な状況が変わりました。ポルトガル王はスペイン国王フェリペ二世陛下となり、イエズス会総長も改まりました。メスキータ殿は日本で用意してきたラテン語の書簡を全て書き直してください」

「承知致しました」

「私が行けば直接話が出来た為必要無かったのですが、枢機卿団の長『ファルネーゼ枢機卿』や『アクアヴィーヴァ総長』他の方々への書状を書きましたので、それを持って行って下さい。そしてロヨラ殿は大変申し訳ございませんが、『大友様』『大村様』『有馬様』からお預かりした全ての書状を改めなければなりません。日本人のあなたにとって不本意とは思いますが、書体を真似てこちらも全て書き直してください」

これが後世、偽書問題となるのだが、今はそんな事は言っていられない。

一五八三年一二月末、新たな引率者ロドリゲスに率いられ、ヨーロッパに帰る司祭を含め総勢二〇名の一行は、サンティアゴ号に乗り込み、ヴァリニャーノとゴアに別れを告げた。

翌年五月一〇日にアフリカ南端の喜望峰を回り、五月二九日「セント・ヘレナ島」に到着、一一日間滞在した。この島は後世のナポレオン一世終焉の地でもある。リスボンに到着するまでの八カ月間、更なる学習が続いた。

メスキータはヴァリニャーノ宛の報告書の中にこう記している。

「毎朝聖職者が『諸聖人の連禱』を唱えている数時間の間、日本の公子らはラテン語を学習しています。……彼等は毎日三時間娯楽をなし、一日の中で最も多くの時間を、日本語の読み書きとラテン語の学習に費やしています。マルチノは、ラテン語の演説文の作成を始めました（後にイエズス会総長の前で暗唱した　著者註）。マンショは、それよりも短い演説文を作りました（後にローマ教皇の前で暗唱した　著者註）。他の三人はそれぞれ教皇を賛美する辞を作りました。広い甲板で互いに語り合い、楽を奏し、チェスや釣りを楽しんでいます。ある朝は大きな鰹を一二尾釣りました。魚だけでなく、鳥も捕えました」

嵐も火災も浸水もあった。風が凪《な》ぎ、船が二週間、酷熱の中停船したこともあった。毎日のように「死者のミサ」が続いた。しかし航海士と水夫長は明言した。

「これまで長い年月を海上で送ってきたが今回のような好天候と順調な航海に恵まれたことは、かつて無かった。これは少年達の無邪気と善心の賜物である」

一五八四年八月一一日、サンティアゴ号は全乗組員の一割以上に当たる三二人の死者を出しながらも、テージョ川を遡り、無事にリスボン港に投錨した。

長崎を出航して二年六カ月。

少年達は一五、六歳となっていた。元服の年頃である。
すでに立派な青年となっていた。

本能寺

再び話は安土に戻る。

時はヴァリニャーノ一行が長崎の出航準備で慌ただしい頃である。

天正一〇（一五八二）年は、光り輝く見事な雪景色で明けた。

元朝、朝日を浴びて金色に輝く天主を仰ぎ見ながら、滑る足元も気にしながら宗易は坂を上がっていった。

「鳰の海」は、穏やかな湖面が彼方まで耀き、竹生島《ちくぶしま》からは竜神が湖面に躍り出てくるかの如き瑞景であった。

〝竜神湖上に出現して
　光も輝く金銀珠玉を彼の客人《まれびと》に捧げる景色

ありがたかりける奇特かな〟

（謡曲「竹生島」より）


信長は、至って上機嫌であった。

今井宗久、津田宗及、山上宗二、今井宗薫らと共に宗易は、信長に対して新年参賀登城の挨拶を行った。信長は五人に本丸御殿の「御幸の間」拝観を許可した。年内には今上《きんじょう》（正親町天皇）の行幸があるとの噂である。狩野永徳の傑作「鳳凰」の襖絵が静かにやがて来られるであろう賓客を待っている。

参賀挨拶の諸侍の中で、ひときわ異彩を放っていたのが「弥助（マトペ）」であった。弥助は目ざとく宗易に気付き、挨拶をした。

「宗易様、おめでとうございます。弥助でございます」

「おめでとうございます。弥助殿。侍姿が大分板についてこられましたな。それに日本語が益々上手になられました」

ヴァリニャーノと共に日本に上陸して、まだ二年半ほどだが、ゴアを発ってからは既に四年半が過ぎている。元々の語学能力に加え、日本までの二年間ずっと一緒に過ごした日本人修道士のお陰で、通常の会話には事欠くことがないほどに上達していた。

「恐れ入ります。昨年の暮れには、殿から『間戸部《まとべ》』という苗字と、安土城下に家を頂戴致しました。宗易様のお屋敷よりは、ずっと麓の場所ではございますが」

「間戸部弥助殿か。良い名前です。忠勤なさいませ」

今はまだ髪を後ろに束ねているだけだが、後一年もすれば髷《まげ》を結えるようになるのかと宗易は想像して微笑んだ。

一月一五日、名物の「安土左義長」を見物した後、宗易は都に戻った。

三月五日、織田軍本隊は甲斐の武田氏討伐に出陣した。三年にわたる徳川・北条との争いに疲弊していた武田氏は、三月一一日、武田勝頼の自害によって滅亡した。

三月一五日、秀吉は姫路城から備中（岡山県）「高松城」に出陣した。総勢三万の軍勢であった。毛利軍との直接対決に備え、信長より明智光秀の軍を送るとの知らせを受けたが、一日も早く落城させるようにとの厳命も受けていた。有名な「水攻め」を開始する。高松城救援の毛利輝元軍とは、城を挟んで対峙していた。しかし信長自らの出陣の噂もあり、毛利軍も危機的な状況に陥っていたのであった。

徳川家康は、武田家討伐の功労として、信長より「駿河」「遠江」を与えられた。

五月一九日、その返礼の為に安土城に参上した。

「上様、武田家討伐の御勝利誠におめでとうございます。微力ながら参陣が叶い嬉しゅうございました」

「これはこれは徳川殿、良く参られた。そこもとのお力があったればこそですぞ。こちらこそ感謝しております」

「またこの度は駿河、遠江の二国を賜り恐悦至極にございます」

「まあ暫くは戦を忘れ、安土のみならず畿内でゆっくりとされたがよかろう。本日は、城内の総見寺において幸若大夫に舞わせましょう。宗易、おぬしは本能寺の茶会の茶頭をいたせ。道具をまとめておくように。宗及は堺で徳川殿を茶の湯でもてなすように。わしも都の茶会の後堺に参るつもりじゃ。よいな」

「承りました」

宗易と宗及は答えた。

その日の饗応役であった光秀は、直前にその任を解かれ、信長より秀吉軍への支援を命じられた。そのため丹波亀山城（亀岡市）に戻っている。

五月二一日、信長に命じられた長男の信忠は、家康と共に入洛。二六日には清水寺で申楽を催している。

そして遂に二九日、信長が生涯最後の入洛を果たしたのである。その日の内に、家康は既に堺に移動していた。

次の日は六月一日。信長の本能寺御殿にて行われた茶会は、博多の商人島井宗室と義弟神屋宗湛《そうたん》に対する名物道具の披露茶会であった。この為に信長は、安土より三八点の名物を運ばせたのである。『九十九髪茄子』、『珠光茄子』、『円座肩衝』、『勢高肩衝』、『万歳大海』、『紹鷗白天目』、『犬山灰被』、『数の台』、『朱龍の台』、『趙昌筆菓子の絵』、『牧谿筆濡烏の絵』、『千鳥香炉』、『開山五徳蓋置』、

『貨狄《かてき》の舟花入』、『蕪無花入』、『占切水指』、『宮王釜』、『天下一合子水翻《みずこぼし》』、『立布袋香合』他の諸道具である。

二人は博多の貿易商人である。停滞気味の堺から、信長は九州・島津の抑えとして博多に重きを置き始めていたのである。また宗室が所蔵していた『楢柴《ならしば》肩衝』茶入も大いなる魅力でもあった。

信長は朝会で二人をもてなした。勿論茶頭は宗易である。宗易と宗室（島井茂勝）は、共に朝鮮に渡海した旧知の間柄でもある。宗室は茶会の返礼として『楢柴肩衝』と『弘法大師真蹟千字文』を信長に献上した。

信長は、その後近衛前久、勧修寺晴豊《かじゅうじはれとよ》、甘露寺経元ら四〇人の公家・僧侶の訪問を受けた。宗易により茶が振る舞われた後、酒宴となっている。深夜に信忠は宿所の妙覚寺に戻るが、信長は更に本因坊算砂《ほんいんぼうさんさ》と鹿塩利賢《かしおりげん》の囲碁対局を見たのち、生涯最後の眠りについたのであった。


早朝、只ならぬ陣太鼓と鬨《とき》の声で目を覚ました宗易は、下男を走らせた。

「明智様の桔梗紋旗竿が本能寺を囲み、上様のお屋敷から火の手が上がっております。更に妙覚寺の方にも軍勢が動いております」

宗易は理解した。明智様、御謀反。

「裏の茶屋殿を急ぎ呼んでまいれ」

宗易は下男に向かい、裏の空地で通じている呉服商「茶屋四郎次郎」を呼びに行かせた。

茶屋の屋号は足利義輝がしばしば茶を飲みに立ち寄ったことに由来する。宗易の屋敷の西隣の新町通四条坊門小路（蛸薬師通）下ルに屋敷を構えていた。当主の清延《きよのぶ》は、若い頃徳川家康に仕えたことがあった。

この当時の都は、上京・下京の中に、不審者から守るため交差する路毎に「釘貫」という門が設けられている。門は毎夜閉じられ門番がいた。道路を通って西隣の「茶屋四郎次郎」屋敷に行くのには、「釘貫」を二カ所開けなければならない。しかし、互いの家の裏からは空地で直接繋がっているのである。

もっとも、今朝は明智軍により「釘貫」は全て開かれていた。

茶屋四郎次郎清延に対して、宗易は手短に話した。

「清延殿、徳川様が危ない。明智様が御謀反じゃ。上様は手遅れかも知れぬ。徳川様は今僅かな手勢で堺におられる。急ぎ三河に戻られる段取りをするようお知らせせねば」

そして下男に対して指示を伝えた。

「お主は清延殿をお連れして急ぎ堺へまいれ。本道を避け、脇道を行くのじゃ。徳川様の宿所は油屋さんの『妙国寺』じゃ。存じておるな。その後息子の紹安に、鉄砲玉と硝煙を出来るだけ多く取りまとめるように伝えるのじゃ。頼んだぞ。落ち武者狩りに遭わぬようくれぐれも気を付けるのじゃぞ」

後世「神君伊賀越《しんくんいがごえ》」と語られる三河までの家康逃亡の功で、茶屋四郎次郎は徳川家御用達呉服商となるのである。

弥助は、南風に乗って聞こえる鬨の声で目を覚ました。その晩は、嫡男織田信忠の警護に当たっていた。無月の空は更に静けさを深めていた。信忠の宿所は、本能寺より北東に四〇〇メートル程離れた「妙覚寺」である。

危急の知らせに、信忠の決断は早かった。

「『下の御所（妙覚寺の東隣）』の誠仁親王御一家には、直ちに『上の御所（内裏）』に御成頂くようにお伝えしろ。輿を用意する暇などないぞ」

この様に指示を出し本能寺に向かうが、時すでに遅しとの情報が入る。

「我らは速やかに『下の御所』に移り、守りを固めるのじゃ。この妙覚寺では防ぎ切ることが出来ん」

妙覚寺は本能寺と同じく堀と塀には囲まれているものの、全く無防備である。と言うよりも本格的な合戦を想定していない。それに対し、かつて信長屋敷であった「下の御所（二条御所）」は堅固な堀と土塀を持っている。門を閉じれば暫く態勢を整える事が出来る。信忠は瞬時にそう判断したのである。

二条御所は妙覚寺の室町通りを挟んだ東隣である。一町（約一一〇メートル）四方の敷地であるが（本能寺も同規模、妙覚寺は倍の二町）敷地を長壁で囲い、北には堀、東と南には門を構えていた。

二条御所から逃げ遅れ傷を負った正親町季秀は、こう記録している。

「大庭に並びいた諸士の内、『顔色変じて萎れたるは、皆家に功ある歴々』であったのだが『意気揚々たるは皆新参』であった。『顔色変じたるは討死』『意気揚々たるは皆、狭間をくぐりて逃れた』」

織田信長、織田信忠、信長の弟津田又十郎、源三郎、村井貞勝をはじめ、本能寺では八〇名、二条御所では四〇〇名ほどが討死した。信長の弟長益（有楽斎）、前田玄以、水野忠重らは脱出した。

弥助は捕らえられた。

光秀の前に引き出された。

「弥助は日本人ではない。黒い動物じゃ。依って仕置き無し」として南蛮寺の預りとなった。

光秀始め信長の家臣団全員が、弥助が信長の家来になった経緯を知っていた。

そしてその人柄を愛していたのである。

黒き庵

「本能寺の変」の後、間戸部弥助は明智光秀の命により、本能寺の東にある南蛮寺の預かりとなっていた。その南蛮寺より更に東南には下京の宗易屋敷がある。

「中秋の名月」の日の夕暮れ時。

高山右近はロレンソ了斎と弥助を伴い、宗易の元を訪ねた。「変」から一月以上が過ぎ、焼け焦げた臭いは薄れ、町は落ち着きを取り戻しつつあった。

「高山様ようこそお越しになられました。ロレンソ殿も安土城でお会いして以来ですな。弥助殿もこの度の事ではよくご無事で。南蛮寺にいらっしゃるとは聞いておりましたが、お訪ねする時もなく失礼しておりました」

「突然押し掛け申し訳ございません。様々ご教示頂きたくこうして参った次第です」

「何時でもお越しください。先ずは一服差し上げますので座敷にお移りください。りきと二人で丁度『月見の茶』の準備をしておりました」

「一年前に、宗易様がお会いになられた巡察師のヴァリニャーノ様は、あれから九州に戻られました。そして、急ぎ四人の少年を選び随員を仕立て、今はローマに向かって船を進めておられます。信長様よりお預かりした狩野永徳殿筆の『安土城城下図屏風』を、ローマの教皇様にお届けする為でございます」

「あの信長様も今はなく、あれほど美しかった安土の天主も焼け落ちてしまいました。正に諸行無常でございますな。永徳殿の渾身の作品も全て灰となってしまいました。その意味で、あの屏風は無事にローマに届けて頂きたいものです。ローマまではどれほどの道程なのですか」

「風次第ですが、早くても片道二年はかかります」

「大変なお勤めでございますね。ご無事をお祈りいたしております。ところで、お話とは何でしょう」

「はい。畿内に伴天連が伝えられて三〇年となりました。当初は教会もなく、我々は、毎日のミサを捧げる場所を探し続けておりました。イエズス会は布教に当たって、現地の適応主義をとっておりました。そこでこの日本においても、ミサに相応しい空間、即ち品位ある適切な場所、清浄であり人々に地上の安らぎを与える場所、日本人から敬意が払われる場所として茶座敷が最も相応しいと考え、ミサを行って参りました。この事は一一年前に、ローマ教皇グレゴリウス一三世猊下よりお許しを賜っております」

「茶座敷が品位ある場所と理解頂いている事は有難いことです」

右近に続き、ロレンソが話を進めた。

「恐れ入ります。今回派遣された巡察師ヴァリニャーノ様は日本を離れるに当たり、日本人をより深く理解するため、我々宣教師が茶の湯を学び、その作法を身に付け日本人に敬意を示すことを命じられました。教会を訪ねて来られる方々に対して、茶の湯の接待をするよう考える事もお命じになられたのです。その為に同宿の中で、茶の湯全般の業務を担当する専門の者を定めるように命じられたのでございます。そこでジュスト右近様とはかり、宗易様に様々な教えを乞うのが最善との結論に達したのでございます。本日はそのお願いに参った次第でございます」

「右近様は立派な茶の湯者、私が申し上げる事などないのではないですか」

「いやいや私など宗易様の『働きの力』には足元にも及びません。私も一緒に学ばせて頂けませんか」

「そうまでおっしゃられるなら考えてみましょうか。私も、今迄の茶の湯に、何か新しい姿が取り入れられないか、工夫をしようと考えていたところですから」

「ありがとうございます。先ずはこちらにおられる弥助殿を、茶の湯専門の同宿として仕込んで頂けないでしょうか」

「承知致しました」

「宗易様宜しくお願い致します」


間戸部弥助は大きな体躯を折り、深く一礼した。

六月二七日の「清須会議」により、信長の長男故信忠の長男「三法師」による「亡き殿後の体制」

も見えてきた。

九月一一日に「信長の百か日法要」が、信長妹「市」と信長家老「柴田勝家」の下、妙心寺で営まれた。法号は「天徳院殿竜厳雲公大居士」。ところがその翌日、同じ「百か日法要」が大徳寺で秀吉の下で営まれている。法号は「総見院殿大相国一品泰巌大居士」。

一〇月一一～一七日には秀吉の下で「信長の葬儀」が大徳寺で行われた。誰の目にも、秀吉が「後継」に最も近いと感じられた。現在妙心寺には「信長・信忠の供養塔」が山内「玉鳳院」に祀られている。

天正一〇年一一月七日
秀吉は茶会を開いた。客は宗易、宗及、宗久、宗二といういつもの顔ぶれである。場所は四カ月前、明智光秀と激戦を繰り広げた山崎天王山。秀吉の本陣が置かれた宝積寺である。巌下に「杉の庵」が設けられてある。
三日前の一一月四日には同じ「庵」で秀吉は前田利家、不破勝光、金森長近ら柴田勝家の軍師四人を呼び、和睦の茶を振る舞った。そのときは宗易が茶頭を務めた。
「宗易殿、三日前はかたじけなかった。他の面々もようこられた。上様があのようになられ、その後の四カ月間、皆には特に世話になり申した。特にここ山崎での合戦の際、宗易殿たちが用意してくれた矢玉はどれだけ有難かった事か。三日前に柴田様とも和睦が成った、これからも一層宜しくお願い致す」

「今となっては明智様に謀反の訳を尋ねる訳にはまいりませぬが、いずれにしても我々は上様の茶頭。その敵討ちのお手伝いをさせて頂きますのは必定。お役に立てて何よりでございます」

と宗易が答えた。今井宗久が続けた。

「今、時の流れと人の流れは、共に秀吉様にございます。我々堺衆は、秀吉様のお役に立つ様勤める所存でございます」

秀吉は満足気に大きく頷いた。

床には土の花入に寒菊。霰釜《あられがま》が鎖で吊られている。後座は生嶋虚堂の墨跡、『木枯し肩衝』が四方盆に乗せられていた。


翌天正一一年閏正月、信長の次男信雄は、三法師（長男信忠の子）の後見人として安土城に入る。安土城は、光秀軍により天主と本丸は焼失してしまったが、二の丸を中心に機能していたのである。四月二一日、「賤ヶ岳の戦」で秀吉は柴田勝家を破る。二四日、勝家は妻「お市」（信長の妹）と共に自害した。勝家を後盾にしていた信長の三男信孝も、その後自害した。こうして安土城の三法師を頂点とし、織田家棟梁信雄を後見人とした体制が出来上がったかに見えた。しかし翌年、「小牧・長久手の戦い」で秀吉と信雄が講和を結ぶと、信雄は実質上、秀吉の家臣となってしまったのである。

天正一一年三月、宗易は山崎から大坂平野の廻船業末吉勘兵衛に書状を送っている。

「屋敷の作事がようやく完成しました。見にいらして下さい。庵ももう直ぐ出来上がるでしょうから」

三月一五日、早速勘兵衛はやって来た。

「新しい庵を楽しみに参りましたぞ」

「平野屋さん、良くお越しになりました。どうぞ、ご案内致します」

宗易は六歳年下の勘兵衛を迎えた。

「この小さな板戸が入口ですか。縁はないのですね」

「はい。その石の上に蹲踞《つくば》って見てください。面白いでしょ」

「この小ささもそうですが、この戸は面白い付け方ですなぁ。明り障子の様に敷居と鴨居に挟まれているのではないのですね」

「はい。敷居の外側で挟む形にしてみました。先ずは頭を打たぬよう気を付けて、中にお入りください」

「何とも狭い部屋ですな。それに暗い」

「戸を閉めてみてください。鍵が掛かるようになっておりますので。そして暫く目を閉じてみて下さい」

「以前宗易様の庵は、鳥の子紙に薄墨を塗っておられましたが、今度は一段と黒うございますな。しかも紙ではなく土壁。しかも二畳敷」

「天井もご覧ください。一間四方に三種類の違う天井を使ってみました」

「この高さでは、背の高い宗易様は頭があたるのでは」

「私の背丈で定めましたから大丈夫です。床の間もご覧ください。面白いでしょ」

「壁だけでなく床の間の天井も、土壁なのですね。入隅まで塗り込めてあります。切藁が夜空の星のようではないですか。一体何処から思いつかれたのですか」

「実は一四年前に朝鮮に行った事があるのです。そしてその帰りに豊後の府内で伴天連の方々とゆっくりと話をする機会がありました」

「ほう。初耳でした。それで」

「縁を使わず石の上から部屋に入る姿は朝鮮にあります。両班《ヤンバン》という貴人の屋敷では、客人は石の上で履物を脱ぎ跨いで部屋に入るのです。そして天井も低く狭い部屋です。尤もこんなには狭くはありませんがね。オンドルという暖房の為で、壁も天井も入隅無しで塗り壁でした。白い紙が貼ってあります。そうしますと、いま勘兵衛さんのおっしゃったように、狭いのに広く感じるんです。そこで私は壁を黒くして夜空にしたのです」

「それでは、この入り口の小ささは」

「これは伴天連です。教えの中に『命に至る門は狭い』というのがございましてな、これがずっと心の奥に引っ掛かっておりましたのじゃ。ここから入るには刀を外さねばなりません。そこで外に刀掛けを設けました。彼方此方の南蛮寺に参りますと、丸や四角の窓がございます。伴天連から建物の話を聞きますと、広さより高さを大事にしております。そして上が明るいと安らぎを感じると申します。そこで四方を壁にして上の方に明かり窓を設けたのです。そうしましたら二畳という狭さを感じなくなりました」

「先ほどから風と陽の揺らぎを感じております」

「それは南と東から明かりを取っているからです。今までは光は北からのみでした。木立の揺らぎまでも、影となって感じられますぞ」

「正に心地よい。鍵をかけた空間なのに、外と一つになっております」

この庵は、現在「待庵」として知られ、唯一の利休茶室の遺構として「国宝」に指定されている。

茶室の象徴として最も強くイメージされる「躙口《にじりぐち》」は、この「待庵」から使用が始まっている。そして茶室の窓もここから始まっているのである。「躙口」は、宗易がイエズス会のロレンソ修道士から教えを受けた「山上の垂訓」の一節からの発想である。決して権力者秀吉の頭を下げさせる為のものではない。「露地」という法華の道を歩み、「蹲踞《つくばい》」の水で心身を清める。刀という俗世の権力の象徴を外し、躙口近くの「刀掛け」に預けた。「六根清浄」となった客が、「浄土」の世界に入るため、謙虚に自ら進んで首を垂れる。その為の入口を作ったに過ぎない。

「亭主は今までも象徴として、小さい服紗《ふくさ》を腰に付けていました。しかしそれはあくまでも汚れを落とすための物でした」

「確かに茶杓に付いた抹茶などを拭《ぬぐ》い落としていましたな」

「その所作を今回改めてみたのですが、見て頂けますか」

「拝見しましょう」

「少し大きめの服紗にして『清める』所作を加えてみました。清潔な道具であるのに、あえてその道具を清めるのは、拭う所作と清める所作を明確に区別する為です。それは席中の客が、既に清め尽されているからです。主客が一体となる為には、道具を清める所作をしながら、自らを清めるべきなのです。これは伴天連のミサから学びました。こうして主客が共に清め尽くされた後に、一服の茶を差し上げようと思っております。様々な事を一から見直してみたいのです」

唐物荘厳・鑑賞の茶の世界に、珠光により「侘《わび》」という感覚が取り入れられ、もてなしの茶が始まった。茶入盆が外され、天目台が外され、台子が外され、全ての道具が畳の上に置かれるようになった。宗易により「躙口」が誕生し、服紗が「清める道具」となったことで、「侘茶」はその完成に大きく近づいたのである。

永徳と等伯

天正一一（一五八三）年の七月、聚光院に新たな棟札《むなふだ》が上がった。

六月二日の信長一周忌法要に間に合うように、秀吉は聚光院西側白毫院旧址に信長の菩提所として総見院を建てている。一二間四方の位牌所も造られたが、位牌所は秀吉の意に添わず即刻取り壊しが命じられた。だが総見院は秀吉にとって権威を誇示するのに格好の存在であった。しかしその東隣の聚光院は、総見院の建築にあたり本堂の移動と改築を余儀なくされたのであった。聚光院住職は一凍紹滴《いっとうしょうてき》である。


この日聚光院の庫裡に集まったのは、一凍と古渓宗陳、そして宗易と狩野永徳の四人であった。

「六月の喧騒が嘘の様に静かでございますな。やっと寺の日常が戻った感じが致します。お師匠様方もさぞやお疲れになられましたでしょう」

「いやいやこれしきの事。信長様は残念でござった。しかし、明智様には感謝申し上げる事もございました。亡くなられる前に五山（南禅寺・相国寺・東福寺・建仁寺・天龍寺）の他大徳寺に対しても銀子一〇〇枚を御寄進頂いたのです。それを元に今回、この聚光院東の大徳寺方丈に、唐門を作らせて頂いたのです。我々は極秘にこれを『明智門』と名付ける事に致しました。（明治一〇年に南禅寺内の金地院に移築）

それよりは今回の総見院の件では二人にはご迷惑をおかけしました。聚光院方丈の再建では、檀越の三好家が滅亡されたなか、宗易殿には新たな檀越になって頂きました。永徳殿には、こちらからのお願いで信長様の肖像画を描いて頂きながら、飾るべき位牌所が、秀吉めによって壊されてしまいました」

秀吉が主催した総見院での信長葬儀において大導師を務めた古渓宗陳は、宗易と永徳に対して話し始めた。

「和尚様、私は何も気にしておりません。私どもの仕事は描き終わる事で完結しております。その後は如何になろうとも意に介しません。精魂込めた安土城障壁画も、僅か一年で灰燼《かいじん》に帰してしまいました。信長様の肖像画は何処かでお使いいただけましたら冥利につきます」

永徳は「本能寺の変」の一年前の九月、安土城にて障壁画完成の褒美として、信長から小袖を拝領した際の事を思い出していた。

「お師匠様。本日伺いましたのは、上棟叶いました聚光院方丈に、永徳殿と私で寄進をさせて頂きたくお願いに上がった次第です」

「それは誠に有難い事です。してどの様にお考えかな」

「庭正面『室中《しっちゅう》』に以前よりありました永徳殿の御父上松栄殿の瀟湘《しょうしょう》八景図を、右隣『礼《らい》の間』に移します。『室中』と左隣『檀那《だんな》の間』には永徳殿に新たに描いてもらいます。私は方丈前の庭を作らせていただきます。永徳殿の下絵によるものを考えており、方丈と庭が一体となった姿を考えております」

「それは誠に楽しみ。お二方、宜しくお願い致しますぞ」

「畏まりました」

宗易と永徳は顔を見合わせ頷いた。

永徳は室中一六面の襖に墨絵を描き、宗易は庭を完成させ、再び四人が集った。

「この度は誠にありがとうございました。拝見させて頂きましょうか」

「方丈と庭で春夏秋冬を表現致しました。先ずは北東角から始まります」

「北面の右には雪山が見えます。その場所が立春ですな」

「はい、左様でございます。そこから東面に向かって激しい雪解け水が流れ出します。やがて水の流れは少し穏やかになり、巨大な梅の老木は大地を鷲掴みにするような力でそれを受け止めます」

古渓と一凍は食い入るように梅を見つめている。

「金泥引きを背景として枝は近く強く水に向かい、その枝の一本は水に潜って飛沫を上げておりますな」

「まるで梅の花が芳しく香ってくるようですな。周りには身を寄せるように山鵲《さんじゃく》や鶯が遊び、菫や蒲公英《たんぽぽ》が咲いています。鴛鴦《おしどり》は流れに任せながら梅の花を見上げ楽しげでござる」

　今度は宗易が話し始めた。

「雪解けの水は庭に流れ出します。大河となり海となる夏の姿です。水は白川石を使用致しました。後方には横一直線に石を二列配しております」

「中央に橋が架けてありますな」

「はい。中楽に出てくる『石橋《しゃっきょう》』を思っております」

「獅子が舞いますか」

「東の持国天《じこくてん》から流れた水の先は、文殊菩薩の世界ですか。何とも大きな仏世界でござるな。厳しい庭じゃ」

「右には沙羅双樹《さらそうじゅ》を植えてみました」

「来年の夏は、きっと白い花を咲かせてくれますな」

　永徳が話を続けた。

「西面は秋でございます。東の梅に対して松を配しました」

「中央には鶴もおりますな。足元には芙蓉の花、左は松林でしょうか。芦に落雁と往く秋を惜しむような風情ですなぁ」

「北面の左側にも松の巨木。襖から姿がはみ出しておりますぞ。西側では下を向いていた鶴が、北では春に向かうが如く上を向いて鳴いております」

「根本と枝の一部のみを描きました。その根元に茶の木を配し冬の風情を表しました」

「右の岩の上にいるのは鶺鴒《せきれい》ですか」

「ご覧くだされ古渓和尚、鶺鴒の見上げる先には東面の左上の鶺鴒が。番《つがい》でありましょうか。見事に一年が繋がりましたな」

一凍紹滴も子供のように燥《はしゃ》いでいる。

「お気付き頂きありがとうございます」

「誠に素晴らしい仏の世界。方丈にこれ以上相応しい世界はございませんぞ。お二人には心から感謝申し上げます」

古渓宗陳と一凍紹滴は、宗易と永徳に深々と頭を垂れたのであった。


都の東、東山連山の麓を流れる白川の石は、大きな石は灯籠・手水鉢にされ、細かい砂利は好んで枯山水《かれさんすい》庭園に用いられる。雲母《きらら》が多く含まれている為、太陽や月の光を受けて輝く石は、乱反射して室内を明るくする間接照明ともなるのである。

「陰陽五行」の世界では、向こう側を冬とする四角形で一年と考える事がある。そうする場合、右奥が立春に当たる。右手前が立夏、左手前が立秋、左奥が立冬となる。

永徳の描いた絵も、右奥の雪山から水が流れ、「梅の春」を通って「夏」に流れ出している。左側は「芦と落雁の秋」から「茶ノ木の冬」に移る。

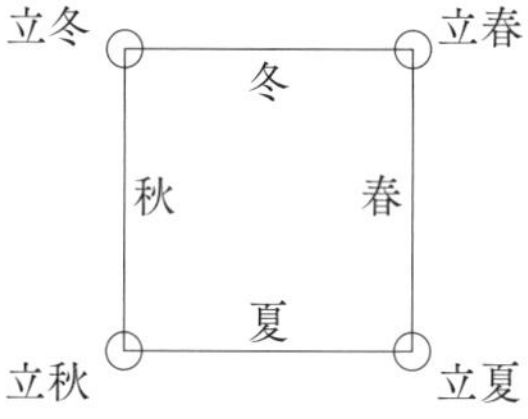

更に「番の鶺鴒」が冬と春に呼応している。

茶の湯における「台子」の姿も全く同じである。宗易が若かりし頃、宮王三郎から教示された「翁」の世界もまた一緒である。

「とうとうたらり　とうたらり」

黒き水、北の水が四海に満ち溢れて、豊かな実りがもたらされる世界である。描いたのは永徳であるが、全体の構図は宗易のものであった。


聚光院に古渓、宗易と永徳が寄り合って数日後、一人の絵師が総見院の古渓のもとを訪ねていた。長谷川信春（後の等伯）である。

長谷川信春は天文八（一五三九）年生まれの四五歳。宗易の一七歳下、古渓の一〇歳年下となる。能登の七尾で生まれ画才に恵まれ絵師となる。雪舟の弟子等春に学んだ。生家の菩提寺の伝手《つて》で、一条戻《いちじょうもど》り橋《ばし》（後に利休木像が磔《はりつけ》にされた場所）にあった日蓮宗本山の一つ「本法寺」に住まいし、都、堺で活動する。本法寺の時の住職は第八世日堯上人。翌年遷化し第九代日円上人、第一〇代日通上人の教えを受けることになる。特に日通上人を通して堺との縁を深め宗易との知己を得るのである。

日通上人は堺の油《あぶら》屋《や》常金《じょうきん》の息子で天文二〇（一五五一）年の生まれである。常金の兄、叔父の日珖《にちこう》上人に師事している。日珖上人は堺の名刹妙国寺の開山である。開基は三好実休であった。日珖上人の兄は堺の納屋衆の一人であり薬種商の油屋伊達常祐である。茶人としても有名で、名物茶入『油屋肩衝《あぶらやかたつき》』の所持者として歴史に名を残している。宗易とも年が近く茶友である。『油屋肩衝』には宗易（利休）が添えた『唐物若狭盆』が付随している。

昨年の「本能寺の変」の際、堺に僅かな伴と共に滞在していた徳川家康は、妙国寺を宿所としていた。それを知っていた宗易は、茶屋四郎次郎を急ぎ使いに出し家康に知らせたのであった。「変」を聞いた家康は無事三河に戻る事が出来たのであった。後に「神君伊賀越え」と称される記述には宗易の気働きは記録されていない。

常祐の子常悦、日珖上人、日通上人は皆宗易に茶を学んでいる。当然ながら長谷川信春も宗易に茶の湯の薫陶を受けている。宗易も信春の光溢れる才能を感じ、人柄の良さも相まって、年の離れた弟か息子のように愛していた。

「信春殿よう来られた。この度総見院に描いて貰った『山水、猿猴《えんこう》、芦雁図』はそれぞれ秀吉様がお気に召され、褒美をはずむよう話しておられたぞ。何か希望はおありか」

「和尚様がお喜びでしたらそれで十分でございます。御推挙頂いた宗易様によき報告が出来ます。本日は褒美の代わりにお願いがあって参りました」

「何なりと申されよ」

「はい。私が描きました物に賛を入れて頂きたいのですが如何でしょうか」

賛とは絵に対して添えられた詩・歌・文などの事で、肖像画に対しては仏徳等を褒め称える偈頌《げじゅ》が書かれるものである。信春の差し出した絵を見て、古渓は一瞬驚いたが、暫く静かに見つめていた。

「宗易殿か。ところでこの絵はどなたの御依頼かな」

「私自身でございます。心より宗易様を尊敬いたしております故に、私自身の発願で描かせて頂きました。但し宗易様はご存知ありません」

「それならば承知しました。暫く待っておられよ」


古渓は半時（一時間）程して奥から戻ってきた。


「先ずはそなたに一つ約束してもらいたい事があるのじゃ。この絵は、拙僧がそこもとに良しと言うまで、誰にも見せないでもらいたいのじゃ。これから話す事は僅かなものしか知らぬ故、そこもとには話しておこう。

宗易殿は斎号『抛筌斎』の他にもう一つ道号を持っておられる。永禄九年、大林宗套大和尚が、津田宗及殿に対して『天信』の道号を授けられた際に、宗易殿にも『利休』の道号を授けておられるのだ。しかし宗易殿はその際、道号を自ら封印し、拙僧が大徳寺に晋山《しんざん》（住職として入山する事）した際、道号の開封を拙僧に託したのじゃ。その意味で暫く伏して貰いたい。いずれその時が来れば、皆が宗易殿の事を『利休』と呼ぶようになるじゃろうからな」

「しかと承りました。お約束致します」


信春は古渓の記した賛に目をやった。

利休宗易禅人幻容
　禅人者夫界浦好事風流之士也
当世以茶術為務因書一絶句
充賛詞
喫茶人道是蘆同面目依
然盡太空莫問老翁帰去
處天遊睡後一清風咦
　癸未之仲穐下浣日
　　前龍寶山古渓老拙　印

『利休画像』（長谷川等伯画　古渓宗陳賛　正木美術館蔵）

利休

天正一二（一五八四）年八月大坂城に移った秀吉は、一〇月一〇日「惣口切茶会」を催している。宗易、宗及を茶頭として、『四十石《しじゅっこく》』『松花《しょうか》』など九個の名物茶壺を一度に口切したのである。続いて一五日は大坂城大茶会が行われる。参加者は数寄者オンパレードと言える面々。

松井友閑、細川幽斎、宗易、宗久、宗及、千紹安、山上宗二、万代屋宗安、*高山右近、佐久間盛春、*古田左介（織部）、*牧村兵部、円乗坊、*芝山監物、観世宗拶など、後に「利休七哲」と称される面々も四人（＊印）見られる。茶会は秀吉の城内屋敷にて行われ、終日上機嫌であった。

一一月、正親町天皇は秀吉を「従三位」に叙し、権大納言に任じた。

翌年二月、織田信雄（信長の次男）は織田家棟梁として「正三位大納言」となるも、同月秀吉は「正二位内大臣」に叙任されたことにより、信雄と秀吉の立場は、完全に逆転してしまったのである。

同年三月八日、秀吉は大徳寺山内で「大徳寺大茶湯」を興行した。

秀吉の馬廻衆、大名衆の他、京衆五〇人、堺衆二五人等一五〇人ばかり。それぞれが道具を持ち寄り茶の湯を行ったのである。秀吉は、総見院方丈に名物道具を飾り、茅葺の茶室を造った。宗易と宗及は、大坂城名物を使用して二〇〇服ばかり点てた。この茶会は「小牧の戦い」の戦勝祝賀会であり、次の戦の出陣茶会でもあった。

三月二一日、秀吉は大坂城を出馬し、根来と雑賀を討ち紀州を攻略したのである。

七月、四国の長宗我部元親が降伏した。

残るは九州と東国となった。

七月一一日、秀吉は「従一位関白」となり位人臣を極めることとなったのである。

「上様。この度の関白ご就任、誠におめでとうございます」

「信長様が身罷られ三年が経った。いつの間にか正二位だった上様を越す立場になってしまった。のう宗易、時の流れとは申せ、わしはこの立場に相応しいのじゃろうかの」

「今、謙虚にそうお思いになられておられればこそ、お相応しいかと存じます」

「そうか、相応しいか。わしは禁裏に感謝する思いで、内裏に茶を差し上げようと思っておるのじゃ。どうかの、宗易」

「誠に宜しいかと存じます。茶の湯こそが天下泰平の証。上様が禁裏に対して一服差し上げる事によって、天下の誰もがそう思うはず。是非ともおやりなさいませ」

「良し、決めたぞ。わしが禁裏に奏上するので、お主は前田玄以と下見をして来てくれるか。そして道具を考えてくれ」

「承知仕りました」
この時秀吉は宗易に対し、粋な計らいを行う。茶会実施の奏上と共に、宗易に対しての「勅号」を、正親町天皇に願い出たのである。それに応じて、院は大徳寺の古渓宗陳に対して「号」の選定を命じた。古渓は即座に上奏した。いよいよ「あの号」が表に出ることになったのである。

九月下旬、宗易は正親町天皇より「利休」号を勅賜されたのである。千利休の誕生である。齢六四歳。

「宗易」は居士号である。それだけで参内する資格は既に有している。だが秀吉からすれば、この度の「関白」拝領の茶会を催すに当り、勅号「利休」を従えた茶会にこそ、意義があるのである。秀吉の狙いはそこにあったと言える。

一〇月七日巳の刻（午前一〇時頃）、「常《つね》の御所《ごしょ》」にて正親町天皇との一献の義が行われた。その後小御所《こごしょ》「御菊見間《おんきくみのま》」にて、秀吉自らが点前をして茶を献じたのである。客は上段三畳敷に、天皇、東宮誠仁親王、東宮嗣和仁《たかひと》親王（後の後陽成天皇）の三方、下段六畳に伏見宮邦房親王、近衛前久、取次の菊亭晴季となっている。（資料会記⑤）

使用された諸道具はこの日の為に新調され利休が誂えた物。床に飾られた道具は、『生嶋虚堂《いくしまきどう》』と『青楓唐絵』の二幅、『似茄子茶入《にたりなす》』と『砧茶壺《きぬた》』である。

木地の台子に菊置の木地曲げ水指、新調の伊勢天目、菊大棗などこの日の為に利休が誂えた道具が使用されている。

次の間には、『初花肩衝』『新田肩衝』『松花茶壺』などの名物道具が飾られた。

天皇還御の後、「端の御座敷」で、公卿、門跡らに利休から台子手前で茶の湯が振る舞われた。

七人ずつくじを引いて席入りしたが、夕刻まで及んだのである。

「利休」の名は天下に聞こえ、名実共に利休は「天下一」の茶の湯者となったのであった。秀吉は翌年正月一六日も、小御所にて、天皇、親王方に茶を献じている。この際に使用されたのが、有名な組み立て式「黄金の茶室」と「純金皆具台子飾り」である。


二月からは秀吉は洛中の内野に普請を始めた。聚楽第の建設である。

七月二四日　東宮誠仁親王の崩御により、東宮嗣和仁親王が東宮となる
九月　九日　秀吉は正親町天皇より「豊臣」の姓を賜る
一一月　七日　正親町天皇譲位
一一月二五日　後陽成天皇の即位
一二月二五日　秀吉は太政大臣となった
関白太政大臣豊臣秀吉の誕生である

黒き茶碗

利休は悩んでいた。そしてもがいていた。

どうしたら　もっと一体感が持てるのか
どうしたら　心一つとなる安寧がもたらされるのか
どうしたら　日本人も朝鮮人も中国人も　白人も黒人も　区別なく互いを敬い合い　茶の湯を楽しみ合えるのか

共に同じ部屋で楽しむことは出来る
しかしそれでは不十分だ

共に頂き合うための茶碗が無い。

天目は初めから一人用である。共に頂く事を拒否している。試しに天目台を外して天目の重ね茶碗をしたり、高麗茶碗と重ねたりしてみたが、煩わしさは変らない。高麗茶碗は面白い。侘びの道具で力強い素朴さがある。

しかし浄土（小座敷）で頂きあう精神的な深みがない。何かが足りないのだ。

ある日、利休の聚楽第屋敷に、長次郎が訪ねて来た。

「利休様、面白い焼きが出来ました。失敗作ですが、お知らせに参りました」

長次郎は黒く深い色合いの、二つの茶碗を差し出した。しかも互に附いて離れない。

「ち、長次郎。どうしたのじゃ、この深き色は」

「様々な釉薬を試しておりますが、今回は加茂社の上流にある長石を砕いてみました。難しい釉でございまして、たまたま二つの茶碗が、火膨れで付いてしまったのを窯から慌てて鋏で引き出しました所、この様な色となったのでございます。しかしその後は、中々同じように上がってくれません」

「同じにならぬでもよいのじゃ。違うから面白い。そう思わぬか」

「そう仰って頂ければ有難いことでございますが、もっと深い黒を出してみたいと思っております」

「頼むぞ長次郎。この色こそ我が追い求めていた色かもしれない。宗慶、宗味達ともよく相談してみるがよいぞ。一気に温度を上げてみてはどうじゃ。一碗ずつ、別に焼いてみてもよいかも知れぬな」

「利休様には多くのことを教えて頂きますな。窯を小さくして窯ごと焼いてしまえ、には本当に驚いてしまいました」

「何の。おぬしが、中から焼けば、温度が上がるのに時間がかかり過ぎて、固くなってしまうというから言ったまでの事じゃ。一五年前に、朝鮮に行って井戸茶碗などを造っている窯元を訪ねた時、職人達は毎日が新しい工夫だと話しておったのじゃ。頭が固くなると止まるぞ、長次郎。私は『在ると見えなくなる物、しかし無くなると見えてくる物』をいつも探しているのじゃ」

「夜の星みたいな物でしょうか」

「夜の星か」

利休は、火膨れで付いてしまった二つの茶碗を手にして、じっと黒い釉薬を見ていた。


突然利休は大徳寺に向かった。総見院の古渓宗陳のもとである。

「お師匠様、突然申し訳ございません」

「利休殿よく来られた。時は考えずとも好い。何時でも今がその時じゃ」

「ありがとうございます。『黒』とは何でしょうか」

「随分と単刀直入な問いじゃな」

古渓は目を閉じて静かに答えた。

「黒は『真理』。そして『光』『古き心』といってもよい」

「光。古き心」

「黒という文字を書いてみるがよい。上は『口』すなわち炉。中は『土』で下は『火』で出来ておるじゃろ。下から火を焚き土で出来た炉で蒸し焼きにした形じゃな。即ち『火・光』から生じた物が黒ということになる。利休殿は『暗』『闇』『黯』の中に『音』の文字が入るのは何故か、考えた事はあるかの」

「いいえ、ございません」

「暗は日の光無く音のみ聞こえる姿。闇は門を閉じて音を待つ姿。黯は深黒の中に音が聞こえる姿。音とは神の訪れを待つ祝詞《のりと》神楽の事じゃ。『玄』を『くろ』と称するのは、黒く染めた『糸』の意。『幽玄』となれば、幽の中にその糸が更に二つ重なるのう。『玄』は真理。即ち神仏。即ち『古き心』とも言える。如何かな。少し話し過ぎたようだ。どうも、そこもとが来られると話が過ぎる。ところで、わしの眉毛はまだあるかの」

利休は古渓の顔をまじまじと眺めた。

「闇の中で、お顔が見えませせぬ」

「それでよい。それでよい」

古渓は大声で笑った。

「翠巖《すいがん》の眉毛」と言われる公案は、雲門禅師の「関」と言う言葉・公案を生み、大徳寺で最も大事にされている大燈国師の言葉である「南北東西通活路」に至る大事な問答である。唐の高僧であった翠巖は、ある時弟子達に向かって「禅では親切に教えすぎると、眉毛が抜け落ちる病になるというが、わしの眉毛はまだあるか」と問い、顔を突き出したのである。その心は、と言う公案である。

利休は家に戻り、長次郎が置いて帰った双子の黒茶碗を眺めた。

黒は光、黒は古き心、黒は真理。

若き頃、妻りきの前夫宮王三郎から、「三番叟《さんばそう》」の黒色尉《こくしきじょう》の面について教えを受けた事を思い出していた。黒は民、黒は水、水の元即ち『源《みなもと》』は「真理」であり「太極」であると。「光」と「影」は表裏一体。太極の「陰」と「陽」である。「影」という文字は、京（望楼）の上に日が上《のぼ》り、光が差した姿。即ち光に依って生じる字形である。

利休は、ふと長次郎の言葉を思った。「無くなると見えてくる物」と口にした利休に、「星のような物ですね」と返したあの言葉である。

暗闇の中で光り輝いている月・星も「真理の姿」かもしれない。

見える・見えないと、「目」にこだわり過ぎていたのかも知れなかった。

「日」「月」「星」を『三光』と称するのは、真理の三態なのかもしれない。そう思うと、目の前の黒茶碗の中に、星が見え始めた。やがて様々な姿が現れ出してきた。

「銀碗裏に雪を積む」

かつて宮王三郎に「名人とは」と問うたことがあった。「『銀碗裏に雪を積む』境地でしょうか」と、一言いったのである。

全く理解できなかった。

しかし利休はその後、宮王家に伝わる「秘伝書」の中で、「世阿弥」が書いた「九位」の中にある言葉である事を知ったのだった。世阿弥は、猿楽の芸風を九段階に分けている。「上三」「中三」「下三」という具合。「中の下」を「浅文風《せんもんふう》」と称し、若く初心の姿としている。そこから位が上がり、「上」は名人の域となる。その「上の下」位が「閑花風《かんかふう》」と呼ばれ、その境地が「銀碗裏に雪を積む」である。因みに最上位「上の上」の境地は「新羅の夜半日頭明らか」。さらに「下の下」とは、最高の名人が最後にたどり着く境地と、世阿弥は伝えている。

銀で出来た碗と雪は、見て誰でも区別がつくものである。それが一体となると区別がつかない。しかし碗は碗、雪は雪。一つにして二つ。「宝鏡三昧」である。

という事は、黒漆の中に黒き絵もありか。

利休の中に、また何かが閃《ひらめ》いたようである。

利休は長次郎を呼んだ。

「長次郎よ、もっと削るのじゃ。この茶碗はまだまだ寺の屋根のようじゃ。色んな飾り瓦が載っておる。これではいかん。神社の屋根の柿葺《こけらぶ》きの如く研ぎ澄ませ。研ぎ・削る事で、土塊に内在してる真理を感じるのじゃ。そして『黒』の釉で、外への力を内に閉じ込めるのだ」

長次郎は「黒の釉薬」を鴨川の石から作ったという。「黒の漆」は鉄さびから作られるという。川石や鉄さびからも「真理」は生じるのか。この「黒茶碗」の中にこそ、本当に求めているものが存在しているかもしれない。焼きあがった黒茶碗を、掌にしっかりと抱いて利休は確信した。


ふと、利休は伴天連のミサを思った。

「ミサ」とは「聖体拝領」であり、キリストと一体となる儀式である。その中では「聖杯」に入れられたワインを皆で飲み廻しをする。南蛮寺で何度か見た光景であった。

この「黒茶碗」なら、「廻し飲み」が出来るのではないか。新たな光が差し込まれた。

ローマへの道

遣欧使節団一行がマカオに滞在中、一五八〇年、ポルトガル王としてスペイン国王フェリペ二世が即位したとの知らせがもたらされている。

フェリペ二世の父カール五世は複雑極まりない近親結婚により王権を広げ、スペイン王及びハプスブルク家第三代神聖ローマ皇帝としてハプスブルク家の全盛を迎えていた。その後、フェリペ二世はスペイン王となり弟のフェルディナント一世は第四代神聖ローマ皇帝四代を継承し、ハプスブルク家はオーストリアハプスブルク家とスペインハプスブルク家に分かれるのである。フェリペ二世は、父と同じくポルトガル王女を妻としドン・カルロスを儲ける。最初の妻の死亡により、イングランド女王（父と母の従妹）、フランス王女と結婚した。最後の妻は二二歳離れた姪のアナであった。アナは従弟であるマクシミリアン二世と妹マリアとの子供である。宗教上かなり問題があったにも拘らずなんとローマ教皇ピウス五世の許可を取り付けたのであった。その結果待望の跡継ぎフェリペ三世の誕生となったのである。その後、フェリペ二世の妹ファナの子であるポルトガル王セヴァスチャン一世の死亡によりポルトガル王を兼任した。こうしてフェリペ二世は、ヨーロッパのみならず世界の覇者となった。「日の沈まぬ国」の誕生である。（「フェリペ2世の主な家系図」〈296ページ〉参照）

使節団一行は意識のないままに、世界の最も輝かしい舞台に登場したのであった。

一行は一五八四年八月一一日にリスボン入りした。そして市内のイエズス会の拠点である「サン・ロケ修道院」に迎えられた。

一五五三年、国王ドン・ジョアン三世よりイエズス会に贈られた教会である。高台にあって素晴らしい景観からはサン・ジョルジュ古城が美しい。

日本の布教事業はポルトガル管区が行っていたこともあり、七〇名の司祭と大勢の修道士達は遠来の家族として熱烈な歓迎をしたのである。毎年の「日本通信」によって日本の事は広く知られていた。

しかし二年前の「信長の死」の知らせは、まだもたらされていなかった。

一行は「ポルトガル副王」アルブレヒト枢機卿のもとに参上し、用意していた献上品を渡した。枢機卿は神聖ローマ皇帝マクシミリアン二世の五男で、叔父のフェリペ二世の下で幼いころより教育薫陶を得ていた。その後は「リスボン大司教」「サンタ・マリア修道院」「王立病院」などを表敬訪問している。二六日間の滞在中、アルブレヒト枢機卿との面談は三回にわたっている。

八月一六日は「聖ロケ」の儀式と祝祭に参加した。カトリック国の大都市での都市祝祭はさぞかし目を奪うものであったろう。

九月五日、エヴォラに向けて出発した。

ヴァリニャーノが予め保護と援助を乞い求めていた事もあるが、エヴォラのブラガンサ大司教の歓迎は、来る日も来る日も続いた。出発を延期させ、一四日の「聖十字架顕彰の祝日」のミサに参加させたのである。祭のあと食事が済んでから、大司教座教会でマンショとミゲルはオルガンの演奏をし、人々を驚嘆させた。

九月一五日一行はエヴォラを発ち、ヴィラ・ヴィソーザに到着した。

この町の当主ドン・テオドシオ二世は一六歳と使節団と同じ年であり、為に美しい友愛が培われた。エヴォラの大司教は叔父に当たり、母はフェリペ二世の従妹でもあった。四人の男児の母親として慈愛溢れる夫人であった。ブラガンサ家には多くの専属歌手もおり、当主のテオドシオ二世は大の音楽好きである。自室に「クラボ（ハープシコード）」や「ヴィオラ」を取り寄せ使節団と共に演奏し、合わせて歌を歌った。

そして一行は国境を越えて、トレドに到着したのである。

三方をタホ川に囲まれ北側に城壁をめぐらしたトレドの町は、スペイン随一の町と言われている。人口は二万五〇〇〇人と少ないが、女子修道院が二三、男子は一三、病院が八カ所と伝えられている。トレドに着いた翌日からミゲルは天然痘と見られる症状が出、発熱と嘔吐が続き一六日間苦しんだ。この年トレドだけでも二〇〇〇人近くの児童が死んだと言われている。出発の前日から今度はマルチノに症状が現れたが、先を急いだ。

使節団は一〇月二〇日、遂に王都マドリードに到着した。

マルチノの治療にはフェリペ二世の侍医頭ほか三名の名医が当たり、七日目に危機を脱し一五日で全快したのである。

一一月一一日、サン・ヘロニモ教会で行われた「皇太子宣誓式」は世界最強の君主国家スペインに相応しい華麗なるものであった。

聖堂内は煌びやかな装飾布が張り巡らされ祭壇には豪華な絨毯が敷かれている。右の天蓋の下には、更紗の冠を頂いたフェリペ二世、銀色の服の皇太子、黄色の緞子《どんす》に身を包んだ王女方。左側の天蓋の下には、ローマ教皇の使節、神聖ローマ皇帝特使、ヴェネツィア大統領特使ら。堂内は正装した貴族で溢れている。

使節団は国王陛下の特別な計らいで、既にある伯爵夫人に充てられていた席が譲られ、国王の天蓋の真正面という最良の席に座ることが許された。

国王フェリペ二世は五七歳、皇太子フェリペ三世は六歳である。

三人の王妃が他界し、四人目に迎えた妻は姪のアナ。ローマ教皇の赦免状をもらっての近親婚であった。余りに強大になり過ぎた為に釣り合う国もなく、結婚の選択肢は身内にしかなかったのである。そのアナも四年前に天に召されていた。

「皇太子宣誓式」が済んだ三日後、使節団はこの訪欧の最重要使命の一つ「スペイン王への正式謁見」の日を迎えていた。

マンショ等は日本からこの日の為に持参した「絹の白地に花鳥模様が染め抜かれ、金糸で刺繍が施された着物」と袴に着替え、腰には大小の刀、足袋に足半《あしなか》の出立。それにメスキータの指示でヨーロッパ風の帽子をかぶった。使節団は王室から派遣された二台の輿馬車で王宮に向かった。

フェリペ二世は、イエズス会のパードレからの報告で「彼等の正しい身分と情報」を知っていた。世界の大半を治める国王にとっても、どんな小さな領主であっても、他の支配を受けていないならば独立国であった。その国王の使節団である。国王は、黒い服にハプスブルク家の名誉を示す金羊毛勲章のついた金鎖を掛け、腰には剣を、肩にはマントの出立で、皇太子・王女達と共に迎えた。

マンショ達が跪いて手に接吻しようとするのを拒み、親しく抱擁した。

「皇帝陛下におかれましては、この度の『皇太子宣誓式』誠におめでとうございます。本日はわれわれの謁見の御許可と、挨拶を申し上げる機会を賜りまして恐悦至極に存じます」

「遠き国から我が元へよく来られた。歓迎しますぞ」

「ご挨拶申し上げます」

マンショとミゲルが日本語で挨拶をした。その後マンショは「大友宗麟」、ミゲルは「有馬晴信」「大村忠純」の書状をそれぞれ奉呈したのである。日本人修道士ロヨラがその内容を朗読した。

フェリペ二世は満足し、歓喜に満ちた顔で答えた。

「同じ宗教で結ばれた日本の諸侯を、深く心に銘記する。そしてその証人を派遣された事を喜び、将来においてもこの様な友好が益々習慣となる事を望んでおるぞ。我が甥であるポルトガル副王アルブレヒトからは献上品の事、三回面談した事の報告が来ておる。ヴィラ・ヴィソーザの従妹からも手紙が来ておる。楽器も弾けるそうな。歌も上手いとあったぞ。今度は是非とも聞かせてもらおうかの」

「畏れ多いことでございます。次にお会いするまで稽古に励みまする」

「マルチノの具合はどうじゃ」

副使として控えていたマルチノは、国王から自分の名前が出、飛び上がってしまった。

「ありがとうございます。お陰をもちまして、全快しております。王様の御医をお送りいただき、畏れ多いことでございます」

心細やかな国王であった。

「この度献上してくれた品々は、日本で作られたものか」

「左様でございます。全て都の職人がつくったものでございます」

「これまで見た明国の物とは異なるものじゃな」

「中国の漆とは異なりまして、蒔絵という技術で描かれております。漆で絵を描きまして直ぐに金粉銀粉を蒔いていくもので、『平蒔絵』『研ぎ出し蒔絵』『高蒔絵』などございまして日本だけの技術でございます」

国王は献上された進物「竹の箱」「金蒔絵の鉢」「収納用の精緻な籠」「漆塗りの盃と文箱」「屏風」など全てを褒めた。日本の漆工芸がこれによりヨーロッパ人にどう認識されたかは、ポルトガル語に「ウルシャール」（漆塗る）という新語が出来、それ以降ヨーロッパ向けの重要な輸出品となった事が、雄弁に物語っている。

一五八四年一一月二六日、使節団一行はマドリードを出発し、いよいよ最終目的地である「ローマ」を目指した。

アルカラ、ビリャレホ、ベルモンテ、ミナヤ、ムルシア、オリウエラ、エルチェ。

それぞれの町で国王からの指示による大歓迎を受けたのであった。一カ月に及ぶ公式行事の連続であった。地中海の港町アリカンテに到着したのは翌年の一月五日。風待ちをし、最終的に二月七日出航したのである。

途中マヨルカ島での滞在後、三月一日トスカーナ大公国の港町「ジョルネ」（現在のリヴォルノ）に到着した。

トスカーナ大公国は「メディチ家」の支配する国で、首都はフィレンツェである。現在でもイタリア共和国のトスカーナ州としてそのまま存在している。使節団はピサで四日間滞在した。ピサというと「斜塔」とガリレオ・ガリレイが有名であるが、この時ガリレオは二一歳の青年であり、フィレンツェに住んでいた。まだ斜塔から球を落としてはいない。

使節団はフィレンツェに入る。大公は、一行がイエズス会の学院に泊まる事を許さなかった。現在でも著名な観光名所でもある、大公自らの宮殿「ヴェッキオ宮殿」に八日間宿泊させている。その当時も宮殿の前にはミケランジェロの「ダヴィデ」（現在は模造）とバンディネリの「ヘラクレスとカクス」が屹立していた。宮殿の横、現在ウフィッィ美術館として知られている市庁舎の建物は五年前に完成したばかりである。ピッティ宮殿からヴェッキオ橋の二階を通りそこに至る、有名な『ヴァザーリの回廊』も完成している。

使節団は、現在フィレンツェを訪れた観光客が目にする景観が出来上がった直後の、正に光り輝く町を訪れたことになる。

八日間の滞在を終え、三月一三日ローマを目指した。

現在でもイタリア国内を旅行すると、丘陵の頂付近に集落があるのを目にする。新型コロナの流行だけでなく、いつの時代も伝染病が流行する。最大の伝染病は「ペスト」であった。過去三度のパンデミックは①六～八世紀、②一四～一九世紀、③一九～二〇世紀である。

二回目は元末期の中国から始まり、人口を半減させた。ヨーロッパでも三〇〇〇万人（当時の三分の一以上）が死亡した。イギリスとフランスは人口が半減したと伝えられている。一六世紀のイタリアでもミラノで一四万人、使節団が訪れる九年前にヴェネツィアで数万人の犠牲者が出ている。人々は都市を逃れ水の出る山頂に住み着いたのである。防衛の観点もあるが、ある意味ペストから逃れる為に築かれた景色とも言える。使節団一行もその様な景色を眺めながら歩みを進めたのであった。

トスカーナ大公は一行が教皇領に達するまで三〇〇〇人を随行させた。

そしてついに三月一七日、アクアペンデンテで教皇領に足を踏み入れた。

八四歳の教皇グレゴリウス一三世は三〇〇人の兵を護衛として派遣した。バニャイアからカプラローラに進み、「アレッサンドロ・ファルネーゼ枢機卿」の邸宅に泊まった。

「ファルネーゼ」という名前に、ご記憶があろうか。ジョヴァンニ・ピエルルイージ・ダ・パレストリーナ（ジャンネット）の名前の由来を思い出して頂きたい。

「ピエルルイージ」という名前は、ジャンネットの父、その父と三代にわたり受け継がれた名前である。曾祖父が仕えていた領主「モンタルト公、ピエルルイージ・ファルネーゼ卿」から拝領した名前であった。

ピエルルイージ・ファルネーゼ卿の長男アレッサンドロは後に、ローマ教皇パウルス三世となられる。ミケランジェロに、システィーナ礼拝堂の『最後の審判』を描かせ、イエズス会を公認し、「トリエント公会議」を招集したあの教皇である。

ローマ教皇パウルス三世の子（聖職者は妻帯できないはずだが、子供と言っても驚く必要はない。ローマ教皇のまわりにはよく『甥』と書かれる人物が存在する）「初代パルマ公」もピエルルイージで、その長男がアレッサンドロである。使節団が到着した頃は、ローマ教皇パウルス三世の孫、このアレッサンドロ・ファルネーゼ枢機卿の時代である。

当時「大枢機卿」と称されたファルネーゼ枢機卿は、次期ローマ教皇の最有力候補であった。ローマ市民にも絶大な人気を誇っていた。祖父パウルス三世に続き、イエズス会を庇護した。イエズス会本部「ジェズ教会」の建設にも、莫大な出資を行い、五年前に完成させている。ヴァリニャーノが特別な手紙を託したのも、当然のことである。

ファルネーゼ枢機卿が所有した宮殿が、現在二カ所に存在している。ローマ市内の宮殿はミケランジェロ制作のファサード（正面壁）が有名で、ルネッサンス建築のモデルと言われている。現在は「フランス大使館」として使用されている。もう一つが、今「使節団」が到着した「カプローラ宮殿」である。当時から夏の離宮として使用されている。一五八〇年、イタリアを巡ったフランスの哲学者モンテーニュは、『旅日記』に「イタリアにおいて、これに比する建物を私は見なかった」と絶賛している。写真家杉本博司は、写真集『信長とクアトロ・ラガッツィ 桃山の夢と幻＋杉本博司と天正少年使節が見たヨーロッパ』の中で、その螺旋階段の美しさを紹介している。しかし、この宮殿で最も重要なものは、螺旋階段ではなく「大広間・世界地図の間」であると、若桑みどりは著書『クアトロ・ラガッツィ』で指摘している。

一五世紀から始まる「大航海時代」にて、世界地図の作成が始まる。「世界地図の間」には、プロテスタントの台頭によって、カトリック教世界が新たな展開を目指す目標が、明確に示されている。マゼラン、マルコポーロ、コロンブス、コルテス、ヴェスプッチという探検家（侵略者）と共に、イタリア、ユダヤ、アジア、アメリカ、アフリカ、ヨーロッパが描かれているのである。

この宮殿をしばしば訪れたローマ教皇グレゴリウス一三世は、早速にこの部屋を真似て、ヴァチカン内に「地図の廊下」を造らせた。「使節団」到着の二年前の事である。幅六メートル長さ一二〇メートルの廊下は、現在「地図のギャラリー」と呼ばれている。「使節団」がこの後献呈する「安土城城下図屏風」も、この廊下に飾られる事になるのである。

一五四〇年刊行の世界地図には、「ジパング（ZIPAGRI）」が表記されている。種子島に鉄砲を伝えた船も、ザビエルを乗せた船も、たまたま日本に着いてしまったのではない。明らかに日本を目指したのである。


その最果ての地より、「カトリック教に改宗した王」の使節団が訪ねてきたのだ。


死期を悟っていたローマ教皇グレゴリウス一三世にとって、カトリック教会の復興に命を懸けてきた人生の、集大成を今迎えていた。

その成果を寿ぐかのように「フォルトゥーナの風」に乗って「東方」から「使節」がやって来るという。

「使節団」は、自分達の意思とは関係なく、イエス・キリストの誕生を祝う為に参上した「東方の三賢者」の再来の如くに祭り上げられてしまったのである。三年余りの苦難を乗り越え、どうにか無事ローマに到着した「四人の使節」であった。

しかし彼らはこの時、「三人の使節」とならざるを得なくなったのである。

東方からの賢者

一五八五年三月二三日（天正一三年二月二一日）夕方、使節団は念願のローマ入りを果たした。長崎を出航して三年一カ月が経っていた。

教皇領に入ってからの三〇〇人の護衛兵に加え、更にローマ教皇より派遣された軽騎兵二隊と、「教皇の甥」ソラ公ボンコンパーニ卿が遣わした軽騎隊が加わった。

軽騎隊は高らかにトランペットを奏でた。ルネッサンス時代に発達したトランペットは、音域が広がり、それに加えて音の種類も豊富になった。大編成のアンサンブルが可能となっていた。君主の入城の際も、権威の象徴として随行していたのである。

群衆は町に飛び出し、行列を眺めた。

イエズス会本部ジェズ教会の前では、総長アクアヴィーヴァ始め、二〇〇人の神父・修道士らが迎えた。総長は、生涯の友であり同志であるヴァリニャーノが企て派遣した四人の青年とその一行に対して、一人一人抱擁した。一年前に完成したばかりの大聖堂内は、多くの蠟燭に照らされ、日中より明るく輝いている。オルガンが奏でられ、『テ・デウム・ラウダムス（主よ、賛美し奉る）』が高らかに合唱された。

イエズス会を認可したパウルス三世の孫ファルネーゼ枢機卿が出資し、一五八〇年に完成したこの教会は、「トリエント公会議」の要求に基づき設計されている。入り口の拝廊がなくなり翼廊も短くなっている。天井の美しいフレスコ画と、十字が交差した部分の柱が圧倒的である。しかし当時内装は簡素でザビエルの礼拝堂も「ザビエルの右手」もまだない。

一行はミサの後、食事を取り修道院内の宿舎に入った。しかし、使節団全員は、明日予定されているローマ教皇グレゴリウス一三世との謁見の準備と興奮で、誰一人として一睡もする事が出来なかったのである。

三月二三日、土曜日早朝

スペイン大使オリバーレス伯の輿馬車がジェズ教会内の宿舎に到着した。

一行はその馬車に乗り込み城門の外、教皇ユリウス三世が一五五三年に建てた別荘に向かった。パレストリーナ司教からローマ教皇となったユリウス三世は、司教時代はジャンネットと共にあった。教皇となられてからは、ジャンネットを教皇個人の聖歌隊にしてローマカトリック教会最高の聖歌隊「システィーナ聖歌隊」の歌手に採用した教皇である。教皇の公の謁見式は、「その別荘」から始まるのが慣例であった。現在は「ヴィラ・ジュリア博物館」と呼ばれ、日本文化会館が通りの向かい側に建っている。

しかし、その馬車の中には中浦ジュリアンの姿はなかった。


教皇付き侍従イモラ司教ムソッテイより、「正使」マンショとミゲルは挨拶を受け、副使マルチノと共に三色のビロードで飾られた『馬』にまたがった。灰色の羽毛で作られ黄金の房のついたインド製の帽子を被り、花模様の布を肩に掛け胸で結んである。フェリペ二世の謁見の際身にまとった、白地に花鳥が染め抜かれ、金糸で刺繍が施された着物に袴。腰には大小の刀。足袋に足半《あしなか》の出立である。


先頭は教皇の二騎兵隊がスイス兵に付き添われトランペットを奏でながら進んだ。

つぎは枢機卿の美しい騾馬《らば》の長い行列が続く。枢機卿の家人、ローマ駐在の各国大使達、教皇侍従や教皇庁職員全員の列。教皇近くに仕える聖職者、その後にはローマ騎士団の全ての騎士達、そして一三人の鼓手が太鼓を打ち鳴らし続いた。

そして太鼓に導かれる様に「ことごとく黄金で装飾されたビロードの布」を掛けた三頭の駿馬にまたがった「三人の使節」がやって来た。先頭はマンショ、二番目はミゲル、続いてマルチノ。なんとそれぞれの左右には大司教が進み、三頭の手綱は教皇の厩番がひいている。

『東方から馬に乗ってきた賢者』は「三人」でなければならなかった。

三人に続いて通訳のメスキータが進み、美しい装いの数え切れないほどの貴族が騎馬姿で従っている。城壁に囲まれたローマの北の入り口、聖マリア・デル・ポポロ広場から南に進み、サン・アゴスティーノ教会を右に曲る。テヴェレ川には、多くの橋が架けられているが、その一つ「サンタンジェロ橋」を渡ると、その先は「聖地ヴァチカン」である。

行列が橋を渡る時、正面の「サンタンジェロ城（聖天使城）」から三〇〇発の祝砲が鳴り響いた。最後の祝砲に呼応する様に、今度はヴァチカン宮殿からも祝砲が発せられ、それがやむとサンタンジェロ城から一行を迎える妙なる楽の音が奏でられた。そして三人がサン・ピエトロ大聖堂前の広場に進んだ際、教皇親衛隊が歓迎の祝砲一二発を撃った。広場はまさに立錐の余地もなかった。

ここで少しサン・ピエトロ大聖堂について話しておこう。

現在サン・ピエトロ大聖堂を訪れると、先ずオベリスクを中心とした直径二四〇メートルの大柱廊に包み込まれる。三〇万人を収容する広場の先は、美しく荘厳なファサードと細長いポーチによって、台形の小広場が構成されている。そのファサードの上からは、大聖堂の中心の丸屋根を僅かに見る事が出来る。

しかしこの時は、現在の様子とは全てが異なっていた。ユリウス二世の時、大聖堂の新築が決定。ブラマンテ、ミケランジェロと受け継がれ、設計変更の後、マデルノが完成させた。現在のラテン十字型の身廊付聖堂となったのは、一六二六年の事である。使節団が訪れた四〇年後の事である。使節団が見た大聖堂は、ミケランジェロ設計の建築途中の状態で、丸屋根は完成していなかった（完成は五年後）。ベルニーニにより設計され、三七二本の石柱により構成される広場もない（完成は一一年後）。まだ不均衡なファサード（完成は二七年後の一六一二年）中央に据えられているブロンズの扉（一四四五年製）だけが今も変わらない姿である（一六二〇年に上下の部分が付け加えられたが）。中央の四一メートルの高さを誇るオベリスクはまだ大聖堂の左側にあった。一五〇〇年以上前から同じ場所に立ち続けていた。

『サン・ピエトロ大聖堂』とは「ペテロの墓」である。この地には古代ローマ時代、皇帝カリグラの建設した競技場があり、彼は自らがエジプトからもたらしたオベリスクをその中央に飾ったのである。後に皇帝ネロの時、この地で「イエスの最初の弟子ペテロ」が殉教する。そのペテロの墓の上に建てられたのが「サン・ピエトロ大聖堂」である。ペテロは初代ローマ教皇と呼ばれ、歴代教皇は「ペテロの後継者」であり、「イエス・キリストの代理者」である。

謁見の会場は「枢機卿会議院殿」と呼ばれている。王侯と使節のみがここでの謁見が許されるので、別名を『サーラ・レージア（王の間）』と言われている。枢機卿が参集し、教皇の着座を最敬礼で見守る。

使節団は、サン・ピエトロ大聖堂聖歌隊（ジューリア聖歌隊）の歌うモテット『東方から訪れた三人の王』により、厳かに殿内に導かれた。三人は中央に一列に並び、最敬礼の後、教皇の前に進み、その足と手に接吻をした。

マンショは「ドン・フランチェスコ（大友宗麟）」の書状を、ミゲルは「ドン・プロタジオ（有馬晴信）」

と「ドン・バルトロメオ（大村純忠）」の書簡を奉呈した。更に「使命の趣旨」を日本語で述べた。これを通訳が解説をすると、三人は教皇の前を離れたのであった。書簡のイタリア語訳を教皇秘書が読み上げると、教皇は通訳のメスキータを介して、マンショらとしばし語った。

続いてイエズス会長老のガスパル・ゴンサルヴェスが、彼らを讃える演説をラテン語で行った。

「日本は名前以外何一つ知らない『知られざる土地』でした。……教皇よ、それは存在するのです。……そこにはどの国より優れた人々がいるのです。……今やここに新しいグレゴリウスが現れ、その努力の結果、地球の周りを全て回らなければ行けない程遠く離れた国が改宗しました。これらは我々が失ったものが如何に多くとも、それを補って余りあるものです。……我が子を全て失った老いたるトビアが、その生涯の終わりに全ての子を再び取り戻した時、神を讃えてこう歌いました。『神は輝く光をもって我を照らしたもう。全ての民は御身を崇拝し、遠き方より来りて御身の地を清めん』と」

同席したセヴェリーナ枢機卿は「教皇は心を打たれ、滝のように涙した。おそらくこれが、教皇の人生最後の勝利であり、最後の歓喜ではないかと思った」と書き記している。

秘書のブッカパドリウスが教皇の名において「答辞」を行い、閉会が宣言された。

この時教皇は、マンショとミゲルに、法衣の後ろの裾を持ち随行する事を望んだ。それは神聖ローマ皇帝大使にのみ与えられる名誉と伝えられている。輿で人々の肩に担がれて進む際は、日本の使節にもっと輿に近づくように命じた。

「四人目の賢者」ジュリアンはどうなったのであろうか？

ジュリアンは、行列が始まる前に馬車でヴァチカンを訪ね、教皇の部屋で既に謁見していたのである。「四人のうち、一人でも生きてたどり着いて欲しい」と送り出したヴァリニャーノである。奇跡的に四人とも無事にローマに到着したというのに、いつの間にか「東方からの三賢者」に仕立て上げられていた。本当は重病だったかもしれない。教皇はローマ最高の名医六人を招集して治療にあたらせたとも伝えられている。

二四日は休養日であったが教皇は慰問の使者を送り、衣服を仕立てるための絹と羅紗を届けた。二五日の行事には和服で教皇に随行しているが、二九日のサン・ピエトロ大聖堂の祈禱に参列した際は、黒いビロードの服を着、三一日の「薔薇の主日の儀式」には「約束の薔薇色」の絹の服を着ている。

「薔薇の主日」とは、「復活祭」前の四旬節の第四日曜日で、キリストの死を振り返る日である。教皇から敬意や愛情の証として「黄金の薔薇」が贈られることがあるという。この日は祭服の色が、「悔悟の紫」から「希望の薔薇色」に変えられるのである。

その後数日間は、ゆっくりとした時間が使節を包み込んだ。

その様な中で、待ちに待った念願の叶う日を迎えた。

使節の四人と通訳のメスキータは、サン・ピエトロ大聖堂楽長ピエルルイージ・ダ・パレストリーナの自宅を訪ねたのである。

ヴァリニャーノとマトペは、来日以来幾度となく「ジョバンニ様」「ピエルルイージ先生」と、五人に対して語り続けていた。カトリック教会、特にイエズス会の布教の中で、音楽の占める重要性を語る時、「その人の音楽」を語る事が、如何に信仰を深める事になるのかを知って、生徒達に語り続けてきたのであった。その人の名が「ジョバンニ・ピエルルイージ・ダ・パレストリーナ」であった。

繰り返し教えられたその言葉の真実を、少年達は既に何度も実感していた。

少年達は、パレストリーナがヴァリニャーノに贈った『ミサ曲集第二巻』と『諸聖人祝日共通の全祭日用モテット集』を書写して、有馬セミナリオでも三年間の旅の中でも歌い続けてきた。『教皇マルケルスのミサ』だけではなく『聖母のミサ』も『処女のミサ』も学んだ。リスボンでもマドリードでもそしてイタリアでも、公的な催しの際は常にパレストリーナの曲が奏でられていた。そして先日の「王の間」での「教皇謁見」の際、パレストリーナ作曲のモテット『三つの奇跡』から『東方から訪れた三人の王』が、作曲者自らの指揮で、ジューリア聖歌隊が奏でた時、少年達は「神聖な世界に誘われた」事を確信したのだった。

ジャンネット・パレストリーナの住まいは大聖堂に向かって左側スカルッペリーニ広場の角のアルメッリーノ路地にあった。大聖堂を取り囲む市街壁と大聖堂に挟まれた通りにあり、古代ローマ時代エジプトから運ばれた「オベリスク」が立っている。その為一帯は「エジプト」と呼ばれていた。

ジャンネットの家族は、ヴァリニャーノとマトペが旅立ってから大きく様変わりしていた。二年後の一五七五年、次男アンジェロが死亡。翌年三男イジーニオがエレナと結婚した。八〇年、妻ルクレーテがインフルエンザで死亡（その年の流行ではローマ市内で一万人が死亡した）。翌年ジャンネットはヴィルジーニアと再婚したのだった。

現在の家族構成は、ジャンネットと妻のヴィルジーニア、次男アンジェロの未亡人ドラリーチェとその子アンジェロ。三男イジーニオと妻のエレナ、子供のトンマーゾ、ジョバンニ・アンジェロの八人。他にジューリア聖歌隊の少年達五人、オルガン勉強中の学生一人、マトペの母と奉公人一人。以上一六人がジャンネットファミリーである。

「遠路はるばる、よく来られました。慣れない旅路と食事、それに緊張でさぞや疲れた事でしょう。教皇様、枢機卿の方々との毎日でしたね。今日だけは、我が家の様に寛いで下さい」

「お招きいただき感謝申し上げます。ローマに到着後すぐに伺い、ヴァリニャーノ管区長からの『挨拶状』をお渡しすべきところ今になってしまいました。どうぞお許しください」

日本から四人の使節を引率して来たメスキータが挨拶した。そして四人は、教皇に対する時とは違う緊張感で、「師匠（ヴァリニャーノ）の師匠」に自己紹介をしたのだった。

「ローマに到着して、次の朝から行事の連続でしたから当然です。アレッサンドロ（ヴァリニャーノ）がローマに来れなくなった事は、イエズス会のアクアヴィーヴァ総長から報告がございました。二人は、ローマ神学校時代の私の生徒ですから」

ジャンネットは優しく微笑んだ。そして今度は賑やかなファミリーが自己紹介したのだった。一週間程前、三〇〇発の祝砲と、トランペットが市内に鳴り響いたのである。ローマ市民全員が、彼らの来訪を知っていた。その主役達が、我が家にやって来たのだから、ファミリーは大興奮であった。聖歌隊の五人の少年達は、既に謁見会場やミサで歌いその様子を直接見ているので、尚更興奮している。

「ヴァリニャーノ管区長とマトペからの手紙でございます」

メスキータは二通の手紙を差し出した。

ヴァリニャーノからは、四人の使節を送った経緯、自分が引率出来なくなったことへのお詫び、マトペを連れて帰るという約束が果たせなくなった経緯が記されていた。そして最後に、少年達に対して、音楽に触れる機会を与えて頂きたいという願いが、したためてあった。

マトペからの手紙には、「信長の家来」となり、「弥助」という名前を頂いたこと、暫く帰れないので「母」のことが心配であることが書かれていた。ジャンネットは、マトペの手紙を母親の「グラサ」に渡すと、皆に声を掛けた。

「さあ、お茶の時間にしましょう」

ヨーロッパの地に足を踏み入れて、八カ月が経っていた。全てが「公式行事」と言ってよかった。「四人の使節」は、やっと「四人の少年」に戻り、穏やかで心温まる一日を過ごしたのであった。

聖歌隊の少年達と共に、日本にいる時から練習して来た「モテット」や『教皇マルチェルスのミサ』などを歌った。しかも作曲家ジャンネット自らによる指揮である。クラヴィコードの演奏も学んだ。次男アンジェロの子供や、三男イジーニオの子供達も加わって、聖歌隊の様子、日本の事、船旅の事などを語り合ったのである。

四月五日。使節団は教皇と「日本の布教状況」につき親しく対話する機会を得た。

その折「屛風」と「蒔絵の硯箱」始め日本より持参した品々を献上した。「屛風」は勿論、信長が狩野永徳に描かせた『安土城城下図屛風』である。信長はヴァリニャーノに託し、ローマ教皇に日本の事を、自分が天下を治めていることを伝えるように命じていた。一行はまだ「信長の死」を知らなかったのである。教皇自身も。

教皇は「屛風」を「地図の廊下」に飾るよう指示された。ファルネーゼ枢機卿の「カプラローラ宮殿」の「世界地図の間」を真似て、二年前に完成させたあの「廊下」である。「屛風」を飾るのに、この場所ほど相応しいところはない。現在、「屛風」は行方不明となっているが、「地図の廊下」は、「地図のギャラリー」として、ヴァチカン美術館の見学コースで見る事が可能である。

七日はミサへ参列した。

九日はローマの七つの教会を巡ったのであった。各国大使との交流の他、元老院議員、管理委員会、ジャコモ・ボンコンパーニ枢機卿などローマの重要人物の訪問も相次いだのであった。

使節が謁見を果たして一八日後、グレゴリウス一三世は天に召された。四月一〇日の事であった。

その直後枢機卿会議は、その後の管理の為に、教皇の甥ソラ公ボンコンパーニ枢機卿を教皇庁の役職に就けることを決めた。遺体は、その日の夜のうちにシスティーナ礼拝堂に運ばれ、「教皇聖歌隊」が終夜「応唱歌」を献じた。一二日に、各国大使が臨席の下、葬儀が行われた。葬儀は、日曜日を除き九日間続けられた。

一三日には枢機卿会議が招集され、続いて「教皇選挙枢機卿会議（コンクラーベ）」が招集された。モテット『来たれ聖霊なる創造主』の調べの中、枢機卿団はシスティーナ礼拝堂に迎え入れられた。そして二四日、第二二七代シクストゥス五世が誕生した。最有力候補「大枢機卿」ファルネーゼ枢機卿と対抗馬ボンコンパーニ枢機卿の争いとみられた中、マントヴァのゴンザーガ枢機卿とフェラーラのエステ枢機卿の調整により、門閥でもなくブルジョアでもない「庭師の息子」モンタルト枢機卿が選ばれたのである。

前教皇のお気に入りは即位式前に完全に排除された。ボンコンパーニ枢機卿は「すぐに死んだ」。ジャンネット・パレストリーナは無事であった。前教皇ともボンコンパーニ枢機卿とも深く交流していたが、彼の音楽は全ての人々に必要であったし、その音楽の第一の理解者は新教皇誕生の立役者「マントヴァのゴンザーガ枢機卿」であったからである。それに対してイエズス会は微妙であった。最大の後援者ファルネーゼ枢機卿は、依然として健在ではあったが、新たに教皇になったのは「フランシスコ派」のシクストゥス五世であったからである。『アッシジの聖人フランチェスコ』から始まるフランシスコ派は、無所有と清貧を旨として染色を施さない修道服をまとっており「托鉢修道会」とも称される。当然の如く教皇は「アジアにおけるフランシスコ派修道院開設の許可」を与えた。日本の布教は一五九三（文禄二）年からで、絵画にも、イエズス会は「黒い僧服」で、フランシスコ派は「頭巾のついた褐色の粗末な僧衣、三つの結び目を持つ縄帯、裸足」で表現されている。

幸いにも使節団には何の影響もなかった。と言うよりも逆に、使節団がローマ市民に与えた異常な感動を利用しようと考えた教皇は、次なる栄誉を使節団に与えた。

新教皇はローマ市民に知られてもいない。従って当然ファルネーゼ枢機卿のような人気もない。そこでこれから行われる二つの重要行事において、使節団を教皇に次ぐ「準主役」に抜擢したのである。シクストゥス五世は、即位二日後の四月二六日使節団を引見し、前教皇同様の寵愛を約束した。そして五月一日の「戴冠式」及び五日の「ポッセッソ（ローマ司教となる儀式）」に主賓となるよう使節団を招いたのである。

「戴冠式」はサン・ピエトロ大聖堂で行われた。

新教皇は、枢機卿団の長ファルネーゼ枢機卿から聖油が塗られ、祝福された。三人の使節団（ここでもやはり三人）は、フランスとヴェネツィアの公使と共に旗を担ぐ栄誉が与えられた。特にマンショは、教皇が手を洗う為の水を注ぐ大役を果たしたのである。

その後、教皇は三重の宝冠を戴き、広場に現れ大観衆の歓呼を受けた。宴会でも、教皇は常に日本の使節に話しかけ、王子のように待遇した、と記録されている。

五日（日曜日）は「ポッセッソ」。ローマ市内「サン・ピエトロ大聖堂」の対角に位置する「サン・ジョバンニ・イン・ラテラノ大聖堂」までの行幸である。三二四年に献堂された「ラテラノ大聖堂」はローマ五大バシリカ（古代ローマ様式の大聖堂）の一つと言うよりも、ローマの教会の最上位に位置しているというべきである。ローマ司教としての教皇の司教座故に「全ての教会の母」「救世主大聖堂」と称される建物でもある。この建物は歴代教皇の住まいでもあった。ヴァチカンやサン・ピエトロ大聖堂ではなかった。キリスト教成立以来の「ローマ司教区」の司教座は、現在でもこの建物に置かれている。一三〇九〜七七年のアヴィニョン時代、主人を失った大聖堂と宮殿は荒れるに任せた。そのために、疲れ果てた教皇が再び戻った際は、サンタ・マリア・マッジョーレ大聖堂に入っている。その後、サン・ピエトロ大聖堂の隣に教皇宮殿が造られ、それ以来現在まで教皇の住まいとなっているという歴史があるのである。ジャンネット・パレストリーナは一五五五年から六年間、ここで楽長を勤めている。

この行幸は、「新教皇」がローマに入市し、「ラテラノ大聖堂」にて「ローマ司教」となるための行事である。

行幸の先導は教皇騎士団。多くの旗と教皇の一二頭の名馬が続く。教皇庁の官僚、教皇領の貴族、国王や諸侯の使節。十字架とキリストの聖体を納めた聖櫃《せいひつ》に続いて枢機卿団である。

それに引き続いて「新教皇」。教皇は白い馬に乗り、その両側にやはり馬に乗った「日本の使節」を従えていた。そのあと様々な人が続き、最後は市民の代表が徒歩で従った。この長い行列は、先頭が「ラテラノ大聖堂」に到着してもなお、最後尾はまだ、「サン・ピエトロ大聖堂」だったと伝えられている。

現在ヴァチカン図書館内に「シクストゥス五世の間」がある。一般公開されてはいないが、入り口上部右側には「ラテラノ大聖堂行幸図」左側には「戴冠式」が描かれている。最前列には緋色の馬覆いの白馬に乗った教皇が、そして二列目にやはり白馬の三人の使節が一際目立つように描かれている。しかし三列目にももう一人、同じ姿の少年の姿がある。ジュリアンの姿と思われる。記念として加えられたのか、実際に参加したのか、ジュリアンは何時病気が平癒したのか。

二九日、教皇はヴァチカンの「システィーナ礼拝堂」に使節を招いた。(ここからは四人)ミケランジェロの「最後の審判」と「コンクラーベの場」で余りに有名なこの礼拝堂は、教皇の個人的なミサや儀式の行われる場所である。ここで教皇は「佩《はい》勲章騎士(キリストの騎士号)」を授与した。マンショにはフランス大使が、ミゲルにはヴェネツィア大使が、マルチノとジュリアンにはローマ市長が教皇に代わり太刀を授与した。教皇は一人一人と親しく抱擁し、各々の首に金の頸飾りを掛けた。近衛隊長は金の拍車を授けた。そして教皇は「三人の九州の王」に対して、金銀の細工のある剣と真珠をちりばめたビロードの帽子を、返書と共に贈った。また、「黄金の薔薇」や聖遺物函なども添えた。それぞれの地域の教会には豪華な聖具一式を、そして使節団に対しては帰りの旅費を贈ったのである。

同じ日「ローマ元老院」は、盛大な儀式で四人を迎えた。そして四人に対してそれぞれ「市民権証書」を授与し、貴族に列した。「証書」は羊皮紙に指一本分の純金の封印シールが施されている立派なものである。

あの日から、少年達はジャンネットの家を何度も訪れた。

それは、音楽と団欒に包まれた至福の時であった。それぞれの子供の頃、叶わなかった父がいた、母がいた、兄弟がいた。何よりも神に守られた平穏な時があった。

別れの日ジャンネットは、ヴァリニャーノへの土産として「二冊の楽譜」を使節に託したのであった。共に昨年出版された楽譜である。『五声のモテット集第四巻（カンティカ）』はグレゴリウス一三世に献呈されている。もう一冊は『四声のモテット集第二巻』でソラ公ボンコンパーニ枢機卿に献呈されている。『四声のモテット集』には三〇曲収められている。ジャンネットのモテット中最も著名な『Super flumina Babilonis（バビロン河のほとり）』『Sicut cervus（鹿の如く）』『Sitivit anima mea（我が心は飢え渇く）』も収められている。

ジャンネットの「ヴァリニャーノとマトペに対する愛情」は、「少年達」によって受け継がれたのである。

五月三〇日は「キリストの被昇天祝祭」に当たり、サン・ピエトロ大聖堂でミサが行われた。ジャンネット作曲『主の昇天の祝日で歌う為のモテット　おお栄光の王よ』がドゥオーモにこだました。戴冠式と同じくにマンショとミゲルは教皇脇の聖座に立ち、マルチノとジュリアンは聖座の階段に坐った。四人の場所からはジャンネットの指揮するジューリア聖歌隊が良く見える。

別れが迫っている。

薄い絹のように動くジャンネットの指先から、自身の作曲による『被昇天のミサ』が紡がれ、オルガンと共に大聖堂の隅々まで響き渡っている。巨大なキュウポラ（丸天井）の未完成の部分から、まさに天に導かれて行く様に。ミサが終わり四人は振り返り見上げたジャンネットと目が合った。

「子供達よ、無事に日本に戻っておくれ」

四人は心を込めて胸元で手を握り、首を垂れた。

一五八五年六月二日

使節団は、教皇シクストゥス五世に訣別の挨拶をして、「永遠の都」に別れを告げた。

帰路

六月二日、使節団はローマを出発し帰国の途についた。

一刻も早く帰国したかったが、今や「東方よりの使節団」は、全ヨーロッパに知れ渡っていた。各国からの招待の多くは断らざるを得なかった。「ナポリ」は断念したものの、「北イタリア」の諸国は歴訪せざるを得ない状態であった。

一行は先ず進路を北東にとり、「フェラーラ公国」を目指した。新教皇シクストゥス五世への敬意から、フランシスコ派の聖地「アッシジ」を先ず訪ね、三日間滞在した。その後、聖母マリアが受胎告知をされたと言われる家が、移築されたと伝わる「ロレート」でも三日間滞在した。そして一九日に「ボローニャ」に到着したのである。二〇日は「聖体の祝日」であり、聖サクラメントの行列に参加した。

二一日「フェラーラ公国」に到着した。

フェラーラ公エステ二世は今回のコンクラーベで重要な役を務めている。フェラーラ公からは、熱烈歓迎を受け六日間滞在した。その中でジュリアンがまた高熱を出し治療を受けている。使節は出発の日フェラーラ公に和服と「大友義鎮所持の刀」を贈った。

二六日、船でポー河を下り、「水都ヴェネツィア」に到着した。

ヴェネツィアでは、毎年六月二五日が「サン・マルコの日」である。そしてこの日はヨーロッパ有数の行列が行われていた。しかし、この年だけは使節の到着に合わせて二九日に変更されたのである。七月六日の出発まで連日の謁見、訪問が記録されている。使節は、ニコロ・ダ・ポンテ総督に対し和服と刀を贈った。総督は四人の肖像画を描くことを約束し、象牙の十字架、鏡、織物などを贈った。肖像画はティントレット親子が描き、マンショの絵のみが、現在もミラノに残されている。

次の日、使節団の訪問希望でもあった「パドヴァ」に入った。

中世からの都市であるこの町は、ヴァリニャーノが学んだ「パドヴァ大学」がある町でもある。ダンテ、ペトラルカ、ガリレオ・ガリレイが教授を務めた名門大学は、一二二二年に創立されている。ヴァリニャーノは、この大学で初め法学を学び、復学して神学も修め、それからイエズス会に入会したのである。

使節団は、パドヴァ植物園長メルチョール・ギランディィヌスから、『オルテリウスの世界地図』と、ブラウン・ホーエンベルフの『世界都市図帳』を贈呈された。初版よりわずか一五年で世界最新の地図が日本にもたらされることとなったのである。この地図は使節団が帰国した際、秀吉始め西国諸大名が実見している。この地図には「都」「大坂」「山口」「豊後」などの地名が載せられている。限られた範囲ではあるが近世日本人の世界観を覚醒させたことは事実である。

「ヴィチェンツァ」では、劇場で音楽の歓迎を受けた。劇場にはその時の絵が残されている。

そして七月一三日、使節団一行は「マントヴァ」に入ったのである。

「マントヴァ」の町は、パレストリーナから、機会があれば是非とも訪れる様に言われていた町であった。コンクラーベで重要な仲介役を務めた「マントヴァ公ゴンザーガ枢機卿」は、パレストリーナ音楽の最も深い理解者であり、敬愛して止まないと、ジャンネットは繰り返し話していたのである。

マントヴァ領の入り口では、枢機卿の弟、ムティオ・ゴンザーガが出迎えてくれた。公妃エレオノーレは、神聖ローマ皇帝フェルディナント一世の皇女、スペイン王フェリペ二世の従妹でもあった。マントヴァの町までは、世子ヴィンチェンツォが馬車二二台で引き連れた。翌日は公爵一家と、ミサと食事を共にしたのであった。その後は修道院を訪問したり、釣りや狩りを楽しんだ。マンショは猪を仕留めた。連日の移動と行事の間の束の間の休息であった。

ゴンザーガ枢機卿は、私的な礼拝堂である「サンタ・バルバラ教会礼拝堂」で使用する為の音楽を、枢機卿が創案した独特な様式で作るようジャンネットに委嘱していた。ジャンネットはそれに応え、一〇曲ほどのミサ曲を作曲している。枢機卿は自ら修正した旋律で作曲するよう依頼している。使節団が到着して行われたミサなどは、ジャンネットの愛弟子ソリアーノの指揮で「マントヴァのパレストリーナ」を楽しんだ事になる。公世子ヴィンチェンツォも、自ら音楽を奏したので、使節団とも合奏を楽しんだ。この時の公世子の使節団に対する思いは、改宗したユダヤ人への洗礼名として「ミゲル・マンショ」と名付けたほどである。

一八日、使節との別れに際して、公爵はそれぞれに「剣」を、公世子は「鎧・大砲」などを贈った。それに対して使節は、「和服と刀」を贈った。そして公世子は、マントヴァ領の境界まで自ら送り、別れを惜しんだのである。ローマからの帰途で、最も楽しい日々であったと、「四人」は回想している。

一行は「クレモナ」「ミラノ」と進み、一〇日間の歓迎を受けた。

八月八日、五カ月に及ぶイタリア滞在を終えて、「使節団」一行は、ジェノヴァを出航したのである。

八月一七日、バルセロナに到着。ジュリアンの発症により九月九日まで滞在。一四日には「モンソン」の離宮で、フェリペ二世のほか王太子、王女の歓迎を受けた。三〇日まで滞在している。夕食会で国王はイタリア旅行の感想を尋ねた。使節はこれに対しラテン語で書き記した「見聞録」を献呈したのであった。その際「四人」は、国王一家に心のこもったプレゼントをした。前回の訪問の際所望された楽器の演奏である。演奏が始まった途端に、会場は拍手喝采であった。

「国王陛下のお気に入りの曲ですね」

「私以上に先の国王陛下だった父上が、特にお好きだったのだよ」

「何処で学んだのでしょう。まるで宮廷音楽家のように上手ですよ」

曲は、フランス人ジョスカン・デ・プレが作曲した『ミル・ルグレ（千々の悲しみ）』と言うものだった。

「どうしてこの曲を知っておるのだ？」

「はい陛下。実は前回、参列のお許しを頂いた『皇太子宣誓式』の際のミサ曲が、余りに美しく華やかでございましたので、ローマの滞在中に、サンピエトロ大聖堂楽長であられるパレストリーナ様に伺いましたところ、『千々の悲しみのミサ』だと教えて頂いたのでございます」

「その教皇付きの作曲家の事は、余もよく知っておるぞ。ミサ曲集やマドリガル集などを、何度か余に献呈してくれておる。以前、我が国の奨学生ビクトリアがローマ留学の際、公私にわたり世話になったと聞いておる。従妹のマントヴァ公妃エレオノーレやゴンザーガ枢機卿より、手紙で何度もその名を聞かされている。何故そなたたちがパレストリーナを知っておるのじゃ？」

マンショはヴァリニャーノとパレストリーナの関係を始め、ローマやマントヴァでの事も話をした。

「一五三六年、先の陛下がローマを訪ねられた時、教皇パウルス三世猊下が『歓迎のミサ』をされました。その際システィーナ礼拝堂聖歌隊のスペイン人歌手モラーレスが、先の陛下御愛唱の「千々の悲しみ」をもとに作曲したミサ曲との事でした。『千々の悲しみ』は、その後『皇帝の歌』と呼ばれ、声楽だけでなく、様々に楽器編曲され、ヨーロッパ特にスペインで愛奏されていると伺いました。そこで次に陛下にお会いした際披露申し上げる曲にしようと、四人で練習して参ったのでございます。恥ずかしい腕前でございます事、どうぞお許しください」

「見事であった。何よりも、余の好む曲を弾いてくれた事がうれしいのよ。先ほど申した、パレストリーナに世話になったビクトリアは、この五月にローマから戻ってきておる。余の妹のマリアが今隠棲しておるマドリードの王室修道院で楽長をしておるから、訪ねてみるが良いぞ」

フェリペ二世は大変喜び、「アルパ（携帯用ハープ）」「ラウテ（リュート）」「レベカ（ヴィオラ・ダ・ガンバ）」などの宮廷用の楽器を新たに使節に与えた。

三年後、秀吉の前での御前演奏の際には、これらの楽器が使用されている。この時よりも更に腕前が上がったであろう。秀吉は「皇帝の歌」を三度繰り返し所望したのである。

その後「使節団」は、フェリペ二世に別れを告げた。

「アルカラ」では、パレストリーナの町の支配者である「コロンナ家」の一族、アスカニオ・コロンナ枢機卿の饗宴を受けた。その際、新たに「クラヴィコード」を贈呈されている。この美しく装飾された楽器も、同じく秀吉の御前演奏の際に披露されている。

マドリードでは、早速、王室修道院を訪ねた。

フェリペ二世の妹マリア皇太后は、フェリペ二世の従弟である神聖ローマ皇帝マクシミリアン二世の皇妃であったが、一〇年前に皇帝が亡くなってからは、娘マルガリータとスペインに戻り、ラス・デスカルサス・レアレス女子修道院で、静かな余生を送っていた。ちなみに、マリア皇太后の娘の一人アナは、フェリペ二世の四番目の妃である。フェリペ二世は最後は妹の娘と結婚していたのである。

ビクトリアは、一五八六年ジャンネット一家と別れを告げスペインに帰国してからは、マリア皇太后付きの司祭として奉職していた。修道院の作曲家・オルガニスト・楽長を務めたのである。使節団はマリア皇太后とマルガリータ皇女に親しく挨拶をし、ビクトリアとはローマでの事、ヴァリニャーノとマトペ（弥助）の事を終日語り合ったのであった。

一行は最後の国ポルトガルに入った。一一月も後半となっていた。

ここで待ち焦がれた仲間たちと合流する。ロヨラ、アゴスティーノ、ドラードの三人の日本人である。三人はリスボンに残って「印刷技術」の習得に励んでいたのである。アゴスティーノとドラードの二人は、当初からその予定で乗船していた。日本語印刷の為に文学文法に秀でていたロヨラが急遽加わったのであった。ヴァリニャーノの目的は初めから「ヨーロッパへの使節の派遣」と「印刷技術の導入」の二つであった。今回、日本の中にさらに多くのセミナリオやコレギウム等を作り、多くの日本人修道士を育成し、それによってより有効的に伝道する為にも、「日本語の聖書」を作る技術者を育成する事が急務であったのである。

いよいよ、一五八四年八月一一日にリスボン上陸以来一年八カ月の長きにわたり滞在したヨーロッパに別れを告げる時が来た。

一五八六年四月八日、ブラジル行き、インド行きの船など併せて二八艘の大船団がリスボンの港を出航した。

一行が乗り込んだ「サン・フェリーペ号」は二〇〇名の船員、二〇〇名のインド行き兵士が乗る堅固な船であった。しかしほかの船と異なっていたのは、「二人のローマ教皇」「スペイン国王」数多くの「諸侯」「枢機卿」他から賜った贈り物、聖具、絵画、大砲、楽器、楽譜、そして最後に積まれた印刷機が、大事に厳重に積み込まれている事であった。

使節団は、数々の思い出を乗せ、再びフォルトゥーナと共に日本を目指した。

途中、暴風雨や座礁に遭いながらも、八月三一日モザンビーク島に到着。

翌年五月二九日、使節団としての終着地、ゴアに到着したのである。

蜜月

天正一五（一五八七）年正月三日。

秀吉は、大坂城にて戦勝祈願の茶会を開いた。二日前の元旦、年賀の挨拶にて「九州出陣」の軍令を下している。その為の祈願である。

客は、大名衆の他、堺の五人衆、博多の商人「神屋宗湛」である。利休の他に、天王寺屋宗及、堺の酒造業住吉屋宗無が茶頭を務めている。神屋宗湛は、博多の貿易商神屋家の六代目当主である。石見銀山の再開発により莫大な利益を得ており、同じ博多商人の島井宗室とは、親戚関係にある。五年前「本能寺の変」の際は、島井宗室と共に信長の接待を受けて本能寺に宿泊していた。利休は、その際の茶頭を務めていたのである。秀吉は、九州と関東の平定後、朝鮮出兵する事を考えていた。故に、博多及び唐津に力を持つ宗湛をもてなしたのである。

秀吉は三月一日、九州に向けて大坂城を出陣した。利休は四月、宇治の新茶を『橋立』の茶壺に詰め携えて、博多に向けて出発した。秀吉軍は、先発の宇喜多秀家をはじめ各地の大名が加わり、全軍二五万人となった。高山右近を前衛隊とする秀吉軍は、同じくキリシタン大名である小西行長率いる海軍を伴い肥前・肥後路を下った。海に陸にキリシタンの十字架の旗が秀吉軍の中で翻ったのである。秀吉は、秋月種実と島津忠永を下した。

五月三日、島津義久の全面降伏となった。

秀吉は、六月七日には、筑前箱崎に戻っている。

博多を代表する茶人といえば「島井宗室」と「神屋宗湛」である。宗室は利休の昵懇《じっこん》である。二〇年前に連れ立って朝鮮渡海した間柄でもある。宗室は、鳥居引拙所持の唐物肩衝《かたつき》茶入『楢柴《ならしば》』を所持していた。『初花』『新田』と並んで「天下三肩衝」と言われる名物茶入である。信長に『楢柴』を献上した夜が、「本能寺の変」である。焼け落ちる直前に持ち出していた。しかし後日、秋月種実に武力に依って召し上げられていた。島津に与していた種実は、秀吉に対して『楢柴』を献上し、命は救われたのである（その後高鍋に移封）。

結果として秀吉は念願の「天下三肩衝」を全て手に入れた事になった。

六月一一日に秀吉は、荒廃した博多の再建の為の「町割り」を命じ、早速翌日から開始した。博多再建を急いだのは、来るべき朝鮮と中国の征服のための、兵站《へいたん》基地の建設のためである。博多商人へのもてなしはその為であり、彼らもそれをよく理解していた。しかし、九州統一に協力した宗室は朝鮮出兵には反対であった。そこに宗湛と宗室の温度差があった事は事実であった。

六月一四日、利休は神屋宗湛、島井宗室、柴田宗仁を筥崎宮《はこざきぐう》参道の灯籠堂での茶の湯に招いた。「深三畳」という利休考案の、縦長の三畳敷である。茅葺で壁も青萱を掛けた苫屋《とまや》の風情である。（資料会記⑥）

唐銅風炉釜が、板無しで畳の上に直接置かれている。床はなく、柱に高麗筒の黒い花入が掛けられ、益母草《やくもそう》が入っている。木地釣瓶水指の前には、備前の肩衝茶入。仕覆ばかりが「白地金襴に紅の緒」と晴れがましい。茶碗は黒楽。利休自慢の『橋立』茶壺に入れられた新茶を挽いての、もてなしであった。

「利休様、二五年前のあの日がまるで昨日のようでございます。この花入れを見つけられ掌の上で愛しんでおられたお姿が目に浮かびまする」

「誠、あの時宗室殿にお声がけ頂き、背中を推して頂けなかったら、私の茶の湯は随分と違ったものになっていた事でしょう。感謝申し上げますぞ」

「あの時利休様は、その昔中国と朝鮮の五〇万の兵が対馬や博多に攻め渡って来たと申し上げた時、『二度とあってはならぬことだ。我々もしてはならぬ』と、お話になられました」

「良く覚えております。勿論今もそう思っております」

「しかし関白様は『唐御陣』を進めようとなさっておいでです」

「何としても、御諫めしなくてはなりません。弟の秀長様も反対されておられます」

六月一三日の「宗及茶会」、一四日の「千紹安茶会」、一九日の「秀吉茶会」、他にも二五日、二六日と茶会は続いた。

しかし、この最中「事件」が起きた。

「高山右近の改易」と「伴天連追放令」の布告である。


秀吉は、九州平定と関東平定後の朝鮮出兵を、かねてより明言していた。その為、イエズス会日本準管区長コエリョに対し、大型の「ナウ船」の購入斡旋を要請していたのである。コエリョ自身、かねてより日本全土を改宗した際、日本人を尖兵とし、中国を征服しようとしていた。その為にフィリピンよりの艦隊派遣を要請していたほどである。コエリョは「フスタ船」に大砲を積み、博多にいた秀吉に見せたのである。

「フスタ船」とは浅い喫水を備えた軽量の高速船である。両舷に一五人程度の漕ぎ手を配し、大三角帆用の一本マストを持っている。インドからポルトガルまでの航行も可能であった。それに対し「ナウ船」はキャラック船とも言われ、大量輸送に適した広い船倉を持っている船である。全長六〇メートル、三本から四本のマストを持ち、排水量一五〇〇トンという大型船である。遠洋航海の為に開発された、当時の主力船であった。コエリョは、ナウ船が大きすぎて博多には入港出来ない為、フスタ船を使用したのであった。

船に乗り込み歓待を受けた秀吉は、終始満足気であった。ところがその二日後、いきなり秀吉は、右近の改易を命じた。それ程深い理由は見当たらない。好色男秀吉が、施薬院全宗に命じて、伴天連の国「有馬」の「身分ある、器量良しの娘」を所望したのに、それが叶えられなかった事くらいである。

秀吉は、ポルトガル人商人が日本人を奴隷として売買しているのは知っていた。そしてフスタ船に乗って、その船の漕ぎ手が全員日本人であった事も、それに油を注ぐ形となったのであろう。秀吉がフスタ船に乗り込んだ日、右近は不吉なものを感じ、コエリョに「フスタ船を秀吉に寄贈するよう」薦めた。しかしコエリョは、秀吉の機嫌のよさを見て、聞く耳を持たなかったのである。秀吉は、日本のキリシタンの柱である右近に脅しをかけておけば、ナウ船が手に入ると思ったのかもしれない。しかし右近の「棄教の拒絶」により、怒りを増した秀吉は、「右近に対する改易処分の宣告文」をコエリョに告知したのであった。

そして翌日、返す刀で「伴天連追放令」を発した。

一、六月一九日を以って、伴天連の日本滞在を許さない。二〇日以内に国外退去する事

二、ナウ船の取引は支障なく行える

三、仏法の妨げをしなければ、キリシタン国からの往来は自由

と言うものであった。

秀吉は、続けて命令を発した。

一、宣教師はヨーロッパ人のみならず日本人も含まれる事

二、ポルトガル人は宣教師を日本に連れて来ない事

三、船から十字架の旗を除去する事

四、博多・大坂・堺・都の修道院の没収
五、大友義統・蒲生氏郷に棄教の命令

などである。
その当時のキリシタンは二〇万人、教会は二〇〇カ所、宣教師は日本人修道士を含めて一一三人を数えている。

七月二日、秀吉は利休を伴い、博多を出発し大坂に戻った。

一時の怒りに流された秀吉であったが、博多・大坂・堺・都などから伴天連が姿を消したことで、それ以上強く出ることはなく、追放令は黙殺したのであった。ナウ船による貿易でふんだんにもたらされる武器や硫黄・火薬などが、今後益々不可欠となるからである。右近は小豆島の小西行長を頼った。翌年行長は、肥後に転封となり、右近も共に移ったが、秀吉の弟秀長のとりなしで、加賀の前田利家に召し抱えられる事となったのである。

大坂に戻った秀吉は、八月二日、都・堺と奈良に高札を立てる。
「来る一〇月朔日、北野松原において、茶の湯を興行せしむ可。貴賤によらず、富貴によらず、望みの面々は来会させ一興を催可」
「北野大茶湯」である。（資料会記⑦）

秀吉は、手に入れたばかりの『楢柴肩衝』だけでなく『初花肩衝』『新田肩衝』という「天下三肩衝」を一堂に披露した。先ず、道具の展観席。「黄金の茶室」を中心に、左右に台子飾りの部屋が作られた。その横に秀吉席、利休席、宗及席、宗久席が設けられている。客は籤《くじ》を取り、その席が定められたのである。貴人は二人ずつ、その他は五人ずつ席入りした。

「利休よ、誠に晴れやかな一日であったのう。余は満足しておるぞ」

「関白殿下、誠におめでとうございます。殿下の民を思う大きなお心に、皆感謝致しております。一日だけではもったいのうございましたな。博多の神谷宗湛は結局間に合いませんでした」

「あれには悪いことをした。到着したら余の道具を全て見せてやってくれ」

「承知いたしました」

道具は全て秀吉所持の物を使用している。床は黄金の茶室のみ『虚堂墨蹟』で、他は全て唐絵である。茶入は展観席が全て「小壺（瓢箪と茄子）」であるのに対し、秀吉席は『新田肩衝』、利休席は『楢柴肩衝』、宗及席は『初花肩衝』。茶碗は、各席天目と高麗茶碗が使用されている。

一日のみの催しであったが、北野松原には一五〇〇の茶席が掛けられた。

数日後、神屋宗湛が都に到着した。

「利休様、この度の遅参申し訳ございません」

「何の。殿下は意に介しておられません。こうして宗湛殿に全ての道具をお見せするようにとの、殿下の仰せでございます」

「ここは二人だけ故、一つ伺ってもよろしゅうございますか」

「なんなりと」

「この黄金の茶室はどう思われますか」

利休は暫し間をおいて話し始めた。

「関白様には誠相応しいものと思います。殿下の御依頼でこの利休が作らせた、会心の作でございます。とは申せ手前味噌ではございますが」

「会心ですか。皆は成金趣味の極みと噂しております」

「いやいや。武家の棟梁として初めて位人臣を極められた方には、金が最も相応しいと存じます。奥州には黄金の寺があるというではございませんか」

「しかし天正一三年の禁裏茶会で、利休様は、木地の台子を取り合わされたではございませんか」

「よくご存じであられる。それは陛下に対する敬意の最大限の表れでございますよ。金は俗世の物。木地は神の世界でもありましょう。それ故床には唐物を荘りましたが、茶入は菊の絵の大棗、茶碗は伊勢天目と新作の初使いといたしました。次の年の正月は二度目ですので金尽くしも良かろうと思います」

「しかし茶の湯は『侘茶』ではございませんか」

「正にその通りです。しかし侘びはあくまでも相対的な物。唐物名物茶入があるからこそ棗に向かうのです。耀変天目があるからこそ灰被天目、高麗そして、聚楽茶碗に向かうのでございます。金を極めた所から、初めて『黒』に向かう思いが始まるのです。金は言わば出発点、黒はその終着点です。しかし全てを知っているからこそ『本当の黒』が解ると思っております。それ故に私の師である古渓和尚様からは、『黒は古き心』と教わりました」

「『本当の黒』『古き心』ですか」

「はい。『柳は緑　花は紅』ですよ。この偈は『柳は緑にあらず　花は紅にあらず』と続き更に『柳は緑　花は紅』となります。初めの緑と後の緑は同じ緑でも違うのです」

「利休様にとって黒は、金を含む全て。金は黒の一部に過ぎないのですね」

「宗湛殿、この掛物をご覧ください。金の茶室のみに墨蹟を掛けました。しかも大徳寺禅の根源『虚堂』です。侘び座敷に全て唐絵を掛けた私の思いを、お感じください」

神屋宗湛は静かに金の茶室に躙り入り、床間の虚堂に五体同地の礼をした。


天正一七（一五八九）年一月。

利休は、聚光院に「亡父母の永代供養」を行った。併せて、利休・りき夫婦の早世した二児「宗林童子」「宗幻童子」の追善供養も行っている。そして夫婦逆修の墓石を建立し、定納米七石を永代供養として寄進したのであった。墓には、「利休」そして「宗恩」と朱文字が入れられていた。時の聚光院主は、春屋宗園である。

更に利休は、大徳寺三門の修復に取り掛かったのである。東福寺三門は重層の堂々としたものである。しかし大徳寺の三門は単層であった。応仁の乱で焼失後、一休・養叟《ようそう》の努力で、法堂・仏殿・

庫裡と整えられていたが、三門は、連歌師「関宗長」が源氏物語を売却して寄進した単層の三門のままであったのである。利休は棟梁藤五郎に工事を命じた。娘婿の千紹二が工事奉行を務めている。浅野長吉には木材を、松井泰之には石の調達を依頼している。

同年一二月五日、大徳寺三門は修築された。

楼上には、仙嶽宗洞の筆で「金毛閣」の額が挙げられた。臨済禅師の「ある時の一喝は踞地金毛の獅子の如し」から取られている。棟札と棟符銘は、その頃大徳寺に再住した春屋宗園である。「檀越泉南利休老居士修造」と記されてある。

上層には、利休の勧めで秀吉が安置した釈迦三尊像と一六羅漢が祀られてある。天井画は、利休の依頼による長谷川等伯の「龍図」である。春屋は大徳寺三門修造を、臨済禅の挙揚と受け止め、古渓宗陳と図り、翌年の冬「利休寿像」を作成して三門上層に安置したのであった。下絵は当然等伯が描いている。

一二月八日、利休は聚光院にて「父一忠了専五〇回忌法要」を、古渓宗陳を導師として執り行っている。

天正一八（一五九〇）年、秀吉は、聚楽第を中心とした新しい町づくりの為、新しい道路の増設に着手した。

「天正の地割」である。

はじめ大徳寺門前屋敷に住んでいた少庵一家は、天正一三年の「利休号拝領」を機に、聚楽第近くの室町通り二条西に居を移していた。ところがこの度の「地割」によって、家の中を新しい道（後の「衣棚通」）が突き抜ける事となり、転居を余儀なくされたのであった。代替地として希望したのが、「本法寺前町」であった。父利休の勧めでもあった。

本法寺は、元々「一条戻り橋」にあった。聚楽第の建築に当たって、現在の地に五年前移築されている。住職は四年前から「日通上人」となっていた。堺の油屋一族常金の息子である。堺で薬種商を営む伊達常祐は屋号を油屋と称し、名物茶入『油屋肩衝』を所持する茶人であり利休の茶友であった。常祐の弟は日珖という日蓮宗きっての学僧であった。三好長慶の弟三好実休は日珖に帰依し自らを開基とし、堺に妙国寺を設立した。その後、実休が戦死したため未整備が続いていた。そこで日珖の父油屋常言と兄常祐の寄進により伽藍が整備されたのである。天正一〇年の「本能寺の変」の際は、徳川家康が妙国寺に滞在しており、利休（当時は宗易）の気働きと茶屋四郎次郎、油屋親子の協力により「神君伊賀越え」を果たしている。常祐の連枝油屋常金の子であった「日通」は日珖に師事、二年前より本法寺一〇世となっていたのである。利休の弟子である。本法寺には、利休を慕う長谷川等伯がいた。堺の旧友と語らい合う場所として、この本法寺前の町ほど心安らぐ地はなかったのである。

天正一八年三月朔日、秀吉は、完成直後の「三条大橋」を渡り、小田原征伐の為京都を出陣した。利休も伴をして下向した。徳川家康は東海道を進み、前田利家・上杉景勝は中山道を進んだ。その中には、「十字架の旗」を翻した高山右近の姿もあったのである。

七月五日、北条氏は降伏し、氏政・氏照父子は切腹した。秀吉は、家康を三河から関東八カ国に改易した。続いて奥州征討の為、会津黒川入りした。秀吉は、伊達政宗の本領（米沢七二万石）は安堵したが、会津・安積・岩瀬など四二万石を没収。蒲生氏郷を、松阪から会津（九二万石）に移封したのである。その後伊達政宗は、米沢から岩出山五八万石に減転封されている。居城を仙台六二万石とするのは、「関ヶ原」以降である。

九月朔日、秀吉は都に凱旋した。利休は会津に随従しなかったので、八月はじめに戻っている。九月二三日、聚楽第にて行われた秀吉の朝会にて、利休は茶頭を務めた。九月二五日、秀吉は、有馬温泉に湯治に出掛ける。利休もこれに従い、一〇月四日には、有馬の善福寺にて茶会が開かれ茶頭を務めている。

秀吉と利休の蜜月は続いている。

その頃、「室津」では、「インド副王の使節」一行が、秀吉からの「上洛許可」を待っていた。

黒き棗

三年ほど時は遡る。

一五八七年五月二九日

遺欧使節団一行はゴアに到着した。

使節団一行を、ヴァリニャーノはインド管区全員を代表し、そして父親の如く力強く抱きしめた。「四人」は初めて声を出して泣いた。心の底から泣いた。旅は辛いことだらけであった。勿論心和む思い出もある。しかし、ヨーロッパの荘厳な儀式、建物、美術に圧倒される毎日ではあったが、心の底から晴れやかな喜びとならなかったのは、傍らにヴァリニャーノがいてくれなかったからかも知れない。夜になると皆で涙をこらえていた。「遺欧使節団」とは言え、ヨーロッパ滞在の折は皆一五歳から一七歳の少年だったのだ。

何日もかけて、ヴァリニャーノと共に過ごすことが出来なかった三年六カ月について語り尽くした。パレストリーナ一家の思いやり、ビクトリアとの語らいも熱く語った。そしてジャンネットから預かった二冊の楽譜を確かに渡したのである。

ヴァリニャーノにとっては、彼らと共に無事日本に戻り、それぞれの本当の親の元に送り届けるという大事な任務がまだ残っていた。

遣欧使節団が長崎を出航してから、日本の情勢は、大きく変わってしまった。五年前に出港して五カ月後、信長が「本能寺の変」で倒れた。そして時は秀吉を「天下人」に押し上げた。

一五八五年、日本布教長コエリョよりの手紙で、「秀吉がイエズス会に大きな保護を与えたので、インド副王からの贈り物を持った使節を、是非とも派遣してほしい」との要請が来ていた。そこに丁度使節が戻ったのである。ヴァリニャーノは「インド副王」の使節として、親書と贈り物を持って自ら日本に渡航する事とした。勿論、ヨーロッパ帰りの「使節団」を伴ってである。贈り物には使節がヨーロッパから持ち帰った物をあてた。マントヴァ公からの「大砲・武具と甲冑」。フェリペ二世からの「アラビア馬」。副王はこの馬に金縁の鞍と銀の鐙を付けた。野外用の豪華な天幕も加えた。

一五八八年四月二二日、「インド副王使節団」一行は、日本の布教に行く一七人のイエズス会士と共にゴアを発ち、八月一一日にマカオに到着した。

しかし、そこで待っていたのは最悪の知らせであった。

「大村純忠と大友宗麟の死」と「秀吉のバテレン追放令」である。使節団がゴアに入港する四日前に大村純忠が、それから三週間後大友宗麟が相次いで死亡していた。それから一カ月後、秀吉が「日本在住のバテレンどもは、今日を限りに二〇日以内に日本を退去せよ」との命令を発したのであった。

ヴァリニャーノは、「一刻も早く日本へ」と船を探したが、日本行きの大型船がなく、マカオにおいて一八カ月の長逗留となってしまった。この年は台風が多く、日本に向かった船は、殆ど沈没したと伝えられている。

一五九〇年七月二一日（天正一七年六月二〇日）、出航以来八年五カ月ぶりに「遣欧使節団」は日本に戻った。

一二～一四歳の少年達は、二〇～二二歳の紳士となっていた。長崎は歓喜に溢れ、「国外追放令」以前かのように、数え切れない人々が出迎えた。翌日は「大村純忠（ドン・バルトロメオ）」の息子サンチョ喜前が、次の日は「有馬晴信（ドン・プロタジオ）」が訪問し、「使節団」の労をねぎらった。「大友宗麟（ドン・フランシスコ）」の息子の大友義統は既にキリスト教を棄教していた。

ヴァリニャーノは、同じ船で長崎に来たポルトガル人を一行に加えた「二九人の使節団」として体制を整え、都に向かった。一行は、小西行長の父「堺の代官」小西隆佐（ジョウチン）が支配した「室津」に上陸し、年明けまで留め置かれた。

室津は風待ちの重要な湊である。当時諸国の大名は、秀吉への正月の挨拶の為、進物を持って登城する慣わしであった。西国の大名は殆ど室津を通過する為、逗留中の使節に対して西国の多くの大名が訪問するところとなったのである。大名たちは、使節がヨーロッパから持ち帰った「地球儀」、「世界地図」、「ローマ都市図」に感激し、四人による楽器の演奏に感動したのであった。

その頃都には、「朝鮮通信使使節団」三〇〇人が上洛していた。天下統一を果した祝賀を述べる為、秀吉への謁見を待っていたのである。一一月七日に謁見が終わり、ようやく秀吉から、「インド副王使節団」上洛の許可が出て、一行は室津から大坂に向かった。

かつて高山右近、結城山城守などが所領して、四万人のキリシタンが暮らした高槻地域は見る影もなく荒廃していた。加賀の国主前田利家の下にいた右近は、秀吉の「北条攻め」に参陣した後は、金沢に戻っていた。しかしヴァリニャーノの書状で高槻に駆けつけ、再会を喜んだのである。

一行は、淀川を上り鳥羽に上陸、都へ向かった。

天正一九年閏正月朔日（一五九一年二月二四日）、「インド副王使節団」は洛中入りした。一行は、下京を抜け、上京を結ぶ唯一の道「室町通り」をトランペットの音の先導で華やかに進んだ。ポルトガル人達は煌びやかな衣装を纏って馬に乗り、司祭は輿に乗った。行く先々は、見物人で一杯であった。司祭達は秀吉の旧邸（妙顕寺城と言われ聚楽第完成までは政庁として使われていた建物）に、メスキータと「四人」は、小西行長の邸宅に宿泊した。朝鮮使節の宿所は大徳寺であったので、それより遥かに待遇が良い。

七日後の閏一月八日（三月三日）、聚楽第への登城許可が下りた。前日の雨のため、秀吉の命で街路には大量の砂が敷かれていた。街路は再び見物人で溢れた。

先頭はインド人の馬丁に曳《ひ》かれたアラビア馬である。二人の騎馬姿のポルトガル人と七人の小姓、教皇から贈られた金モール付きの黒いビロードを身にまとった「四人の使節団」が、馬に乗り続く。最後はヴァリニャーノと司祭達は、イエズス会士の常に纏う黒の長衣と外套に帽子を被り進んだ。最後は贅を凝らしたポルトガル人達であった。大型の献上品は予め聚楽第に運び込まれている。

聚楽第では秀吉が上段中央に座し、下段には聖護院門跡（後陽成天皇の弟）と右大臣菊亭晴孝、関白秀次（秀吉の甥）の三人が座している。秀吉の弟大納言秀長は半月前に没している。周囲に居並ぶ諸大名も官位に応じた公家の姿で控えている。スペインとポルトガルの王にして世界の皇帝たる「フェリペ二世」の名代「インド副王」の使節、という第一級の外交団である。迎える日本側も第一級のもてなしである。

インド副王の使節ヴァリニャーノは、秀吉の前で礼拝し親書を奉呈した。盃のやり取りの後、秀吉は、銀一〇〇枚と小袖四枚をヴァリニャーノに、「四人の使節」には銀五枚と小袖一枚を与えている。

秀吉が、一旦奥に下がると、一同に食事が振る舞われた。食後、秀吉は普段着で現れ、ヴァリニャーノと「四人の使節」に親しく話しかけた。その後音楽の演奏となったのである。次第は予め知らされていたので、事前に搬入されていた楽器が持ち出された。アスカニオ・コロンナ枢機卿から拝領した「クラヴィコード」は象嵌に真珠が豪華にちりばめられている。スペイン王フェリペ二世より拝領の「アルバ（携帯用ハープ）」、「ラウテ（リュート）」、「レベカ（ラベキーニャ、ヴィオラ・ダ・ガンバ）」の四つの楽器に合わせ歌を歌った。曲はフェリペ二世の前で披露して以来練習を重ねてきた「皇帝の歌」である。秀吉は大層気に入り三度繰り返させた。その後、他のヴィオラ・デ・アルコ（弓で擦る弦楽器）やレアレジョ（携帯風琴）にも興味深く質問した。

やがて秀吉は庭に降り、天幕中のアラビア馬に自ら乗ったり、甲冑や武器の事など、数多くの質問をした。パランキーンと呼ばれる「担ぎ駕籠」や、長い首と後方に寝かせた耳のグレイハウンド犬もいた。これらも秀吉を喜ばせた。

秀吉は、インド副王使節一行と二日間にわたり歓談した。「四人の使節」のうち、特に伊東マンショに対しては、自らの家来となるように何度も勧めた。秀吉は、マンショの叔父伊東祐兵《すけたけ》を九州平定の先導役を務めた功で日向の大名としていた。後の飫肥《おび》藩五万七〇〇〇石の初代藩主である。しかしマンショが、神に仕える身としては二君に仕えることが出来ないとそれを固辞しても、秀吉は咎めることもなくそれを許したのである。帰りの南蛮船が既に出航し、帰国できない為、秀吉はヴァリニャーノ達に対して、次の船が来るまでの間、何処に滞在しても良いと許可した。更に使節団のうち一〇名までは、布教活動をしないならば、長崎に残ってもよいとまで話した。またインド副王への返書と贈答品は後日届けるとも約束した。

都のヴァリニャーノの元へは、五畿内（山城、摂津、河内、大和、和泉）各地より、男女のキリシタンが殺到した。一〇年前、初めて五畿内を訪れ大歓迎を受けて以来である。だが、取り巻く状況は大きく変わってしまった。多くのキリシタン領主は姿を消し、教会は全て跡形もなくなっていた。四人の使節とポルトガル人は洛中洛外、大和の名所旧跡、神社仏閣を来訪した。束の間の穏やかな日々が過ぎた。

閏正月晦日（三月二四日）の夜

まだ月の出には時間がある漆黒の空、花冷えの穏やかな風が吹いている。

利休の聚楽第屋敷、四畳半「不審庵」

客は右近とヴァリニャーノ。水屋には弥助と妻のりきが控える。

右近は、ヴァリニャーノに高槻で再会した後、聚楽第内の前田屋敷に滞在していた。秀吉との再会は、まだ許されていない。

床には、利休生涯の師古渓宗陳の墨蹟が掛けられている。

「不審花開今日春」

古渓宗陳より、かつて「抛筌斎」の号を頂いた際の一行である。この四畳半の「席名」の由来でもあった。

席入りが終わると、利休は、愛用の霰釜の湯を、「梅雨の井」の水に改めた。聚楽第内東南にあるこの名水は、改まった席で用いることにしている。料理は「豆腐の葛煮」と右近の好物「雁の汁」、「このわた」である。口取《くちとり》菓子は「栗、サザエ」であった。

席が改まると、床中央には「瓢の花入」が掛けてある。利休が「一笑」と銘をしたためた花入には、白の侘助椿が一輪入れられてある。木地曲げ水指の前には、棗が服紗に包まれた姿で置かれている。茶碗は、愛用の黒茶碗である。

黒漆の棗には十字架が黒漆で描かれ、更にその上に、黒漆を塗り仕上げられている。常には黒棗にしか見えないが、蠟燭に照らすと、うっすらと黒漆の下にある「十字架」が見て取れる。十字架の先端にはキリスト教の「三位一体」を表現する、クローバーのような装飾が描かれている。

黒茶碗は、近頃「木守《きまもり》」と名付けた赤茶碗と共に、利休がこよなく愛用しているものである。後に山田宗徧《そうへん》は箱の蓋表に「禿《かむろ》」と記している。「なり・ころ」がよく、掌によく収まる。少し腰が張った小ぶりな茶碗である。利休は、茶会には「木守」を使用した。黒茶碗の方は、専ら自分用に使ったのであった。常の濃茶ならば三人分が限度である。しかし今晩は、小服に五人で飲む事にした。利休はりきと弥助を席中に呼び入れ、共に回し飲みをしたのであった。

最も愛した者達とだからこそ、この黒茶碗で戴き合いたかった。

誰もがお互いの別れを知っていた。

寂しさ漂う静かな会話の中で、釜だけが、常盤にして変わることのない「松風」を響かせている。異なったもの同士が、互いを認め、互いに高め合っている。同じものであったら初めから調和はない。違うからこそ相手を思いやれる。違うからこそ調和が存在するのだ。違うものだからこそ一つになる。そして一つの中に、それらを明確に意識する事が出来る。ある時は強く。ある時は控えめに。

利休は、あの言葉を思い出していた。

「銀碗裏に雪を積む」

ザビエル殿以来伴天連は、「釈迦」と「阿弥陀」を二つの「悪魔」だと言う。それは余りにも一方的過ぎる。相手を否定する所から始まっている。しかしヴァリニャーノ殿始めロレンソ殿、アルメイダ殿、ましてや右近殿を始めとする伴天連の我が弟子達は、皆素晴らしい人格を持ち、心から尊敬しておる。だが中にはコエリョのような者も少なくない。布教には熱心だが、その裏では、その国、他の国の征服を画策している。貿易商人が多くの日本人を奴隷として売買している事を、黙認している。

白人は、黒人やアジア人を奴隷として見ている。伴天連の世界には白人しかおらぬのか。「心の貧しき者」は白人にしかいないのか。救われるのは白人だけなのか。

茶室を、ミサを行う神聖な場所と考えて頂いた事は感謝している。「躙口」を思いついたのも、服紗で「清める」事や、茶巾のたたみ方、「吸茶《すいちゃ》（濃茶飲み廻し）」を思いついたのも、「ミサ」に参加したからこそじゃ。それまでも服紗は使っておったが、汚れを拭うための物で、そこに「清める」と言う意識は感じられなかった。しかし、「吸茶」への想いは少し異なっている。「キリストの血」である「チンタ（赤ワイン）」を回し飲みする事で、キリストと一体となると伴天連は説く。私が「吸茶」に込めた想いは、白人、黒人、日本人、朝鮮人、中国人他の全ての区別が無い。そして、伴天連、仏教徒、儒者、神道の区別も無い。男と女の区別も無い。丸い地球の上に立つすべての人々の存在を認め、敬い合い、一つとなる為のものなのじゃ。「伴天連」も「仏教徒」も「銀碗と雪」ではないのか。

秀吉は、朝鮮や明国を征服しようなどと、大それた事を企んでいる。弟秀長様が亡くなられた今、私一人の力では、如何ともしがたい。前田様、徳川様では、今の秀吉は聞く耳を持たぬ。今ある事に感謝して、平和に暮らすことこそが、茶の湯の目的なのじゃが。


茶会が終わると利休は右近とヴァリニャーノに贈り物を与えた。「羽箒」である。右近には「真っ白の右羽」、ヴァリニャーノには「真っ黒な左羽」を渡した。

「共に、同じ丹頂鶴で作ってみました。昨年の小田原の陣中にて、上様へ献上された鶴でございまして、その羽根を、私が拝領いたしましたものでございます」

「私が今お世話になっております加賀の地でも、時折飛んでおりますが、珍しき鶴でございます」

と、右近がヴァリニャーノに話した。

「頭の頂きが赤いという意味で、瑞鳥なのですが、一羽から『真っ白な羽箒』と『真っ黒な羽箒』を取ることが出来るのは、この鳥くらいでございます。羽根の根元の『茎見せ』を、二分（六ミリ）から一分（三ミリ）にしてみました」

「着物の襟を正している想いが致します。柄に巻いてある竹皮を押える紐も、竹皮から紙縒《こよ》りに改まっていますね」

「よく気が付かれました。その方が、お二人にはお似合いかと思いましてな」

「ありがとうございます。利休様手作りの羽箒。生涯の宝物といたします」

利休の二人に対する餞別《せんべつ》に相応しい、思いの込められた「逸品」であった。

躙口より二人を見送った利休は、りきと共に静かに自服した。


水屋に控えている弥助に言った。

「あの井戸香炉を、持って来ておくれ。それから硯も頼む」

弥助は、香炉の入った箱と硯を、利休の前に差し出した。

箱から、愛蔵の香炉を取り出した。両掌に程よく納まる大きさは、いつまでも抱いていたい。

二五年前、朝鮮熊川で初めて手にしてから、ずっとそう思い続けている。

『あらざらむ　此の世のほかの想い出に
　　今ひとたびの　会うこともがな』

百人一首に選定されている和泉式部の歌を口ずさみ、利休は、蓋裏に「このよ」としたためた。

そして、弥助を茶室内に再び呼んだ。

「弥助。信長様がお亡くなりになって八年間、よく茶の湯精進し、南蛮寺の同宿の仕事も見事にこなしてくれた。右近様もその姿をいたく褒めておられた。今晩の『一会』をもって、『私の茶の湯』は終わる事となるかもしれぬ。茶の湯における水屋仕事は、全てそこもとに伝授した。これからは変わらずに、教会同宿として、努めてもよし、お主の自由にするがよい。

そこで、今夜の為に盛阿弥に作らせたこの棗を、そこもとに形見として渡そうと思っておる。受け取ってくれるか。私は伴天連にはならなかったが、伴天連からは、実に多くのことを学んだ。その心を具体的に取り入れたつもりじゃ。信じるモノは異なっても、平和で安寧な世を求める心は等しいものと思っておる。『黒き真実』をその中に黒く塗りこめた姿は、私の茶の湯の姿でもある。これからも、益々『伴天連追放令』は厳しさを増すであろう。その時も、この棗に込められた『黒き十字架』をもって、茶の湯執心であってほしいのじゃ。お主はまだまだ若い。もし機会があったら、ローマの『お主の父』ジョバンニ殿にも、『この棗』を見て頂きたいものじゃ。お主たちの歌声を聴いていて、それを作られたジョバンニ殿の、心の内の気高さと清らかさを、いつも感じておったからの」

「確かに承りました。お師匠様も、息災でお過ごしください。今迄の御指導に心から感謝申し上げます」

「黒き棗」を受け取った弥助は、長い間深々と頭を下げた。

東大寺二月堂の「修二会（お水取り）」が始まった二月朔日、ヴァリニャーノはじめ四人の使節達は、都に永遠の別れを告げたのであった。

ヴァリニャーノ一行を送り出した利休は、自らの訣別の時を迎えていた。

我が人生、十分に楽しませて頂いた。長次郎も逝ってしまった。信長様は四九歳、紹鷗様は五四歳の人生。それに比べれば十分に有難い。

麗らかな風がそよいでいる
都は花の盛りを迎えている

頭上漫々脚下漫々
高歌一曲掩明鏡
昨日少年今白頭
茶烟軽颺落花風

天正一九年二月二八日（一五九一年四月二一日）
利休切腹　享年七〇歳

利休の「黒き十字架」の想いは、少庵に受け継がれた。
父利休の最後を偲び、悲しみ、「夜桜」と呼ばれる棗を好んだのである。この棗の作成を継承している千家十職の塗師「一二代中村宗哲」は、『棗に桜の花枝を描いた上を黒漆で塗りこめ、ほんのりと桜を浮かばせた意匠……この時期に父君利休の自刃に出会った少庵の好みとして、その心情が偲ばれる』と記している。

翌年日本を去ったヴァリニャーノは、一五九七年「日本巡察師」として三度目の来日を果たす。一六〇三年マカオに戻り、その三年後マカオで病没した。

マトペ（間戸部弥助）は、利休切腹後、京を離れ、長崎のヴァリニャーノに合流した。文禄元年九月四日（一五九二年一〇月九日）ヴァリニャーノと共にマカオに向かった。その後、一人ローマを目指したというが、行方は知らない。

弥助の「黒き棗」とヴァリニャーノの「黒き羽箒」が、その後どうなったのか知る由もない。しかし、右近の「白き羽箒」は、二〇年後の慶長一九（一六一四）年、右近と共にマニラに渡った。右近は半年後マニラで病死した。葬儀は「国葬」並に行われ、「聖アンナ教会」に埋葬されたという。しかし、遺骸はその後行方不明となっている。

「白き羽箒」は、現在も右近の遺品として「マニラ大聖堂」にて保管されている。

エピローグ　音楽のプリンス

ジャンネット・ピエルルイージ家のあるサンピエトロ大聖堂左側の地区は「エジプト」と称されている。その謂れは、エジプトから持ち込まれ、そこに一五〇〇年間屹立し続けている「オベリスク」に由来している。

一五八六年六月、一カ月前までの「日本からの使節団」を取り巻く華やかな雰囲気が薄らいだころ、教皇シクストゥス五世は大規模な「ローマの都市改造」に着手した。

考えてみれば全く同時代にローマと京都の大規模な都市改造が進行したことになる。秀吉は「天正の町割り」により南北の新しい通りを作り、寺町通り・寺之内通りに洛中の寺院をまとめ、「御土居」によりはじめて都を城郭都市とした。御土居はほとんど消えてしまったが、現在の京都は秀吉によって改造された都市と言って過言ではない。それと同様に現在のローマも、シクストッス五世の都市改造によるところが大きいのである。

実に古代ローマ時代より一五〇〇年振りの大規模都市改造である。その一環で「エジプト地区のオベリスク」は、現在見られるようにサン・ピエトロ広場中央に移動されたのである。梃子五台、クランク四〇台、職工九〇〇人、馬七五頭で二〇〇メートル移動し、クランク四〇台、職工八〇〇人、馬一四〇頭を使ってトランペットの音と共に直立された。大勢の人が見物に詰めかけたが、ジャンネット達は自宅の窓という特等席から、その一部始終を眺めていた。

除幕式では、「サン・ピエトロ大聖堂聖歌隊（ジューリア聖歌隊）」が、パレストリーナの指揮で聖歌を歌いながら金箔の十字架を奉納し、尖塔を浄化した。『王の御旗は進み』『十字架よ　我らの希望』の歌のもと、十字架が、オベリスク尖塔の頂上に載せられたのである。広場でスイス兵による火縄銃の空砲が撃たれると、サンタンジェロ城の砲兵隊が、一斉に祝砲を放ったのであった。

オベリスクは、古代エジプトの神殿の前に建てられたエジプトの象徴である。それを古代ローマ人は征服の象徴としてローマに運んだのである。この度は、その頂上に十字架を付けたのである。オベリスクを、キリスト教に依り世界征服をした「教皇領ローマ」復興の象徴としたのである。

ジャンネットの作曲活動は活発であった。

一五八八年には、『エレミア哀歌第一巻』がシクストゥス五世に献呈されている。又かつて出版された物が、世界中で再版され続けている。翌年には『四声の典礼賛歌』が同じくシクストゥス五世に献呈されている。
一五九一年、ヴァリニャーノと「四人の使節」が秀吉に謁見しているころには、『ミサ曲集第五巻』がバイエルンのグリエルモ公爵に献呈されている。

その頃バチカンは慌しかった。

一五九〇年八月、シクストゥス五世が亡くなった。そして後継のウルバヌス七世はなんと一三日間、その後継グレゴリウス一四世は一年、インノケンティウス九世も二カ月間の短い在位であった。そしてクレメンス八世が選出された。
繰り返される「葬儀のミサ」と「即位のミサ」は、全てジャンネットの指揮の下で執り行われた。その中でもジャンネット作曲の『マニフィカト集第一巻』がグレゴリウス一四世に献呈された。有名な『スターバト・マーテル』を含むモテット集をジューリア聖歌隊に贈り、再版された『ミサ曲集第一巻』に『死者のためのミサ（レクイエム）』が追加されている。

自らの死の時が近づいているのを感じざるを得なかった。

ミケランジェロ設計のサン・ピエトロ大聖堂のドーム（丸屋根）はシクストゥス五世が亡くなる

直前に完成していた。グレゴリウス一四世の代、ドームの上に装飾的にまたドーム内の採光の為に「越屋根」が取り付けられた。クレメンス八世の代にその屋根の上に、大人一六人が入れる大きさの金属球が揚げられた。

一五九二年、懐かしい友が訪ねてきた。トマス・ルイス・ビクトリアである。「ミサ曲集」がローマで出版され、その発表の為スペインから出てきたのであった。一五八六年にジャンネットの家の前からサン・ピエトロ大聖堂広場にオベリスクが移動した年、共にその一部始終を家で見て以来六年振りであった。夜を徹して互いの音楽を語り合った。勿論、「日本からの友人たち」についても同様であった。ビクトリアの滞在は三年にわたった。かつての弟子は既に肩を並べ、ともするとジャンネットが学ぶこともあったのである。かつての師としてはこの上ない嬉しさであった。

一五九三年七月一八日にはビクトリアの新作モテット『デボラよ、立て歌え』の初演が、市内のサン・ジローラモ・デッラ・カリタ教会で行われ、ジャンネットも参列した。

同年一一月一八日、その日は「サン・ピエトロ大聖堂献堂の記念日」であった。
祝福を授けられた「十字架」は、職人たちにより数時間かけて越屋根の更に上まで揚げられた。
夕陽が空を染め、その中で金属球が光り輝いている。大群衆が皆で空を見上げている。ローマ市内の全ての教会の鐘が鳴り響いている。トランペットが高らかに吹かれ、ティンパニーが勇壮に叩かれる。サンタンジェロ城からは祝砲が上がる。

十字架が静かに揚がり始める。

ジューリア聖歌隊はパレストリーナの指揮で『主の御旗は進む』を静かに歌い始める。やがてしっかりと固定されると、聖職者一同で『テ・デウム・ラウダムス（我ら、神であるあなたを讃えん）』を合唱した。

遂に大聖堂は、現在見られるような美しい姿に完成したのであった。


一五九四年二月二日、その日は「ローソクの日（聖母マリアお清めの祝日）」であった。

ジョバンニ・ピエルルイージ・ダ・パレストリーナ（愛称ジャンネット）はサン・ピエトロ大聖堂横の自宅で亡くなった。

千利休の死より三年後、六八歳であった。

メルキュール・マイヨーはその日の弔辞の中でこう述べている。

「我らのパレストリーナほど、音楽の本質に達した音楽家は、それまで存在していなかった。詩ではホメロスを父とするように、当然彼を『音楽の父』と定義出来るであろう」

サン・ピエトロ大聖堂で行われた葬儀には、ジューリア聖歌隊の他、ローマにいる全ての音楽家と大勢の市民が集まった。そして、皆で『主よ我を救いたまえ』を高らかに歌った。

市内の代表的な作曲家が一曲ずつ追悼歌を捧げた。

その中には、もちろんビクトリアの姿もあった。

次の年ローマを去ったビクトリアは、生涯マドリッドのデルカルサス・レアレス女子修道院に奉職し、皇太后マリアが一六〇三年に没しても離れることなく、一六一一年に生涯を閉じている。生涯世俗曲は一曲も無く、作曲の一八〇曲は全て宗教合唱曲であった。その姿はパレストリーナの後継者と位置づけられ、スペインルネサンス音楽の最大の音楽家と評価されている。

ジャンネットの遺体は、サン・ピエトロ大聖堂内の「新礼拝堂」に埋葬された。

傍らには、多くの親族が眠っている。


『音楽のプリンス』

その柩にはこう彫り込まれている。

ジャンネットがこの世を去った後も、この町は相変わらずいつも、その時代の権力者に翻弄され続けていた。

一八世紀には神聖ローマ帝国軍、スペイン軍、一九世紀にはナポレオン軍、オーストリア帝国軍、フランス軍が席巻した。

ドイツの小説家でノーベル文学賞を受賞した「トーマス・マン」は、兄弟で何度もこの町を訪れ、この陽射しと風を愛おしんだ。一八九七年の夏をこの町で過ごし、トーマスは『ブッデンブローグ家の人々』の草稿に着手した。兄のハインリッヒの方は『小さな町』の着想を得ている。第一次世界大戦が始まると、この町で、兄弟は「ファシスト行動隊」を組織している。

第二次世界大戦でも、この町は戦略上重要な要塞として、居住者の全滅という莫大な被害を受けている。唯一「人間万事塞翁が馬」と言える事は、一九四四年ドイツ軍に対する連合軍による激しい爆撃を受けた事かも知れない。それまでの歴史とは桁違いの破壊を受けた結果、あろうことか、一七〇〇年もの間埋もれていた「フォルトゥーナ神殿」が、突如として、破壊された住宅の中から優美な姿を覗かせてくれたからである。

現在は発掘調査が進み、一部は博物館となっている。ローマ時代の遺物も展示されている。特にモザイクは圧巻である。

その神殿の上には「バルベリーニ宮殿」が建てられている。

その宮殿は、ジャンネット存命中はコロンナ家が支配していたため、「コロンナ宮殿」と呼ばれていた。一七世紀、ローマ教皇ウルバヌス八世の甥タッデオ・バルベリーニが支配した為、その後は「バルベリーニ宮殿」と呼ばれ現在に至っている。


その中央には半円形の美しい階段がある。

一五段程の階段を降りると、二本の柱をもった八角形の井戸がある。何時まで使われていたのか知る由もない。しかし明るい光が溢れ、穏やかな風が流れている景色は、二〇〇〇年間変わることがない。


眼下には、数多くの戦いをもたらした「ラティーナ街道」が延びている。

そこから先に目をやると大地は緩やかに上り始め、アルバーニ丘陵となる。

「アルバーノ湖」「ネーミ湖」の美しく神秘的な湖面の周りには一面にブドウ畑が広がっている。ジャンネットが所有していた畑はどの辺りだったのであろうか。

大地はゆっくり斜面を下り、ティレニア海でその身を静かに沈めるのである。

輝くような光が溢れている
麗《うら》らかな風がそよいでいる
この風はどこまでこの光を運んでくれるのだろうか
『幸運の女神フォルトゥーナ』の賜物か
第二次世界大戦以来七〇年以上、この風と共にこの地は平和である

完

あとがき

二〇一八年二月五日。パレストリーナの町の西には、アルバーニ丘陵の緩やかな山並みが変わることなく広がっている。

一九七八年六月二六日。私はこれと同じ景色を見ていた。午後の五時を過ぎたとはいえ、この国では昼食後の微睡《まどろ》みの時間である。陽はまだ高かった。

大学生の私は、東北地方のある合唱団に在籍していた。その合唱団は、パレストリーナの曲を歌う事をライフワークとしていた。初めてのドイツ公演に参加し、フランクフルトとケルンで演奏会を行った。しかしその旅行の最大の目的は、ヴァチカンにて時のローマ教皇「パウルス六世」にパレストリーナのモテットを献唱する事であった。ヴァチカンから頂いた許可に応える為である。

途中のフィレンツェでは「花の聖母マリア大聖堂」の日曜日ミサに参加し、パレストリーナのモテットを三曲歌った。

アッシジは当時ヨーロッパで第一と称された地元の合唱団との交流をし、ようやく「この町」に辿り着いたのである。

大聖堂横、レジーナ・マルガリータ広場の中央に立つ「パレストリーナ像」の前で、パレストリーナ作曲のモテット『バビロン河のほとり』を歌った。そして大聖堂内では、『マリア被昇天のミサ』より『キリエ』と『グローリア』を献唱したのである。

四〇年振りに大聖堂を訪ね、当時の事を話してみた。その時の神父様は、引退しておられたがご健在であった。

「あなたたちの事は、とても良く覚えていますよ。暑い日でしたね。日本からジョヴァンニの歌を歌いに来てくれたのですから。当時の人間は今でも皆覚えていますよ」

と、チンティエ・ヴィトゥ神父は懐かしそうに微笑まれた。

当たり前の事だが、「この町」の人は「この人」の事を「パレストリーナ」とは呼ばない。今でも親しみを込めて、ジョヴァンニ又はピエルルイージと呼ぶのである。「ダ・パレストリーナ」(パレストリーナ生まれの)という形容語は、この町には必要ない。


初めてパレストリーナの町を訪れた二日後の朝、私達はヴァチカンにいた。

一般の観光客は入れないヴァチカン国内「サン・ピエトロ大聖堂」の裏の場所、「オランダ庭園」

「イギリス庭園」などを特別に見学した。

教皇との謁見が始まる前、謁見会場の隣の建物で、私達は「お茶」の接待を受けた。大聖堂の南横（向かって左側）にある「聖具室」に隣接するその建物は、現在枢機卿のお住まいである。

当時の主は「セルジオ・ピニュードリ枢機卿」であった。

その建物は、ジャンネットが、サン・ピエトロ大聖堂楽長として人生の後半生を過ごし、旅立った住宅そのものであるという。その建物の前の石畳には、四角いプレートがはめ込まれている。それは、四〇〇年前までこの場所にオベリスクが立っていたという証である。

ピニュードリ枢機卿の御厚意で先ず屋上に上がらせて頂く。ヴァチカン国内（ローマ市内ではない）が見渡せる。サン・ピエトロ広場からは一部しか見えない「ドーム」の全体がよく見える。行政庁、ラジオ塔、駅なども見える。

「この表門の前は、今でもパレストリーナ広場と呼ばれているのですよ」

枢機卿は誇らしげに微笑まれた。

その後三階の部屋でお茶の接待を頂いたのである。僅か三〇分の短い滞在であった。

帰り際、一階の入り口でゲストブックにそれぞれ署名をした。

その部屋中央にある暖炉の上に、さりげなく黒く丸いものが置かれていた。

一瞬であったが、私には茶道で使う「棗」のように見えた。

「我々を歓迎する為に、何か日本的な物を置いてくれたのだろうか」

「何か大事な謂れのある物なのだろうか」

その時の私には、枢機卿に訊ねる時間の余裕などなかった。

すぐに会場に移動して、リハーサルをしなければならなかったからである。

次の瞬間の為に長い旅をしてきたのだから。


時の教皇「パウルス六世」は、一九七一年自ら現在の謁見会場を建設された。

一万人以上を収容し、毎週水曜日、一般謁見が行われている。

二〇名ほどが担ぐ「輿」に乗られた教皇が、パイプオルガンが鳴り響く中、入場された。

イタリア語、フランス語、スペイン語と言語毎に参列者が紹介される。

私達は英語で紹介された。

最前列の御前で、パレストリーナ作曲のモテット『鹿が谷川を慕うが如く』を献唱した。

献唱後、教皇は次のように話された。

「あなた達の聖歌は、聖なるものの特質を明確に表現しています。本当にありがとう。私は聖書の言葉を借りて、あなた達が末永く『真心込めて主の為に合唱し、歓喜する』よう激励します」

この日の謁見は、教皇ご自身最後のものとなってしまったという。

聞くところによると、その三九日後、教皇は天に召されたという。

「天正遣欧使節団」を抱擁された「グレゴリウス一三世」が、その七日後身罷られたのと同様の「奇跡の出会い」であったと、今でも思っている。

マトぺは無事にローマにたどり着いたのであろうか
あの棗はジャンネットの元に届けられたのであろうか

二〇歳の夏
大きな思い出の陰に隠れた
　微かな記憶の断片である

終

巻末資料

本能寺の変直前の京都

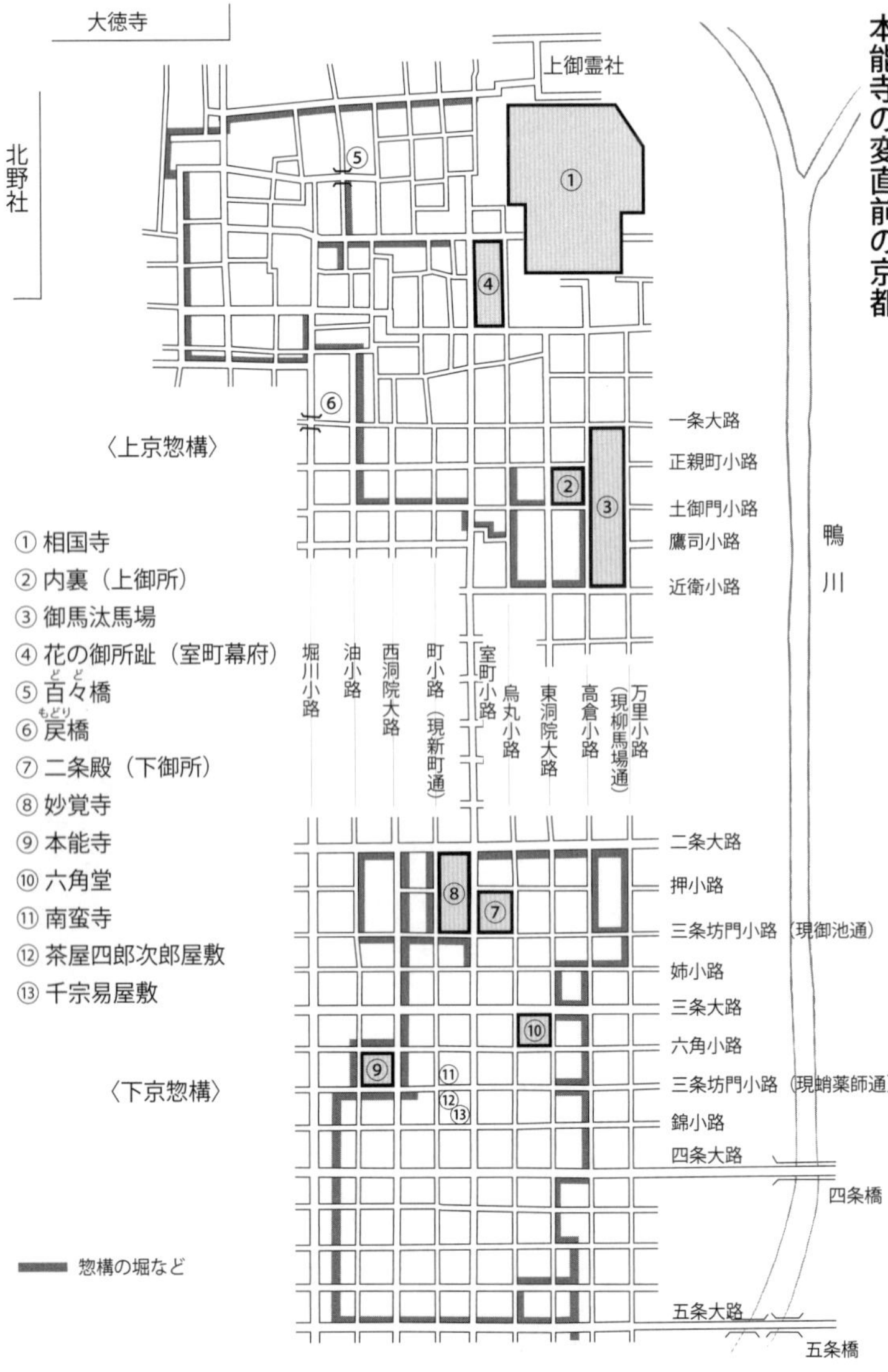
大徳寺
北野社
上御霊社
〈上京惣構〉
〈下京惣構〉
① 相国寺
② 内裏（上御所）
③ 御馬汰馬場
④ 花の御所趾（室町幕府）
⑤ 百々《どど》橋
⑥ 戻《もどり》橋
⑦ 二条殿（下御所）
⑧ 妙覚寺
⑨ 本能寺
⑩ 六角堂
⑪ 南蛮寺
⑫ 茶屋四郎次郎屋敷
⑬ 千宗易屋敷
惣構の堀など
一条大路
正親町小路
土御門小路
鷹司小路
近衛小路
堀川小路
油小路
西洞院大路
町小路（現新町通）
室町小路
烏丸小路
東洞院大路
高倉小路
万里小路（現柳馬場通）
二条大路
押小路
三条坊門小路（現御池通）
姉小路
三条大路
六角小路
三条坊門小路（現蛸薬師通）
錦小路
四条大路
五条大路
鴨川
四条橋
五条橋

一六世紀後半のローマ

1551 年製ローマ市内の地図を元に作図

会記

P38

①

宗達茶湯日記　他会記（茶道古典全集　第七巻　天王寺屋会記）

天文十九年二月一六日朝　宮三郎会　人数　達　春渓

一風炉　平釜

一床　きたう墨跡、　始而紙数大小四枚在、三所ニ而ツキ申候、一六くたり在、
五字ッッ一五クタリ、奥四字アリ、合文字ノ数七十
九在、上下茶ほつけん、中アサキ、一文字ふうたい
むらさき金羅、かな地也、印一ッ在、名ハなく候、

一手桶　亀ノふた

茶茶ワンニタツ、

無上也

P39

②

宗達茶湯日記　自会記（茶道古典全集　第八巻　天王寺屋会記）

天文一八己酉年

正月二三日朝　人数　宮王右衛門　同三郎　森河

一いるり　しやうはり

一床　臺天目　丸壺、長盆ニ
一タイス　桶　かうし　ひさこ立
一船子絵懸、後ニ、
一香炉、後ニ、　茶、無上　薄茶、別義ソソリ
　又、織物小袖両人ニ遣、

P53
③
久政茶会記（茶道古典全集　第九巻　松屋会記）

永禄八年正月二九日
一於多門山霜臺御茶湯　堺隆仙 宗易 久政 末座ニ宗可
　宗可御茶被
　北向四畳半、左カツテ
御飾、軸ハツレニツクモ　真釜、鎖ニテツリテ、象牙茶杓　水建ハ
マサノ曲物、内真ニ塗ル、
御茶ハ森別義也、カツテヨリ、臺天目出サレ、薄茶ハ無上、ヤラウ・高中
御水ハ宇治川三ノ間ノ名水也、
（以下略）

P108

④　宗及茶湯日記　他会記（茶道古典全集　第七巻　天王寺屋会記）

天正二年

戌三月二十四日巳刻、於相国寺

上様御会　堺衆ニ御茶被下、半ニ宗及堺ヨリ上申而一人ニ御茶被下候

御床　五種ノ菓子御絵　方盆ニ松本茄子

一台子　藤波釜　桶　合子　カウシクチノ御柄杓立

カス臺　犬山天目　御勝手之御棚ニ有之

一御茶、なつめニ入テ、　上様御自身被成御持御出候、紅屋宗陽進上ノかうらい茶碗にて、御茶

被下候、友閑茶当也

一於御書院、宗久・宗易・宗及、三人ニ千鳥ノ御香炉被仰拝見候、

ヒシノ盆・香合、同前、　御香炉、始而

同三月二十七日、南都へ被成　御成、於多門山蘭奢待御きりなされ候、堺衆モ

御供也、即御帰洛也、南都へ御動座之時、於宇治御茶被成　御覧候、森所ニテ

御膳ヲ上申候、

P188
⑤
『利休の年譜』（千原弘臣著　淡交社）
六の一　利休居士号

禁中様御菊見之間
一　上段　三畳敷東向
正親町院様　親王様 若宮様
御相伴衆　下段六畳
近衛龍山　伏見宮　菊亭
一殿下様　御茶湯則御茶道何モアタラシキ御道具共
台子木地木ノ棚ニ伊勢天目　台木地金ニタミス
親王様モ如同　一御茶入なつめニ菊ノ紋
蒔絵ニ〆左右ニ双テ　一御釜新キ釜ニ菊ノ
文前ニ四ウシロニ四ッ柄杓立金水コホシ金
杉のわマケ物にロクシヤウ　竹の輪　粒菊
一床ニニタリノなすひ　同あかの盆ニノセテ
虚堂ノ文字生島　青楓ノ絵　床ノ下ニ
きぬたの葉茶壺アミニ入テ
右の分に書付御所望之由　少言君之御書

則如此に候　一世の面目不過之候　以上
天正一三
一〇月七日巳刻　　利休居士
宗易（花押）
春屋和尚様
御侍者中

P235
⑥
宗湛日記（茶道古典全集　第六巻）

天正一五年六月十四日昼　箱崎トウロ堂ニテ
一利休老　御会　　　　　宗湛　宗室　宗仁
フカ三テウ、カヤフキ、カベモ青カヤ、新釜ウハクチ　カナ風炉、小板ナク、
畳ノ上ニソノママ、上座ノ柱ニ高麗筒ニシノ花生テ、ヤクモノ花モ、御茶入
備前肩衝ヲ白地ノ金ランノ袋ニ入、緒ツカリ紅也、利休被仰ニハ、此茶入ハ
ホテイト申候、袋ハカリナホトニト有也、
ヤキ茶碗ニ、ヲリタメ・筅・巾仕入テ、ツルヘ、メンツウ・引切入テ、此茶ハ、
ハシタテノ壺ヲヒカセ候ト被仰、利休御手前也、

P238
⑦
北野大茶湯之記（茶道古典全集　第六巻）三～八ページ

（秀吉道具の展示）
一番
一、似茄子　一、青楓御絵
二番　金之御座敷分
一、御茶入瓢箪　一、掛物墨蹟
三番
一、紹鷗茄子　一、鐘の御絵

（茶席飾附）
御棚後（秀吉席）
一、御茶入新田　一、朝山の御絵
宗及請取分
一、茶入 初花　一、御絵枯木
利休請取分
一、御茶入楢柴　一、鷹の御絵
宗久請取分
一、御茶入鴫肩衝　一、月の御絵

茶入・掛物のみ抜粋、他略

文中関連年表

ヨーロッパ関係

BC753	伝承によるローマ建設
BC280	ローマ軍パレストリーナ占領
BC272	ローマイタリア半島支配
BC90	フォルトゥーナ礼拝所建設
BC44	カエサル暗殺
	〔この頃パレストリーナに皇帝貴族の別荘多数〕
BC27	アウグストゥス初代ローマ皇帝
AD37	ローマ競技場にエジプトのオベリスク建立
	サン・ピエトロ大聖堂のオベリスクとして現存

日本・アジア関係

BC770	〈中国〉周　都を洛陽とす
	〔春秋戦国時代〕孔子・老子活躍
BC230	〈中国〉この頃「陰陽五行説」成立
BC206	〈中国〉前漢始まる
AD25（建武元）	〈中国〉後漢始まる
221（魏・黄初2）	〈中国〉魏呉蜀三国鼎立

		239（魏・景初3）	卑弥呼　魏に朝貢
313	皇帝コンスタンティヌス　キリスト教公認		
326	サン・ピエトロ寺院建築		
392	皇帝テオドシウス　キリスト教国教化		
		794（延暦13）	平安京遷都
1043	コロンナ家パレストリーナ統治		
		1192（建久3）	鎌倉幕府完成
		1214（建保3）	栄西『喫茶養生記』源実朝に献呈
1298	ローマ教皇軍パレストリーナ破壊		
1309	『アヴィニョン捕囚』～1377		
		1326（嘉暦元）	宗峰妙超（大燈国師）大徳寺開堂
		1335（至元元）	〈中国〉東陽徳煇『勅修百丈清規』編纂
1405	コロンナ家ローマ占拠		
1415	ポルトガルのエンリケ王子　西アフリカ探検		
1437	ローマ教皇軍パレストリーナ破壊		
		1443（嘉吉3）	世阿弥没
		1467（応仁元）	「応仁の乱」～1477
		1483（文明15）	足利義政東山山荘（銀閣寺）に移る

1492	コロンブス　アメリカ海域到達〔大航海時代〕		
1494	「トルデシリャス条約」締結		
1498	バスコ・ダ・ガマ　インド航路発見		
1500	ポルトガル　ブラジル征服		
		1502（文亀2）	村田珠光没
1520	ローマ教皇　ルター破門		
1522	マゼラン一行　世界周航	1522（大永2）	千与四郎（後の宗易・利休）堺に誕生
1524	パレストリーナでペスト流行		
1525	ジョヴァンニ・ピエルルイージ・ダ・パレストリーナ誕生（以下ジャンネットと記す）		
		1526（大永6）	南宗庵建立
1527	「ローマの略奪」		
1533	ジャンネット　サンタ・マリア・マッジョーレ大聖堂聖歌隊入学		
1534	ローマ教皇パウルス3世就任		
同	イングランド国教会成立		
同	イエズス会発足		
		1538（天文7）	与四郎　北向道陳に師事
1539	ヴァリニャーノ誕生		

1541	ミケランジェロ『最後の審判』完成
同	ザビエル　リスボン出発
1544	ジャンネット　パレストリーナ大聖堂オルガニスト就任
1545	「トリエント公会議」開始
1546	サン・ピエトロ大聖堂改築工事開始
1547	ジャンネット　ルクレツィアと結婚
1548	ビクトリア誕生
1550	ローマ教皇ユリウス3世就任
1551	ジャンネット　ジューリア礼拝堂聖歌隊楽長就任
1555	ジャンネット　システィーナ礼拝堂聖歌隊入隊
同	ローマ教皇マルケルス2世就任、ローマ教皇パウルス4世就任

1540（天文9）	与四郎　武野紹鷗に師事
1543（天文12）	種子島に鉄砲伝来
1545（天文14）	与四郎　大林宗套より「宗易」拝受（以下宗易と記す）
1546（天文15）	宗易　長男「紹安」、りき　長男「猪之助」誕生
1549（天文18）	ザビエル鹿児島上陸
1550（天文19）	宮王三郎の茶会
1552（天文21）	高山右近誕生

同	ジャンネット　サン・ジョヴァンニ・イン・ラテラーノ大聖堂楽長就任		
1556	アルバ公ローマ攻撃　パレストリーナ一時陥落	1557（弘治3）	アルメイダ府内（大分市）に日本初の病院設置
1557	ポルトガル　マカオに要塞建設	同	南宗寺建立　大林宗套晋山
1559	ローマ教皇ピウス4世就任	1560（永禄3）	足利義輝　都のキリスト教を許可
同	イタリア戦争終結	同	信長　桶狭間で今川義元破に勝利
1561	ジャンネット　サンタ・マリア・マッジョーレ大聖堂楽長就任		
1563	トリエント公会議終結	1563（永禄6）	高山右近受洗　洗礼名ジュスト
同	ジャンネット『諸聖人祝日共通1年間全祭日用モテット集』		
1564	ミケランジェロ没	1564（永禄7）	宗易「茶入切型」研究
	ビクトリア　ドイツ学院入学	同	三好長慶没
1565	ジャンネット　ローマ神学校楽長就任	1565（永禄8）	伴天連　都から追放
	『教皇マルケルスのミサ』作曲	同	宗易　松永久秀の茶会
1566	ローマ教皇ピウス5世就任	1566（永禄9）	聚光院建立　開基笑嶺宗訢

1567	ヴァリニャーノ　ローマ神学校入学
同	ジャンネット『教皇マルケルスのミサ』フェリペ2世に献呈
1570	ヴァリニャーノ　神父に叙される
1571	ジャンネット　ジューリア礼拝堂聖歌隊楽長再任
1572	ローマ教皇グレゴリウス13世就任
同	ジャンネット長男ロドルフォ急死
1573	ジャンネット次男アンジェロ　ドラリーチェと結婚
同	ヴァリニャーノ　東インド管区巡察師就任　インドに旅立つ

1568（永禄11）	信長　足利義昭を奉じて上洛
同	大友宗麟　狩野松栄招聘
同	宗易　朝鮮に渡海
1569（永禄12）	フロイス　信長より布教許可朱印状獲得
1571（元亀2）	信長　比叡山焼き討ち
1572（元亀3）	宗易　父一忠了専三十三回忌法要
1573（元亀4）	信長　足利義昭を都より追放「室町幕府滅亡」
同	古渓宗陳　大徳寺晋山
同	宗易　古渓宗陳より「抛筌斎」の号
1575（天正3）	長篠の戦
1576（天正4）	都最初の南蛮寺建立
1577（天正5）	妙心寺春光院の南蛮寺梵鐘鋳造

1580	フェリペ2世ポルトガル王兼務「太陽の沈まない国」
同	イエズス会本部ジェズ教会完成
同	ジャンネット妻ルクレツィア没
1581	ジャンネット　ヴィルジーニアと再婚
1582	「ユリウス暦」を「グレゴリオ暦」に改暦
1583	ジャンネット『モテット集』、『ミサ曲集第2巻』
	出版
1584	天正遣欧使節団　リスボン到着
同	天正遣欧使節団　スペインにて「皇太子宣誓式」
	臨席
1585	天正遣欧使節団　ローマ到着

1578（天正6）	宗易　りきと再婚、少庵長男「修理」誕生
同	大友宗麟受洗　洗礼名ドン・フランシスコ
同	上杉謙信没
1579（天正7）	安土城天主　完成
同	ヴァリニャーノ初来日
1580（天正8）	有馬にセミナリオ建設
1581（天正9）	ヴァリニャーノ　信長に謁見
同	信長「都の御馬汰」
1582（天正10）	天正遣欧使節団　長崎出航
同	「本能寺の変」
1583（天正11）	大徳寺　信長の葬儀
同	聚光院再建　方丈襖は永徳、庭は宗易作
1584（天正12）	秀吉　大坂城に移居
1585（天正13）	秀吉　関白太政大臣〔秀吉政権〕

同	ローマ教皇グレゴリウス13世没、シクストゥス
	5世就任
1586	ジャンネット自宅前のオベリスク　サン・ピエ
	トロ広場に移動
同	天正遣欧使節団　リスボン出航
1588	スペイン無敵無敵艦隊　イギリス艦隊に敗戦
1590	ローマ教皇ウルバヌス7世就任、グレゴリウス
	14世就任
同	サン・ピエトロ大聖堂ドゥオーモ完成
1591	ローマ教皇インノケンティウス9世就任
同	ローマ　ペスト流行

同	「禁中茶会」、宗易「利休」号拝領（以降利休
	と記す）
1586（天正14）	今焼（黒楽）茶碗使用
1587（天正15）	秀吉九州平定「伴天連追放令」
同	聚楽第完成
同	「北野大茶の湯」
1588（天正16）	後陽成天皇　聚楽第行幸
1589（天正17）	利休　聚光院に亡父母子供・自分達夫婦を永
	代供養
同	利休　大徳寺に三門（金毛閣）寄進
1590（天正18）	秀吉「都の地割」、少庵　代替地として本法
	寺前に移転
同	秀吉　関東・奥州仕置
同	天正遣欧使節団　長崎に帰航
1591（天正19）	ヴァリニャーノと天正遣欧使節団　秀吉謁見
同	利休　自刃

1592	ローマ教皇クレメンス8世就任
1593	サン・ピエトロ大聖堂ドゥオーモ頭頂に十字架設置
1594	ジョヴァンニ・ピエルルイージ・ダ・パレストリーナ没
1611	ビクトリア没
1612	サン・ピエトロ大聖堂完成
1667	サン・ピエトロ大聖堂　広場・装飾など周辺整備完成

1592（文禄元）	ヴァリニャーノ　マカオへ出航
1594（文禄3）	少庵赦免　本法寺前に再住
1598（慶長3）	秀吉没
同	ヴァリニャーノ3度目の来日
1606（慶長11）	ヴァリニャーノ　マカオで没
1612（慶長17）	都の南蛮寺破壊
同	伊東マンショ　長崎で没
1614（慶長19）	高山右近　マニラに追放
1615（慶長20）	高山右近　マニラで没
1629（寛永6）	原マルチノ　マカオで没
1633（寛永10）	中浦ジュリアン　長崎で殉教
1637（寛永14）	島原の乱

文中に登場する歴代ローマ教皇・在位年数（一部本名）

代数	教皇名（本名）	在位	主な事績
216代	ユリウス2世	1503～13	サン・ピエトロ大聖堂の新築を決定 ミケランジェロにシスティーナ礼拝堂天井画の製作依頼
…			
220代	パウルス3世 （アレッサンドロ・ファルネーゼ）	1534～49	
221代	ユリウス3世 （ジョヴァンニ・チョッキ・デルモンテ）	1550～55	パレストリーナ司教 パレストリーナをヴァチカン聖歌隊楽長及びシスティーナ礼拝堂聖歌隊に採用
222代	マルケルス2世	1555～55	パレストリーナ作曲『教皇マルケルスのミサ』
223代	パウルス4世	1555～59	キエーティ司教 ヴァリニャーノを採用　パレストリーナを罷免
224代	ピウス4世	1559～65	ローマ神学校を開校
225代	ピウス5世	1566～72	プロテスタントへの対抗として宗教改革を推進
226代	グレゴリウス13世 （ウーゴ・ボンコンパーニ）	1572～85	グレゴリオ暦を制定　天正遣欧使節の謁見を受ける
227代	シクストゥス5世	1585～90	ローマ市を整備　天正遣欧使節を戴冠式に招く フランシスコ派の日本布教許可
228代	ウルバヌス7世	1590～90	
229代	グレゴリウス14世	1590～91	
230代	インノケンティウス9世	1591～91	
231代	クレメンス8世	1592～1605	イエズス会、フランシスコ派以外の日本布教許可

ジョヴァンニ・ピエルルイージ・ダ・パレストリーナ家　家系図

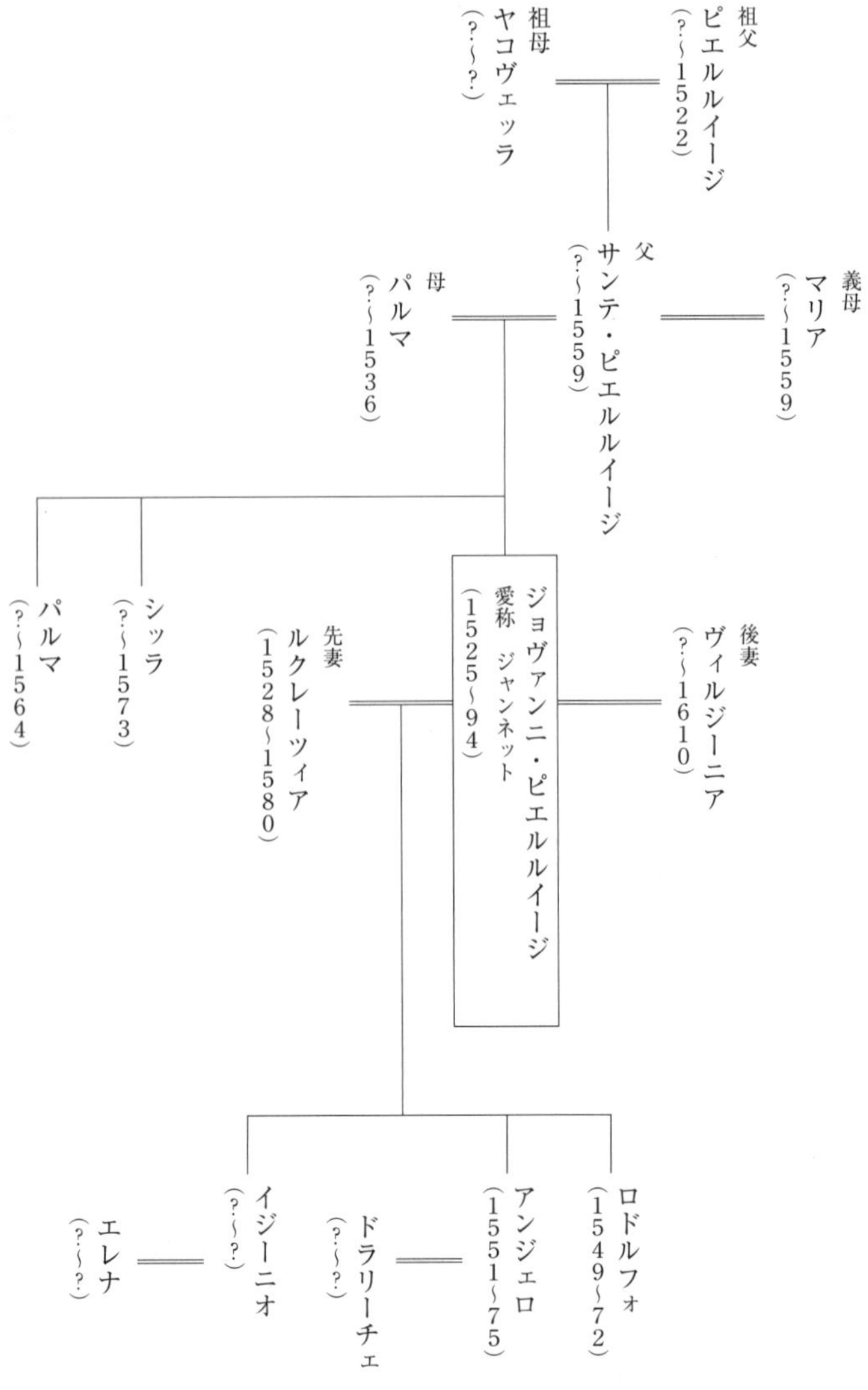

ファルネーゼ家　家系図　パレストリーナ家との関係

パレストリーナの領主
ステファノ・コロンナ
（1433〜90）

＝

エウジェーニア

ピエルルイージ・ファルネーゼ
（1435〜87）

第220代ローマ教皇パウルス三世（在位1534〜49）
アレッサンドロ・ファルネーゼ
（1468〜1549）
［G・P・パレストリーナをヴァチカン聖歌隊楽長に採用］

初代パルマ公
ピエルルイージ・ファルネーゼ
（1503〜47）

大枢機卿
アレッサンドロ・ファルネーゼ
（1520〜89）
［第227代ローマ教皇シクストゥス5世を祝福、パラッツォ・ファルネーゼ完成（世界地図の間など）］

第2代パルマ公
オッタヴィオ・ファルネーゼ
（1545〜92）

第3代パルマ公
アレッサンドロ・ファルネーゼ
（1545〜92）

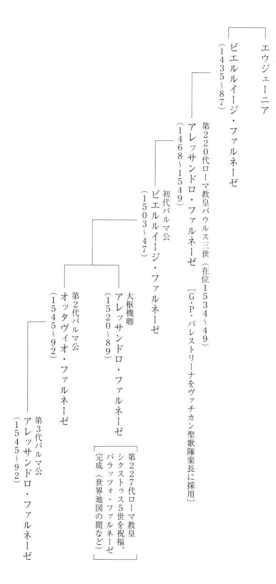

宮王三郎の家系図

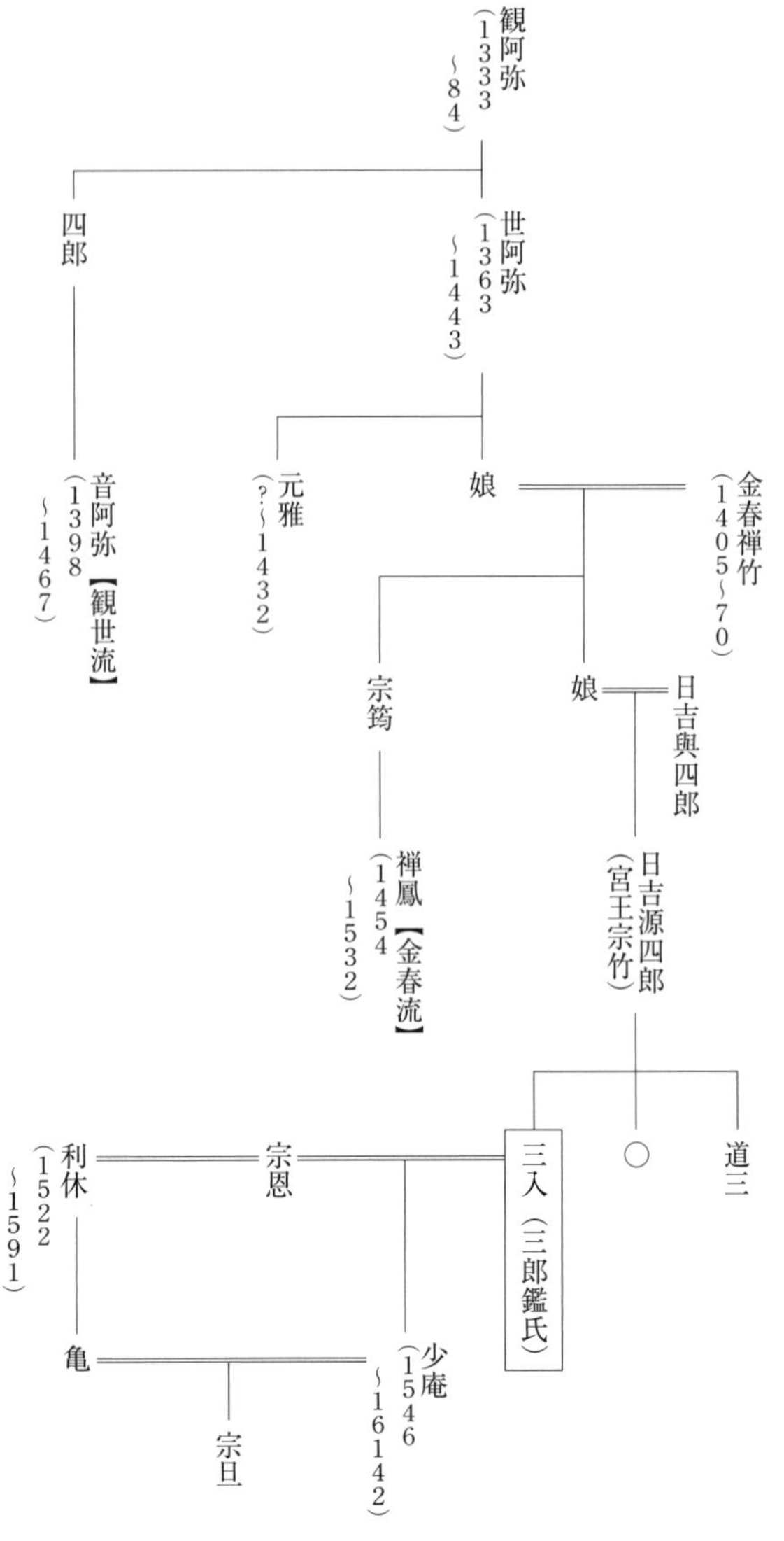

観阿弥（1333～84）
世阿弥（1363～1443）
四郎
金春禅竹（1405～70）
娘
元雅（?～1432）
音阿弥（1398～1467）【観世流】
日吉與四郎
娘
宗筠
日吉源四郎（宮王宗竹）
禅鳳（1454～1532）【金春流】
道三
○
三入（三郎鑑氏）
宗恩
利休（1522～1591）
少庵（1546～1614）
亀
宗旦

利休と本法寺と長谷川等伯をめぐる人間関係

油屋常言（?～?）
堺の薬剤商、『油屋肩衝』を所持
武野紹鷗に師事、**利休の茶友**

常祐（?～1579）
武野紹鷗に師事、**利休の茶友**

常悦（?～?）
利休門下

日珖（1532～98）
妙国寺開山　開基は三好実休　常言・常祐親子が寄進
「本能寺の変」の前夜、徳川家康が妙国寺に宿泊

常金（?～?）
常祐の連枝衆

日通（1551～1608）
日珖に師事
天正16（1588）年本法寺第10世晋山

本法寺　関連史

1436　本阿弥本光（光悦の曾祖父）により創建
　開山は日親（1407～88）
　東洞院綾小路に創建
　四条高倉に再建
　三条万里小路に再建
　天文法華の乱で焼失　堺へ移る
1542　一条堀川に再建
1571　**長谷川等伯　能登より上京　本法寺に私淑**
　大徳寺総見院「山水、猿猴、芦雁図」
　聚楽第「襖絵」などを描く
1587　**秀吉の命で現地（小川通寺之内上ル）に移転**
1590　**少庵、秀吉の「天正地割」により、代替地として**
　本法寺前町に移転
　長谷川等伯　利休の依頼で大徳寺三門「龍図」描く
　他に利休画像3幅等
1591　利休　没
1610　長谷川等伯　没

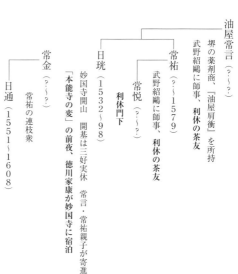

フェリペ2世の主な家系図（太字は遣欧使節団が謁見した人物）

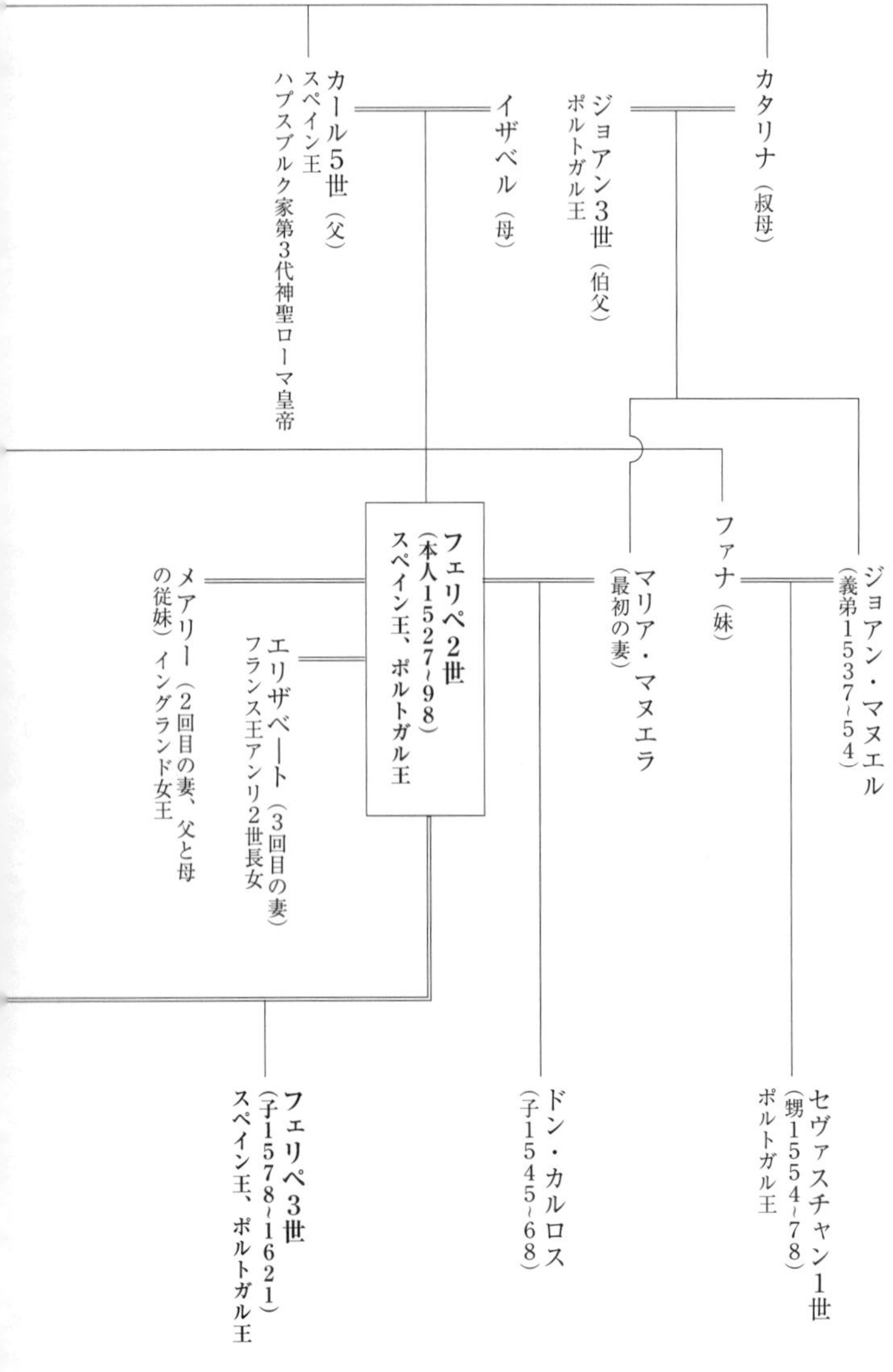

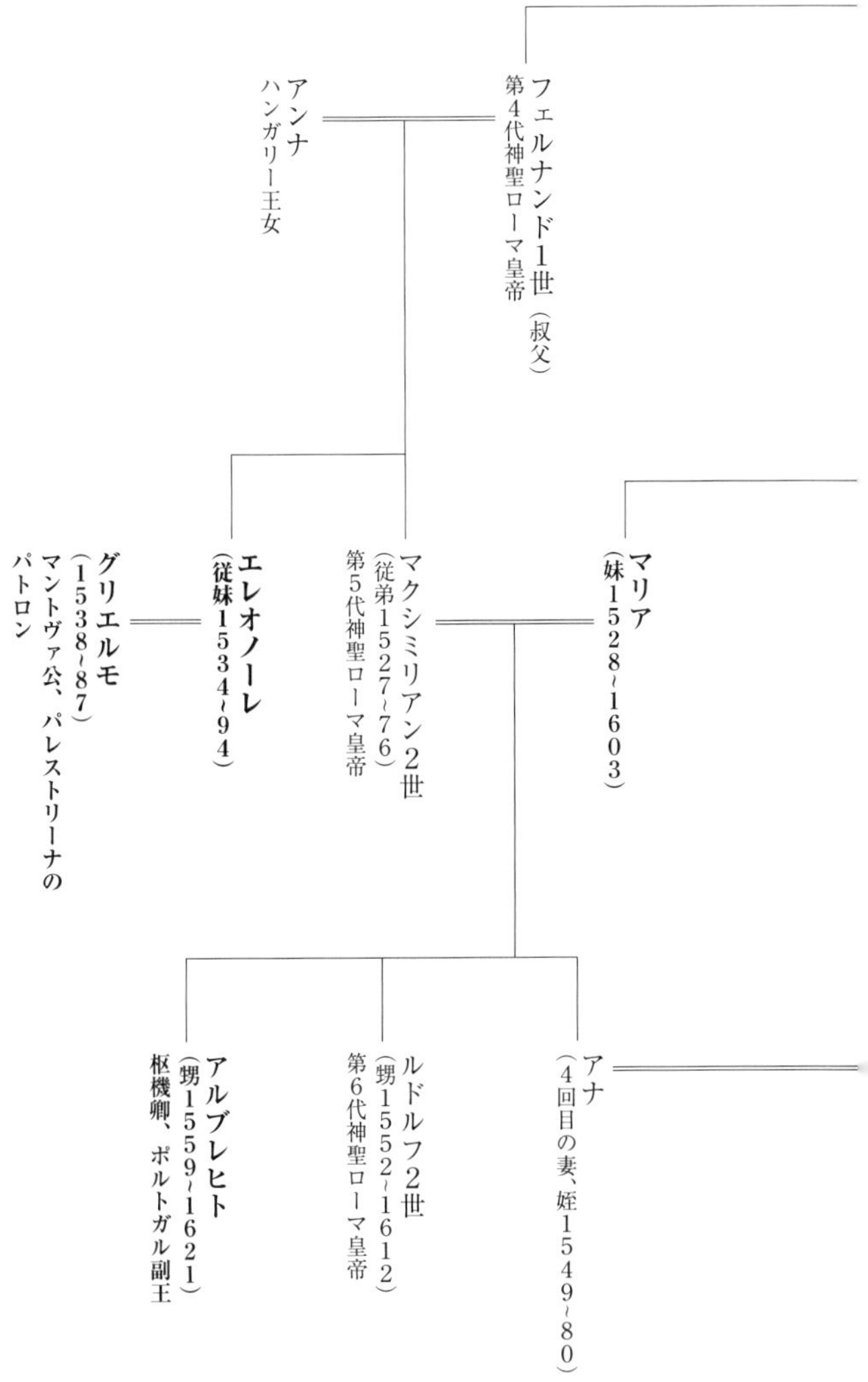
フェルナンド1世（叔父）
第4代神聖ローマ皇帝
アンナ
ハンガリー王女
マリア（妹1528～1603）
マクシミリアン2世（従弟1527～76）
第5代神聖ローマ皇帝
エレオノーレ（従妹1534～94）
グリエルモ（1538～87）
マントヴァ公、パレストリーナのパトロン
アナ（4回目の妻、姪1549～80）
ルドルフ2世（甥1552～1612）
第6代神聖ローマ皇帝
アルブレヒト（甥1559～1621）
枢機卿、ポルトガル副王

参考資料

《ヨーロッパ関係》

『パレストリーナ　その生涯』リーノ・ビヤンキ著　松本康子訳　カワイ出版
『イタリアの古都　パレストリーナ』P・G・トマッシ他編　谷口伊兵衛訳　文化書房博文社
『パレストリーナ・モテット撰集』高野廣治編・解説　カワイ出版
『ヴァチカン　日本語版』フランチェスコ・パパファーヴァ著　石鍋真澄　石鍋真理子共訳　ほるぷ教育開発研究所
『中世・ルネサンスの音楽』皆川達夫著　講談社学術文庫　講談社
『キリシタン音楽入門　洋楽渡来考への手引き』皆川達夫著　日本キリスト教団出版局
『キリシタンと西洋音楽』横田庄一郎著　朔北社
『ルネッサンスの古都をめぐる　イタリア』岡崎大五　水沢透　並木麻輝子著　トラベルジャーナル
『中世の食卓から』石井美樹子著　筑摩書房
『中世イタリアの大学生活』グイド・ザッカニーニ著　児玉善仁訳　平凡社
『中世教皇史』G・バラクロウ著　藤崎衛訳　八坂書房
『航海の歴史　探検・海戦・貿易の四千年史』ブライアン・レイヴァリ著　千葉喜久枝訳　創元社
「地図帳と世界の古地図　第五次久保惣コレクション」久保恒彦父子蒐集　和泉市久保惣記念美術館
「南蛮美術セレクション」神戸市立博物館

《日本ヨーロッパ交流関係》

『完訳フロイス日本史』〈全十二巻〉ルイス・フロイス著　松田毅一　川崎桃太訳　中公文庫

『日欧のかけはし　南蛮学の窓から』　松田毅一著　思文閣出版
『大航海時代と日本』　五野井隆史著　渡辺出版
『日本キリスト教史』　五野井隆史著　吉川弘文館
『ポルトガル日本交流史』マヌエラ・アルヴァレス　ジョゼ・アルヴァレス著
金七紀男　岡村多希子　大野隆男訳　彩流社
『イエズス会がみた「日本国王」天皇・将軍・信長・秀吉』　松本和也著　吉川弘文館
『京のキリシタン史跡を巡る　風は都から』　杉野栄著　三学出版
『大航海時代の日本人奴隷　アジア・新大陸・ヨーロッパ』　ルシオ・デ・ソウザ　岡美穂子著　中公叢書 中央公論新社
『茶道と十字架』　増淵宗一著　角川選書　角川書店
『茶の湯とイエズス会宣教師　中世の異文化交流』　スムットニー・祐実著　思文閣出版
『お茶とミサ　東と西の「一期一会」』　ピーター・ミルワード著　森内薫　別宮貞徳訳　PHP研究所
『日本巡察記』　ヴァリニャーノ著　松田毅一訳　東洋文庫　平凡社
『巡察師ヴァリニャーノと日本』　ヴィットリオ・ヴォルピ著　原田和夫訳　一藝社
『新装版　天正遣欧使節』松田毅一著作選集〈全六巻〉　朝文社
『世界史のなかの天正遣欧使節』　伊川健二著　吉川弘文館
『クアトロ・ラガッツィ　天正少年使節と世界帝国』　若桑みどり著　集英社
『嵐に弄ばれた少年たち　「天正遣欧使節」の実像』　伊東祐朔著　垂井日之出印刷所
『天正少年遣欧使節首席　伊東マンショ　その生涯』　伊東マンショを語る会編著　鉱脈社
『天正遣欧使節　千々石ミゲル』　青山敦夫著　朝文社
『信長とクアトロ・ラガッツィ　桃山の夢と幻　＋　杉本博司と天正少年使節が見たヨーロッパ』
内田篤呉編著　東京美術

《日本関係》

『茶道古典全集　第六巻　北野大茶湯之記　山上宗二記　宗湛日記　利休百会記』　淡交社
『茶道古典全集　第七巻　天王寺屋会記　他会記』　淡交社
『茶道古典全集　第八巻　天王寺屋会記　自会記』　淡交社
『茶道古典全集　第九巻　松屋会記』　淡交社
『利休大事典』　千宗左　千宗室　千宗守監修　淡交社
『利休の年譜』　千原弘臣著　茶道文化選書　淡交社
『利休茶話』　筒井紘一著　学研
『利休の茶会』　筒井紘一著　角川選書　KADOKAWA
『千利休追跡』　村井康彦著　角川選書　角川書店
『利休とその一族』　村井康彦著　平凡社ライブラリー　平凡社
『利休　茶室の謎』　瀬地山澪子著　創元社
『利休の茶の花　いけばなと茶の湯』　桑原宗典著　思文閣出版
「特別展　少庵四百年忌記念　千少庵」　茶道資料館
『宿所の変遷からみる　信長と京都』　河内将芳著　淡交社
『織田信長と高山右近　フロイスが見た日本』　津山千恵著　三一書房
『信長と弥助　本能寺を生き延びた黒人侍』　ロックリー・トーマス著　不二淑子訳　太田出版
『建築家秀吉　遺構から推理する戦術と建築・都市プラン』　宮元健次著　人文書院
「没後四百年記念　高山右近とその時代」　石川県立美術館
「特別展覧会　狩野永徳」　京都国立博物館
『世阿弥』　北川忠彦著　中公新書　中央公論社
『世阿弥の稽古哲学』　西平直著　東京大学出版会

『紫野　大徳寺の歴史と文化』竹貫元勝著　淡交社
『新版一行物　禅語の茶掛　上巻』芳賀幸四郎著　淡交社
『夢中問答集』夢窓国師著　川瀬一馬校注・現代語訳　講談社学術文庫　講談社
「特別展　茶の湯」２０１７年　東京国立博物館
『韓国陶瓷史の研究』尹龍二著　弓場紀知日本語版監修　片山まび訳　淡交社
『中国・韓国　やきものと茶文化をめぐる旅』谷晃著　淡交社
『高麗茶碗　茶人に愛された名碗の誕生』谷晃　申翰均著　淡交社
『樂焼創成　樂ってなんだろう』樂吉左衛門著　淡交社
『漆うるはし　塗り物かたり　漆工芸の姿と装い』中村宗哲著　淡交社
『茶の湯の羽箒　知られざる鳥の文化誌』下坂玉起著　淡交社
『真説　鉄砲伝来』宇田川武久著　平凡社
『図説　平安京　建都４００年の再現』村井康彦編　淡交社
『印刷よもやま話　印刷技術の歴史』吉島重朝著　財団法人印刷朝陽会
『易・五行と源氏の世界』吉野裕子著　人文書院
『十二支　易・五行と日本の民俗』吉野裕子著　人文書院
『五行循環』吉野裕子著　人文書院

以上

この本を
私をヴァチカンにお連れ頂いた
元F．M．C．混声合唱団指揮者故高野廣治師と
高野師と同じ大正一二年生まれで
その後の私を御教示頂いている
利休居士十五世家元千玄室師及び十六世家元千宗室師に
感謝を込めて献じます

今回の出版に当り、その機会を与えてくださった幻冬舎メディアコンサルティングの出版プロデュース部田中大晶様、丁寧に細やかに校正・アドバイスを頂いた編集部浅井麻紀様に心より御礼申し上げます。

合掌

〈著者紹介〉

鷹嶋ちた（たかしま ちた）

茶道家

1957 年生まれ

大学生の際、在籍していた合唱団の一員として渡欧、バチカンにてローマ教皇パウルス 6 世にパレストリーナのモテットを献唱。

趣味、合唱、能楽（謡・仕舞・小鼓など）

海《うみ》渡《わた》るフォルトゥーナ

黒《くろ》の行方《ゆくえ》

2023年2月15日　第1刷発行
2023年9月29日　第2刷発行

著　者　　鷹嶋ちた
発行人　　久保田貴幸

発行元　　株式会社 幻冬舎メディアコンサルティング
〒151-0051　東京都渋谷区千駄ヶ谷4-9-7
電話　03-5411-6440（編集）

発売元　　株式会社 幻冬舎
〒151-0051　東京都渋谷区千駄ヶ谷4-9-7
電話　03-5411-6222（営業）

印刷・製本　シナジーコミュニケーションズ株式会社
装　丁　　野口 萌

検印廃止

Printed in Japan
ISBN 978-4-344-94404-6 C0093
幻冬舎メディアコンサルティングＨＰ
https://www.gentosha-mc.com/